陈思和

著

# 从广场到岗位

北京出版集团
文津出版社

本著作获复旦大学人文社会学科传世之作学术精品研究项目资助

# 目 录

开场白 ……………………………………… 001
第一单元　背景 …………………………… 010
　一、必要的铺垫：二十世纪八十年代 …… 010
　二、必要的铺垫：二十世纪九十年代初 … 020
　三、我在"人文精神寻思"中 …………… 030
第二单元　追寻 …………………………… 052
　四、读《追问录》………………………… 052
　五、以严复为起点 ………………………… 062
　六、回到新文化传统 ……………………… 074
第三单元　广场 …………………………… 086
　七、广场的形成 …………………………… 086
　八、广场上的歧路 ………………………… 099
　九、从鲁迅到巴金 ………………………… 113
第四单元　反思 …………………………… 131
　十、知识分子与 intellectual …………… 131

十一、知识分子的两个标准……………………151

　　十二、"整体观"到"重写文学史"……………173

第五单元　岗位……………………………………193

　　十三、知识分子岗位意识确立……………………193

　　十四、知识分子岗位的超越性……………………209

　　十五、知识分子岗位的民间性……………………230

结　语………………………………………………255

　　十六、知识分子岗位的当代性……………………255

索　引………………………………………………279

## 开场白

很久以来，我一直想写这样一个系列①的小册子：用讲话的形式来梳理一下自己曾经在文学史研究领域提出的关键词。我不打算针对二十世纪九十年代以来围绕这些关键词引发的学术争论，以及由此生发的各种声音给以总的回应。毕竟时代在发展，无论是我还是争论的各方，在思想理论的实践中都会不断修正或改变自己的原有观点，很多激烈言论随着时间的推移都会变得无足轻重，失去讨论的必要。不过我还是很怀念二三十年前的那个时代，在人们热衷于理论探索的背后，始终洋溢着知识分子对价值取向的坚持和对

---

① 我计划中的"中国现代文学史话语创新"系列一共六本，《从广场到岗位》是第一本。

## 从广场到岗位

未来理想社会的真纯向往。

我打算把这个系列小册子写成一种理论形态的回忆录。我希望能够借此机会,对以前作为文学史理论研究成果提出来,但并未详细梳理其形成过程的一些关键词(包括我提出这些概念的当时场景),做一次系统梳理。它包括我为什么把学术研究的注意力集中到文学史理论的领域,为什么会提出诸如"知识分子的价值取向""民间""共名与无名""先锋与常态""世界性因素""潜在写作"等关键词以及它们在研究实践中的作用。出于种种考量,我把知识分子在现代社会转型期的价值取向列入第一个论述题目,这也是我在二十世纪九十年代发表一系列文学史理论探索所提出的第一个话题。因为在我看来,中国现代文学史本身就体现了现代知识分子的精神发展史,我们在讨论现代文学史时,一定会涉及到知识分子的社会使命与责任,如何理解、传承五四新文学所凝聚的现代知识分子传统,又如何实践等等较为复杂也很难清晰陈述的领域。现在我把诸如此类问题都集中在"价值取向"这一个维度上给以表述,还历史一个说明,给当代一点启发。

## 开场白

之所以要首先讨论知识分子的价值取向，可能还包含了我个人的一些原因：从学术层面来看，作为一个普通高校的人文学科教师，一个研究中国语言文学的学者，我们固然需要著书立说，把研究成果奉献于社会，这是高校教师普遍的工作状态；然而从我个人的精神立场而言，我是有意把自己在学术上的探索和参与社会活动，看作是与知识分子的当下实践相关的工作，试图通过这些工作对当下时代做出回应，自觉实践价值取向、学术责任和我个人立场的统一。而这一切，都是从二十世纪九十年代初我的世界观发生自觉转变开始的。对晚清到五四前后的现代文学史发轫期，我更关注的是知识分子的行为选择及其背后动机，我明明看到了五四一代优秀知识分子最后都走上了不以自己主观意志所决定的不归之路。我对文学史理论及其关键词的提出和研究，既是对以往文学史现象的解释，也是对当下时代一些被遮蔽的意义的发掘。关于现代知识分子三种价值取向的辨析，尤其是对知识分子岗位意识的强调，都表明了我在当下社会活动中身体力行的准则。读者可以针对我的言和行来考察我是否做到了言行一致，哪些方面我做到了，哪些方面没有做到或者做得很不够。

我把知识分子价值取向提出来讨论，起因是在1993年发表的一篇论文《试论知识分子在现代社会转型期的三种价值取向》[①]，现代社会转型期并不是指当下社会，而明确是指晚清到五四前后中国推翻了封建帝制以后，整个社会从传统的封建专制社会向民主化的现代社会转型过程，而正是在这个过程中，中国现代知识分子由传统士人转型完成。当然这个转型在实际过程中还要漫长得多，也模糊得多。本书所说的"转型期"，是与现代知识分子的形成史联系在一起，指晚清士人由古代到现代的转型。我不打算全面讨论中国知识分子形成史，以及现代思想发展史，这些方面早就有专家在做深入讨论和个案研究，我感兴趣的仅仅是：现代知识分子的价值取向是怎么形成的，这些价值取向如何决定了知识分子的行动，以及百年来知识分子的选择及其价值观念对当下人们的意义所在。知识分子应该是一个特别有思想的人群，他

---

① 《试论知识分子在现代社会转型期的三种价值取向》，初刊于《上海文化》创刊号，1993年11月。收入《陈思和文集：告别橙色梦》，广东人民出版社2018年版，第412—424页。

们在现实环境下所做出各种行为的选择，说到底是受到思想的驱使，而不仅仅是出于某种利益。这当然会形成不同的价值标准和价值观，我特意选择"价值取向"这个关键词来区分知识分子的几种类型，因为在我看来，"价值取向"的含义比较笼统，具有更多的包容性。

我是在复旦大学中文系接受教育的，我对语词的文学性比较敏感。我知道有许多语词的表述总会产生词不达意的遗憾。我并不是指言论者缺乏雄辩能力，而是指我们使用的语词概念自身会在人们运用过程中发生变化，其意义自有复杂的呈现，内涵繁复，诸义并存，很难用一个简单的意义去规范。正如本书要讨论的"知识分子"的涵义。这还不仅仅是指语境产生不同效应；对不同的接受者来说，他们都带有自身的知识背景和理解能力的。譬如说，像我这样一个出生在二十世纪五十年代，并在八十年代系统接受过五四新文化传统教育的人，与一个九十年代出生、受过互联网的熏陶的年轻人，我们面对诸如"知识分子"或者"岗位"这样的语词，都会以各自的经验来改变语词固有的含义。语词含有的复杂意义，不可能在使用

## 从广场到岗位

者的表达瞬间被精确地呈现，而只能是模糊、近似、歧义丛生地呈现出来。

出于这样的理由，我有意选择了几个意象模糊的文学性语词作为价值取向的关键词，具体说，就是庙堂、广场和岗位。这是文学的修辞手法，强调了某种虚拟性。"庙堂"一词，是我从鲁迅先生关于"廊庙文学"的说法[①]转化而来，指传统文人通过政治权力实现自己人生价值的取向，这种价值取向在现代社会还是会继续发生影响。"广场"一词，我受启发于伦敦海德公园的"演讲者之角"（自由论坛），移用到中国是指五四运动的发生，象征中国现代知识分子介入社会进步而斗争的一个空间。还有，庙堂和民间是两个互为依存的空间，但民间本身不具有与庙堂、广场对等的价值取向，知识分子"到民间去"的目的，起初是为了启蒙和改造民间，唯有知识分子把专业岗位设置在民间的（非庙堂的）社会，才能够成为一种与庙堂、广场相对等的价值取向。知识分子之所以为知识分子，主要标志就是拥有了专业知识。但是专业知识

---

[①] 鲁迅：《帮忙文学和帮闲文学》，见《鲁迅全集》第7卷，人民文学出版社2005年版，第405页。

可以为庙堂服务，也可以为民间的社会服务，庙堂性的专业知识岗位属于庙堂系统的一个组成部分，它的价值取向属于庙堂；唯有民间性的专业岗位，才可能具有与庙堂分庭抗礼的价值取向，即所谓"南面王不易也"。

我写作《试论知识分子在现代社会转型期的三种价值取向》是在1993年，正是我刚刚迈进不惑之年。当时的我，思想处于低迷惶惑时期。我往何处去？以后的路怎么走？我将在哪里找到安身立命之处？其实这些问题早几年就开始缠绕着我，促我思考，催我自新。记得当年读但丁《神曲》："就在我们人生旅程的中途，我在一座昏暗的森林之中醒悟过来，因为我在里面迷失了正确的道路。"①诗人恍惚陷入噩梦之中，在原始丛林里看到了狮子、豹和母狼……《神曲》开篇描写的几个段落震慑了我。对此，我不能不追根寻

---

① 但丁：《神曲·地狱篇》，朱维基译，上海译文出版社1984年版，第3页。朱维基在第一句诗下面加注："《旧约·诗篇》里说：'我们一生的年日是七十岁。'但丁自己在《飨宴篇》里把人生比作一座穹门，他也说：'这座穹门的顶点在哪里，是很难确定的。……但就大多数的生命来说，我相信，达到这顶点的是在三十和四十岁之间。而且我相信，身体组织最健全的人，达到这顶点总是在三十五岁。'但丁生于1265年，因此，《神曲》的创作日期是1300年。"本书我所指的人生中点，也是指三十五岁到四十岁之间。

## 从广场到岗位

源到中国现代知识分子形成的源头——在晚清到五四这段时期里寻找我所需要的人生答案。关于知识分子三种价值取向的探索,正是我为自己寻找的一份答案,决定我以后坚持了三十年的人生道路。

还需要补充的是,我在二十世纪九十年代研究文学史理论的时候,很大程度上把这项研究工作视为一种实验。我不是事先周密设计了一套理论体系,然后去著书立说。我几乎都是用单篇论文的形式探讨文学史理论关键词的各种可能性。我的研究方法从来都不是从抽象的理论出发,更不会从西方引进的理论概念出发,而是相反,我比较在乎的是从研究对象中发现矛盾,提出问题,探索理论的解释。西方相关理论是我研究问题的必要参照,但不是研究的出发点,更不是我所要阐释的主体。我是通过对一系列个别的、具体的问题研究——作为现代文学的研究者和当下文学的批评者,我更是通过解读一系列创作文本,不断地充实和丰富关键词内涵,使关键词逐步显现其自身的丰富性和多义性。这样的研究方法,本身就是一种探索,探索是过程性的,总是从不成熟到成熟,这必然会遭遇质疑和批评,甚至证伪,这是学术研究的正常过程，也就是在直面质疑、批评和证伪中，才能检验思想理论的力量——真正的力量，体现在它不断修正错误、不断进步的过程中。

这次我打算写作的系列小册子，不再重复我以前的研究方法，我不准备再提出新的关键词做新的探索；我只是着重对以前提出过的语词本身做整体性阐述，以及尽可能忠实地站在今天的立场来反省当年思考问题的过程。换句话说，这也是一种自我的质疑与批评。

我相信笛卡尔的名言："我思，故我在。"

# 第一单元　背景

## 一、必要的铺垫：二十世纪八十年代

1993年11月，《上海文化》①创刊。主编徐俊西老师嘱我写稿，我写了《试论知识分子在现代社会转型期的三种价值取向》，发表在创刊号上。这篇论文比较集中地表达我在二十世纪九十年代初对知识分子立场所做的思考，也是我后来一直尝试的知识分子社会实践的价值支撑。这与学理探究没有太大关系，但于我个人的社会实践却有意义。1982年初，我大学毕业，留校任教。1986年出版了我与李辉合作完成的

---

① 《上海文化》前身为《上海文论》，是由上海社会科学院文学所与上海作家协会联合创办的文学理论刊物，1987年创刊，双月刊。徐俊西主编。1993年《上海文论》改为《上海文化》，11月出版创刊号。1994年开始出版双月刊。

第一单元　背景

研究论著《巴金论稿》；1987年又出版文学史研究论著《中国新文学整体观》。其余时间我还参与《上海文学》①编辑部组织的文学评论活动，从事当代文学批评。本来，我可以这样在文学研究和文学批评的道路上平平稳稳走下去。但是在1988年，一个偶然机缘，我与王晓明在《上海文论》上主持"重写文学史"的专栏，引起了社会的关注，一年半以后，专栏停办。这过程中我开始对知识分子问题产生兴趣。也许"重写文学史"是针对现代文学研究中存在的问题而提出来的，由此我逐渐意识到新文学运动自身也可能存在着一些需要反省的问题。九十年代初，我把研究兴趣转移到文学史理论的关键词研究，发表的第一篇文章就是《试论知识分子在现代社会转型期的三种价值取向》，这以后几年，我围绕现代知识分子道路的问题发表了多篇文章。这与其说是研究文学史，还不如说是为自己的人生道路寻找精神支撑和实践的可能。而

---

①　《上海文学》前身为《文艺月报》，是由上海作家协会创办的综合型文艺月刊，1953年创刊。巴金为首任主编。后一度改名为《收获》《上海文艺》等。"文革"中停刊，1977年复刊。在二十世纪八十年代，刊物负责人李子云与编辑周介人培养了一批上海青年理论工作者。我也是其中之一。

## 从广场到岗位

这一切，都是从二十世纪九十年代初我的世界观发生自觉转变开始的。

在此以前，我与大多数的同时代人一样，相信时代在不断进步。就个人与时代的关系而言，个人既渺小且被动，只有追随时代进步，并付出自己的生命正能量，渺小的生命才会获得意义，个人的事业也会在追随时代进步的努力中获得发展。这种对时代进步充满信任的意识形态，可能在我的童年时期就被植入脑中。那个具有乌托邦色彩的社会理想，试图满足大多数中国人半个多世纪以来对一直缺乏的安全感、信任感和幸福感的追求。安全感来自人们对现实日常生活的感受；信任感是由安全感上升到理性层面的心理认同；而幸福感则是建筑在前两者基础上形而上的精神感受，或者说，类似于宗教奉献的抽象感情。这套完整的意识形态体系不仅成功地塑造了我这个年龄辈的

第一单元 背景

人,也深刻影响到我的上一代[1]。于是,在社会与家庭的双重教育下,我们这一代对"时代在不断进步"的理念坚信不疑,否则就不会有席卷全国的红卫兵运动和"上山下乡"运动。我是属于这个大多数的"我们"中的一个后知后觉者。我生于1954年1月,1966年小学毕业才十三岁,1974年参加工作刚过二十岁;1978年初进入复旦大学中文系读书的时候,相当于现在一个硕士研究生的年龄。如果说,一个人的世界观是在青少年时期开始形成,我受到的正面教育就是对"时代在不断进步"的认同。这种认同也包括了对时代

---

[1] 我这一代,指的是二十世纪四五十年代出生的人;我的上一代,是指我的父辈中的普通人。譬如我的父亲陈宝璋先生,他出生于1913年,在四十多岁的时候(1956年),响应国家建设大西北的号召,动员自己单位的全部职工北迁西安,在那里整整工作二十年。1976年,父亲因突发脑溢血去世。我曾经在他留下的一本破残笔记本里读过他离别前给家母的信,信中写道:"……暂时的离别,也需要勇气来支持。以我来讲,四十岁了,从未作过远行,这次响应祖国的号召,我毫不犹豫地踏上征途,不能不说我在解放后的提高。有人说:上有老,下有少,抛妻别子是残酷的,但我却能忍受这一切。你看,从单位决定内迁的第一天起,哪一点哪一样我没来亲自参加?为群众,为祖国,我又哪能落后一步?以你来讲,留在上海,上奉婆婆,下顾儿女,也不是一件简单工作,是需要拿出极大勇气才可克服的!我相信:时代在教育我们,我和你都能担当得起来的!……"这是一个很有时代特点的家信文本。我父亲是一个普普通通的人,他希望通过积极响应政府号召,努力工作,使自己跟上时代的步伐,不落伍。这在当时是很普遍的社会心理。

## 从广场到岗位

发生错误、倒退的漠视。1978年以后，国家领导人选择了拨乱反正、思想解放以及改革开放的实践道路，人们更加坚信这个时代仍然是一个本质上能够不断战胜错误、不断推动社会进步的时代，曾经发生的历史性错误，都被解释为马克思主义关于历史是螺旋式上升和辩证发展的偶然事件，历史的进步法则有能力通过自身的正义力量给予克服。在这样一种精神的鼓舞下，我参加了七十年代末国家恢复的第一届高考，顺利考进复旦大学，开始接受当时环境下可谓最好的人文教育。

二十世纪八十年代的上海高校洋溢着思想解放运动带来的探索精神。首先是知识疆域被打破，继而是思想禁区被打破，学科意义上的知识远远不能满足人们的精神追求，时代带给我们的不仅仅是知识的扩张，更重要的是人文精神的彰显，让我们把专业知识与社会责任、人类命运等宏大概念联系在一起。①在这个过程中，我逐渐认识到知识分子的历史责任和价值取向。思想在蜕变中，我对"时代在不断进步"的认知开始发生变化。思想解放运动的过程充满艰辛、曲折，八十年代的思想界还不像后来那样孕育出多元并进的状态，基本上是二元对立的力量在反复较量，每一次似乎是不成气候的小波折，虽然昙花一现，但人们对时代不断进步的信念连续受到伤害。历史旧梦一次次被现实所提醒，模糊的历史记忆总是被唤起。我记不清是在八十年代的哪一年，但肯定是在我留校任教以后，有一个晚上我从梦中醒来，依稀记得梦中有一具庞大无比的骸骨，陈列在类似博物馆的厅堂里，像是鲸鱼的巨型骨架，我仰头看上去，一根根巨

---

① 这种专业学习与思想训练的互动，在我个人的教育经历中有着深刻的体会。我在大学里开始研究中国现代文学，起步是研读作家巴金的书，从阅读巴金小说到研究巴金早年的无政府主义信仰，由此阅读国际共产主义运动和无政府主义、民粹派历史的文献著作，我在七十年代中期（上大学以前）曾阅读过当时官方指定的马克思恩格斯理论著作和关于列宁国家学说的著作，两者中得到了互证。此时我摒弃了一些已被实践证明错误的理论观点，而马列的、无政府主义的国家学说和国际视域，虽然它们之间有尖锐矛盾，但同样给予我思想理论滋养，一直影响到我的现在。这样一种思想、历史的大视野又提升了我的专业研究。此外，俄国民粹派的思想及其实践道路，于我后来把兴趣转向民间理论，也是有潜在的作用。

## 从广场到岗位

大的肋骨上蠕动着很多软体虫,虫的头部都像是漫画中的人物头像。我醒过来以后长时间睡不着,细思极恐,不知哪里出了问题。大约就是从那时候起,渐渐地,我以前所持的盲目信任的世界观有了动摇。

我在前面一个注释里简略提到研究作家巴金所带来的思想视域的提升。这个过程中,知识网络的扩大和思想境界的提升两者是同时发生的。巴金对我更深刻的影响是他垂暮之际创作的《随想录》。这是一个含义复杂的文本。它是一部即时性的随笔集,通过对当下社会正在发生的各种事件的反应来传达作家的思考,反思浩劫的主题反倒成为作家思考当下问题的参照。《随想录》是一部描述二十世纪八十年代思想解放运动全过程的百科全书式的著作,它记录了中共十一届三中全会以来在文学领域发生的各种思想理论争鸣及其在知识界的反响,以老人特有的睿智和深刻,表述了作家对时代的忧虑。呵,对了,正是这种将深刻的忧虑贯穿全书的精神,深深打动了我也惊醒了我,它促使我在青少年时期形成的幼稚乐观的世界观发生变化。我记得在世纪交替之际,老人说过一句意味深长的话:二十世纪是一个让他感到振奋的世纪,然而,面对新的世纪他却感到沮丧。

我在复旦大学接受了当时环境下最好的人文精神教育①。除了我学习的现代文学专业蕴藏了丰富的思想文化资源,还有一种人文教育就是导师们言传身教。在校园里,许多亲历过五四新文化运动的知识分子都还健在,还在教书育人指导学生,他们把一种叫作五四传统的精神薪火,直接传递给新一代的本科生和研究生,帮助他们很快地获得知识分子的自觉意识。这种现象在现代文学专业领域尤为突出,我的这一代同行们在各自成长经历中几乎都接受过专业导师和精神导师的双重指导。导师们都有过逆境中经受磨炼的遭遇,也深感时代进步的艰难,他们中一部分人最先跳出"时代在不断进步"的思想框架,把炼狱经验连

---

① 复旦大学在二十世纪七十年代末站在思想解放运动的前列。前任党委书记杨西光北上担纲《光明日报》总编辑,主持发表特约评论员文章《实践是检验真理的唯一标准》;后任党委书记的夏征农在《复旦学报》发表《没有民主就没有社会主义》的理论文章,公开讨论社会主义社会需要民主的机制监督。作为新入校的学生,我读到这些振聋发聩的声音时,才切身感到复旦大学作为高等学府的思想力量。紧接着在学生创作中出现了轰动全国的《伤痕》,第一个大学生社团——春笋社的成立,一大批师生积极参与宝山县人民代表的民主选举活动,校园思想解放运动一时间轰轰烈烈。这一切,都构成了我的思想成长的良好环境。

## 从广场到岗位

同残存的知识分子风骨一起传给了他们的学生。在我熟悉的上海高校里，贾植芳先生、钱谷融先生、徐中玉先生、王元化先生等，都是杰出的导师。贾植芳先生是我的恩师，我在很多文章里介绍过他对我的教育和影响。他晚年居住在复旦大学校园，与他的许多战斗力旺盛的朋友——一批"胡风冤案"的受难者保持着密切往来，他对朋友们热衷参与种种理论论争没有太大兴趣，但这不说明他自觉为乡愿。晚年的贾植芳把所有精力都放在帮助学生的成长，几乎是有求必应地帮助任何一个需要他帮助的学生，他毫无保留地把自己对时代对历史的深刻认识传授给他的学生们。这些见解里凝聚了人生赋予他的惨痛经验。如果说，巴金老人在晚年是用痛苦的话语形式参与时代的争鸣，艰难地履行一个知识分子知其不可为而为之的使命，那么贾植芳先生则是坚守在大学的教育岗位，通过人文理想的教育实践来培养更多的新一代的知识分子。贾植芳的晚年生活态度比巴金潇洒，而且从容。我从先生的晚年工作中感受到一个新的知识分子的工作空间，那就是本书要进一步讨论的"民间岗位"。

1996年我在早稻田大学做过一次讲演，题目是

## 第一单元　背景

《我往何处去——新文化传统与当代知识分子的文化认同》[①]，探讨五四传统与当代知识分子的文化认同。在讲演中我描述了"鲁迅—胡风—贾植芳"的文化传统，我是在五四新文学传统谱系里提出这个现象的。现在重读这篇讲演，觉得我的描述还是失之粗疏，胡风与贾植芳虽然同是留日学生，同是左翼作家，但他们的经历不一样，价值观也不一样。胡风一生除了灾难性地被囚禁二十多年以外，基本上没有离开新文艺圈子，是一个典型的广场上的知识分子；然而贾植芳的一生除了晚年，少有安定的生活，他总是在社会边缘地带的空间活动，写作是他的泥泞生涯的挣扎记录，他的价值观里有一种民间独特的成分掺杂其间。二十世纪五十年代初，胡风文艺思想受到周扬、林默涵等人的严厉批判，胡风奋力反驳，两方斗得不可开交。贾植芳在这时候给胡风送去一套日文版的《天方夜谭》，他劝胡风放弃政治思想漩涡里的是非之争，潜心翻译文学巨著。在他看来，胡风避祸的最好

---

[①] 陈思和:《我往何处去——新文化传统与当代知识分子的文化认同》，初刊于《文艺理论研究》1996年第3期。收入《陈思和文集：告别橙色梦》，第425—439页。

## 从广场到岗位

办法就是换一个工作岗位，而此时此刻"酱"在政治宗派里辩论是非很危险，也辩论不清楚。胡风当然不会听从贾植芳的劝告，终于在写下"三十万言书"后陷入一场惨烈的政治冤案。历史不能假设，我们也无法证明胡风放弃写作"三十万言书"而埋头翻译文学巨著，是否可能避开这场灾祸。我之所以对这个故事感到兴趣，不是翻译工作能否避祸的问题，而是由此看出胡、贾两人的不同价值取向。贾植芳的价值取向显然不在庙堂或者政治权力，而在于知识分子的专业岗位。

## 二、必要的铺垫：二十世纪九十年代初

本书所指的"九十年代初"，大约是指1990年到1994年间。其中1993年到1994年，上海有一批学者酝酿并发起了"人文精神寻思"大讨论，我也参与其中，我关于知识分子价值取向的思考，大约是在这个时期酝酿形成的。在此前一年，邓小平视察南方讲话表达了进一步改革开放的决心，许诺要改善人民的生活。1992年10月召开的中共十四大明确了在中国推行社会主义市场经济体制的目标，随后市场经济的大潮

呼啸而至，很快就覆盖了中国大地。

情况很快就有了改变：首先，中国南方的私营企业就此活跃起来，广东与深圳特区成为万众向往之地，如过江之鲫的人群纷纷南下，有的毅然辞去公职，摆脱"大锅饭"的计划经济体制，试图从市场经济大潮中找到自我发展的第一桶金；成千上万的农村青年也受到鼓舞，他们终于可以摆脱农村的传统道德束缚，摆脱终身面朝黄土的繁重体力劳动，以前路遥在《人生》中塑造的高加林的痛苦选择随风而逝，他们离乡背井到城市去发展，他们的前途依然凶险莫测，或许有陷入万劫不复的灾难，但是对于新一代农民来说，他们似乎在迷雾中看到了父辈们做梦也梦不到的新世界和新希望。——无论是城里的还是农村的南下者，他们身份不同、命运不同，但理想是同样的，都是被巨大的人性欲望所推动，那就是要发家致富，改变世代贫困命运。我们在这种奋不顾身的全民性狂潮中感受到一种新的价值取向在慢慢滋生发展，很快就取代了传统意义上的"安贫乐居"的儒家人生观。

二十世纪五十年代以来，中国老百姓的生活状况

## 从广场到岗位

似乎谈不上富裕,除了天灾人祸以及极左路线下的错误经济政策以外,有一些观念上的误导也起了作用:认为财富积累是一种邪恶的反社会主义因素。要限制财富的发展,从政治高度说,就是防止产生修正主义,防止资本主义复辟;用通俗的说法,就是所谓"宁要社会主义的草,不要资本主义的苗"。这当然是部分高层决策者的思想认识,而对于广大老百姓,他们除了客观上的各种束缚外,传统儒家"安贫乐居"的人生观起到了重要的麻醉作用。但是,贫困的人生哲学要被广大老百姓接受,必要的前提就是让人们相信时代在不断进步,相信未来会比现在好;为了未来更加幸福,眼下的贫苦是合理的、可以被忍受的。它需要有一个被安全感、信任感和幸福感所链接的意识形态体系来保驾护航。如果这个意识形态体系崩坏了,人们将失去日常生活的安全感,也就连带失去对未来的信任感和对形而上精神的幸福感,那就再也无法容忍贫困和其他种种劳苦生活。九十年代开始,国家采取更加开放的经济政策,让老百姓的情绪从低迷状态走出来,这是睿智的做法:通过深化改革、坚持开放,让国民经济迅速提升,让老百姓看得见,也能

## 第一单元　背景

享受到改革开放的红利。然而随之而来的问题是：深化经济体制改革不可能孤立地进行，改革与开放是联系在一起推进的，随着进一步扩大对外开放政策，大量引进西方资本及其先进技术设备，西方国家的生活方式、文化观念以及价值观念也随之进入中国人的日常生活，很快就形成了以财富为核心的新意识形态（包括其价值取向）。关于这一点，我们从媒体广告的发布内容就可以了解它的影响力。对于长期在计划经济体制下生活、对市场经济毫无免疫力的中国人来说，这是两刃之剑。

还有一些事实不容回避：社会主义传统的体制与新兴市场经济带来的商品交易、利润价值、自由竞争等资本因素的矛盾，国企转型与外资企业、私营企业的生产运作方式以及财富的几何级数增长带来的社会分配不公、贫富差距拉大，社会困难群体的形成，自然环境被大规模破坏，钱权交易导致党内腐败等一系列社会负面现象，都没有在九十年代初推行社会主义市场经济的理论框架中给予必要的警惕与配以事先防范的相应措施。思想理论界避讳推进市场经济本身包含了资本主义因素的复杂性，也没有就这些可能的风

## 从广场到岗位

险提出警告，更没有把它放到改革开放的总体框架里尝试解决它。或许当时还不具备讨论这些问题的客观条件，市场经济带来的正负两面的效应还没有充分展示，或许理论界还是被二元对立的思维模式所支配，习惯于以"支持改革"还是"反对改革"、"激进"还是"保守"等站队的方式来思考现实问题，或许理论家们出于对改革开放政策的纯洁性的维护，没有就大规模引进市场经济体制可能出现的风险提出切合的应对思路。

当时决策者以务实态度拒绝了理论纠缠，使得中国在"摸着石头过河"的实践下顺利转型为市场经济体制。中共十三大确定的"以经济建设为中心"的路线落到了实处。回顾九十年代的政治生活，没有再回到八十年代那样，通过反复的政治批判和理论争鸣来不断激化思想冲突，理论思潮也转向了民间形态（非官方直接参与）的自由发展，逐渐形成了多元分流的趋势，执政党确实做到了中共十一届三中全会决议中许诺的：将全党的工作重点和全国人民的注意力转移到社会主义现代化建设上。在二十世纪九十年代的语境下，"全国人民的注意力"集中在出国（洋插队）、炒股、下海经商、房地产开发等等发家致富的一波又一波潮流之中,很快就扭转了八十年代末政治风波造成的普遍沮丧的社会心理。但是被回避的问题实际上还是存在的,由于人们在社会操作层面上对资本的负面性缺乏警惕和监管,以财富为核心的新意识形态迅速形成并渗透到民间社会,直接颠覆了传统儒教的人生哲学,也进而割断了五十年代建立起来的安全、信任、幸福的感情链接,由此造成的社会隐患,也是今天社会上频频爆发的负面事件的根源所在。它对人们构成了新的精神困扰。我前面指出过,"安贫乐居"的人生哲学是建立在对时代进步的信任之上的,然而"进步"是一种进化的概念,它与"落后"概念构成对立统一的互为转化的关系。在九十年代之前,官方政治词汇中的"先进",含有教育、批评、转变"落后"的意义,所以它能成为人们能动的向往、学习、争取的目标。如今在市场经济下的新意识形态,首选价值取向是财富(权力也是为财富服务),这就无法再用以往的"先进""落后"概念来界定时代进步;尽管以后的政治生活中,"先进"依然是关键词,但是先进性一旦脱离社会实际的参照,先进的榜样力量就

**从广场到岗位**

变得非常微弱，人们对时代进步的信任感就这样被消解了。

接下来就发生了1993和1994两年间知识分子圈内的"人文精神寻思"大讨论。关于这场讨论，当事者都留下了许多文字记录[①]，而且众说纷纭，没有获得一致的结论。我不打算做重复叙述，这不是这本书所要讨论的题目。这场由人文学者发起的讨论，是一场既没有官方背景也没有受到官方禁止的自由讨论，直面的是社会转型过程中发生的种种负面效应在知识伦理上的反应。既然思想理论界没有对市场经济的资本因素给以及时的讨论，那么，等到人文学者发起讨论，问题的核心已经转过几个弯了。就在社会道德底线下滑出现信号的时候，人文知识分子首先不是批评社会现象、寻找社会根源，而是用反省的态度来讨论为什么知识分子不能继续履行社会良知的责任，不能及时

---

① 关于1993—1994年的"人文精神寻思"的讨论资料，可以参阅王晓明编的《人文精神寻思录》。此书收录了讨论中的主要文献以及相关文章目录。

制止社会的不良现象。①讨论的焦点是在反省知识分子自己的问题：在这一场社会转型的过程中，究竟为什么知识分子阶层的表现如此张皇失措，如此令人不堪。我在当时的一篇讲演里描述了这样的观点：

> 九十年代以来，中国社会发生一场深刻的转型，由社会主义计划经济体制向社会主义市场经济体制过渡，原来设置在计划经济体制下的人文社会学科发生了相应的分化。有些学科迅速靠拢市场需要，研究人员大抵能在商品实现过程中直接分得一部分利润价值，譬如经济学、法学、社会学等，以及与决策部门相关的一些学科；也有

---

① 王晓明在《人文精神寻思录》的"编后记"里有一段非常好的总结。他说："人文精神寻思"的大讨论"是一场体现出强烈的批评性的讨论，而且这批判的范围相当广泛，因此，它首先就表现为一种深切的反省，在很大程度上，你不妨就将它看作是知识分子的自我诘问和自我清理。1994年秋天，在复旦大学的一次讨论会上，我曾说，'人文精神'的提倡其实是知识分子的自救行为。我今天仍然想重复这个意见。知识分子应该对社会尽自己的责任，'知识分子'这个词，本身就可以说是这种责任的代码。但是，在动手尽责之前，你先得要问自己：你拥有尽责所必需的思想能力吗？倘若回答是迟疑的，那你就先应该反省自己：我是不是缺乏这种能力？倘若是，那是如何造成的？又该怎样去重建思想的能力？这就是我所说的自救，而'人文精神'的讨论，正是在今天展开这自救的一种自觉的努力"。《人文精神寻思录》，第273页。我非常赞同王晓明的这一看法。

## 从广场到岗位

些学科（主要是人文领域的学科）因为在市场经济运转中没有直接的可用性，顿时失落了其原有的社会价值，从事这些学科的研究教学人员无法在目前还不完善的市场经济体制中找到自己致富的位置，经济上相对处于贫困化。这种分化以后，人文学科的内在价值受到怀疑。其原因来自两方面：一是原来在计划经济体制下的人文学科是主流意识形态的一部分，它在社会转型中已经渐渐变得不合时宜，趋于淘汰；二是人文学科的自身价值在一个急功近利的时代里得不到承认，新的"读书无用论"、轻视文化的思潮重新泛滥起来，得到社会舆论的推波助澜。许多从事人文学科工作的知识分子对专业的前景失去信心。更有甚者的是，一部分知识分子为了适应这样的社会转型，用虚无的态度来破坏本专业的内在道德规范，进而也破坏（用时髦的说法是解构）知识分子自身的道德理想和社会使命。这在一部分社会学科内部，表现出为了获得利润的重新分配，用专业知识去维护社会改革过程中出现的种种腐败、黑暗现象和不义行为，而不是依据专业知识

## 第一单元　背景

勇敢地与之做斗争；在一部分人文学科内部则表现为不断贬低、嘲笑知识分子的精英传统及其对社会的责任感，有的学者把知识分子的这种精神状态和主张概括为"集体自焚，认同市场，随波逐流，全面抹平"的"十六字诀"。表面上看，这是一部分知识分子向市场经济的世俗文化认同，其更隐蔽的动机，则反映了人文社会学科正在向新的意识形态演变。更为发人深省的是，当一部分人文学科的知识分子面临这样的文化困境企图自救，呼吁"人文精神寻思"的时候，竟发现自己的声音那么微弱，理由那么不充足，几乎没有人能把这个可以意会却难以言状的"人文精神"解释清楚。知识分子应该成为社会良知，这种说法虽嫌陈旧，仍不失为一种激励，但问题是知识分子凭什么才能成为"良知"，光凭大胆与口才，能否成为被社会承认的"良知"，或者说，知识分子究竟依据怎样一种知识背景在社会上发言？这就涉及到知识分子拥有怎样的知识结构，认同怎样的知识传统，进而与当代社会转型构成

## 从广场到岗位

怎样一种关系。①

我这样的想法,与王晓明教授提出的"自救"是相同的。很显然,发生在二十世纪九十年代初的"文化危机"和知识分子的"人文精神寻思",并不是市场经济直接带来的后果,而是面对了经济体制转型首先冲击传统的道德观念和价值观念,使过去计划经济体制下被掩盖的种种负面精神现象集中爆发的社会现实。知识分子人文精神本来失落已久,但是在社会转型的契机下,我认为是到了重新提出、寻找、思考、实践知识分子人文精神的时候了。

### 三、我在"人文精神寻思"中

关于"人文精神"的讨论,以王晓明的说法,是以"两次座谈会记录"为标志的。按照时间顺序而言,第一次讨论记录稿发表在《上海文学》第6期"批评家俱乐部"专栏,这是《上海文学》的一个品牌栏目,

---

① 陈思和:《我往何处去——新文化传统与当代知识分子的文化认同》,收入《陈思和文集:告别橙色梦》,第426—427页。引文有部分修改。

第一单元　背景

1989年就开设过,后来停过一段时间,到了1993年第6期又重新开张。新开设的专栏第1期就是王晓明主持的讨论《旷野上的废墟——文学和人文精神的危机》,首次提出"人文精神"和"文化危机"的问题。① 按

---

① 王晓明主持的讨论《旷野上的废墟——文学和人文精神的危机》,参与者有张闳、张柠、徐麟、崔宜明,当时都是华东师范大学中文系的研究生。他们在对话中讨论了文坛上王朔现象、张艺谋现象等面向市场经济的媚俗姿态,并提出人文精神失落已久的问题。我现取崔宜明的一段话,可以大致了解他们总的批评方向和基本观点:"我们必须正视危机,努力承担起危机,不管它多沉重。只有这样,才能看到危机的另一面,如张柠刚才所讲的,当代文学中乌托邦精神的消解,展示出新的文学精神诞生的可能性。实际上,可以在整个人文精神领域里来理解这一点。传统的价值观念的土崩瓦解,同时也正展示出一切有形与无形的精神枷锁土崩瓦解的可能性。而另一方面,新的生活实践也必然要求新人文精神的诞生。在这个急剧变动的时代,每个人的心灵都充满了太多的渴望和要求,都积累了太多的呻吟和焦灼。我们的情感瞬息万变,难以捉摸;意志相互冲突,难以取舍;理智恍惚不定,难以选择。世界、生活、自我都在走马灯般地乱转,不再能被有效地把握。但是,只要是人,就必定需要把握自己,需要知道这个世界到底是个什么样子,需要确信生活究竟是为了什么,这一切都需要在人的心灵中得到某种程度的整合。这才能有我的世界,我的生活,才能有'我'。倘若既定的价值观念已不能担当此任,那就只能去创造一个新的人文精神来。"(《人文精神寻思录》,第16页。)这段话虽然用的是文学语言,却表述得非常之好,可以说是概括了人文精神讨论发起者们的核心思想。它包含了几层意思:一、市场经济冲击下,"乌托邦精神"和传统价值观念土崩瓦解,这是大势所趋,不值得留恋和惋惜;二、市场经济冲击了传统价值观念以后,留下了精神废墟("金钱拜物教"的隐喻),没有必要去认同,更不值得赞美;三、传统的人文精神早已经丧失了,我们应该利用现在这样一种废墟状态,去建设新的人文精神,以挽救当下精神界的混乱;四、计划经济向市场经济的转型过程,也是知识分子的新旧价值观念的转换过程,需要建立新的人文精神的标准,来指导价值混乱的当下社会生活。

## 从广场到岗位

照刊物的出版周期,这个讨论应该是在1993年3月之前就开始运作的。[①]紧接着下一期(第7期)的"批评家俱乐部"栏目发表我主持的讨论《当代知识分子的价值规范》,参加者有郜元宝、严锋、王宏图、张新颖四人,讨论地点就在我的黑水斋。从时间上推断,周介人[②]应该是在1993年初向我们约的稿。王晓明与研究生们对此酝酿的时间可能会长一些,他们提出的"人文精神危机"的讨论,切中时弊,一炮而红,引起了社会广泛的反响。而我和我的学生们讨论的问题离现实比较远,更多地关注知识分子自身的传统和价值取向。我在讨论的开场白中先定了调:

---

[①]《上海文学》刊出《旷野上的废墟——文学和人文精神的危机》时,标出的讨论时间是1993年2月18日。据张闳的《丽娃河上的文化幽灵》第五章所忆,讨论地点是在华东师范大学第九宿舍625室(徐麟的研究生宿舍)。但张闳回忆讨论的时间是在1992年暑假刚过,似不确。1993年2月18日应该是寒假刚过。但也不排除王晓明和研究生们之前有过多次讨论。张闳文章刊载于夏中义、丁东主编:《大学人文》第3辑,广西师范大学出版社2005年版,第178—195页。

[②] 周介人(1942—1998),文学评论家,《上海文学》的执行副主编。著有评论集《文学:观念的变革》《新尺度》等,身后有《周介人文存》传世。周介人1964年毕业于复旦大学中文系,一直在上海作家协会工作,担任杂志编辑。二十世纪八十年代他对我们这一代青年批评家多有提携,九十年代担纲《上海文学》负责人,为了刊物在市场经济大潮下艰难发展,殚精竭虑,鞠躬尽瘁。

## 第一单元 背景

我们今天所讨论的，不是对外部世界的议论，我们应该从内部反省开始，在今天所处的商品经济大潮下，知识分子的人文精神到哪里去了？知识分子在今天的处境下应该如何安身立命？现在"文人该不该下海"的议论太多了，使人感到厌烦。文人作为单个的人，他如何选择生活方式和追求致富，完全是个人的私事，没有必要去声张和议论，但作为知识分子这个社会的"类"，现在处于怎样的社会位置，他们的思考起点与行为特点中如何保持知识分子的使命和职责，如何确立知识分子自己的价值规范，我觉得这才是我们今天应该议论的题目。①

现在读来，这些话与后来"人文精神寻思"似乎能够挂上钩了。周介人策划的"批评家俱乐部"与提倡人文精神没有直接的关系，王晓明与我各自在上海的高校里带领学生讨论人文精神危机的问题，也没有

---

① 陈思和等：《当代知识分子的价值规范》，初刊于《上海文学》1993年第7期。收入陈思和等：《理解九十年代》，人民文学出版社1996年版，第145页。

## 从广场到岗位

事先通过气①,而且我们对人文精神的着眼点并不相同:王晓明的团队更着重对现实的批判,而我更偏重对传承的思考。当时我对王朔和张艺谋的创作都抱有好感,我之前写过多篇文章,为王朔被人诟病的"痞子文学"辩护;我对王朔的批评是在"人文精神寻思"发生激烈争论以后的事。我对张艺谋导演的电影也一直很喜欢,直到十年以后主编《上海文学》时才发表过批评《英雄》的文章。我现在这么说,就是想说明在紧接着发生的"人文精神"大讨论中,我所关心和思考的问题与其他讨论者不太一样,我有自己的思路,就是关注知识分子现代转型中价值取向的辨析和选择。

关于"人文精神"讨论的第二次高潮,发轫于中国文艺理论学会第六届年会。会议在上海华东师范大学召开,时间是1993年11月25日到29日,那次年会

---

① 王晓明在《人文精神寻思录》"编后记"里说过类似意思:"其实,在这些座谈举行之前,至少在上海,在思想史、文学和文化批评乃至哲学的领域里,都有过颇长时间的酝酿性的讨论。它们都是自发的,也是分散的,不同领域的讨论者之间,甚至往往并不相熟。或许也正因为这样,这些讨论的内容相当广泛,有些论题也展开得颇为深入。当然,许多意见原本就没有想要形成文字,有些热烈的讨论者,后来也没有参加那几个座谈。"(见《人文精神寻思录》,第271页。)

的议题是"五四新文学以来文艺理论研究的回顾与展望"。我一向很少参与各类年会,但这次会议就近在上海召开,大约也是王晓明等一班朋友在张罗会务,受到邀请我就去了。在会上我意外地看到复旦大学哲学系的张汝伦,会议安排他做了重要发言。那时汝伦刚从国外访学回来,他的讲话口气咄咄逼人,讲的内容是当下知识分子如何守先待后的问题,扫荡性地批判了社会转型过程中的种种负面现象。王元化先生坐在他的边上,一边听着他的发言,一边频频点头,很赞成的样子。张汝伦这个发言与"人文精神寻思"的讨论直接有关。那天会后,晓明与我说,《读书》杂志的沈昌文也来参会了,他建议我们在晚上插入一个"会中会",就"人文精神寻思"的问题做深入讨论。我忘了这个"会中会"是当天晚上还是第二天、第三天的晚上,模糊的记忆里好像不是当天晚上。参与"会中会"的时候,我突发结膜炎,眼睛一直在流眼泪,只好闭着眼睛坐在会场里,没有发言。就在那次会上沈昌文建议我们在《读书》杂志上做连环讨论,得到大家一致的赞同。就这样确定了"人文精神寻思"的大讨论。

## 从广场到岗位

所谓连环讨论的形式也很有意思。第一场对话由张汝伦、朱学勤、王晓明和我四个人做的开场白,讨论题目是"人文精神是否可能和如何可能?",这是提出问题。第二场讨论"人文精神寻踪",进行追根溯源。第三场讨论知识分子与传统,即历史上的"道统、学统和政统"三者的关系。第四场是由南京的几位批评家组织的(好像是吴炫在张罗)。第五场对话又回到了现实层面,讨论人文精神是"建构"还是"解构"的问题。其中第一场的参与者张汝伦还参加了第二场和第五场的讨论,我再次参加了第三场的讨论,郜元宝也分别参与了第三场和第五场的讨论。王晓明负责各场之间的平衡协调,整个"人文精神寻思"的讨论是根据王晓明的设计进行的。参加者除了第一场讨论的四人外,还有高瑞泉、许纪霖、袁进、李天纲、蔡翔、季桂保、郜元宝、陈引驰等上海的学者,以及南京的批评家吴炫、费振钟、王干和王彬彬。第一场讨论是在我的黑水斋举行的,讨论记录稿整理后初刊于《读书》杂志1994年第3期。据王晓明说,发表出来的讨论内容仅仅是原记录稿的四分之一。可见我们都是在极为放松的状态下进行讨论的,高谈阔论,洋洋洒洒，肆无忌惮。讨论结束后，我在打扫现场的时候发现四人围坐的餐桌玻璃上，留下了四摊浓浓的唾沫痕迹。

《上海文学》的"批评家俱乐部"和《读书》的"人文精神寻思录"两组讨论记录稿的发表，在二十世纪九十年代初引起了社会各界的强烈反响，争论也随之而来，成为一时的舆论热点。涉及到本书的主题——本书不是关于"人文精神寻思"讨论的回忆，我的叙述也就到此为止。不过通过这次有意识的回顾，我意外地发现自己的一个记忆错误：我以前一直以为我是从"人文精神寻思"讨论中受到触动，才开始关注知识分子的现代转型和价值取向问题，由此形成"岗位意识"的想法。然而经过这次查阅资料和对照时间顺序，我才发现《试论知识分子在现代社会转型期的三种价值取向》的构思与写作另有渊源，与"人文精神寻思"的讨论是同步发生的，可能还早于"批评家俱乐部"的讨论。换句话说，我是带了我自己的研究课题参与到"人文精神寻思"讨论的。当时关于知识分子人文精神缺失的问题，已经在文化圈子里被经常提起，而不是经过我们的讨论才提出来的。《上海文学》

## 从广场到岗位

的"批评家俱乐部"专栏前两期发表王晓明和我分别主持的讨论稿,讨论宗旨、内容、范围都不一样,我们却不约而同地关注到知识分子人文精神,可见这已经是相当普遍的社会性话题。在《当代知识分子的价值规范》的讨论中,我说到了对知识分子人文精神的理解:

> 社会进步与知识分子的责任是不相矛盾的,知识分子应该有承担社会良心的自觉,尤其在中国当前社会体制转轨还不完善的情况下。商品经济唤醒了计划经济下麻木已久的人的潜在能力和积极性,特别是在追求利益和财富的生存斗争中,人们开始感到捍卫个人权利的重要性。过去意识形态制造的许多神话——破灭了,人的尊严和权利将会随着人的自由追求而逐步回到社会正常生活中来。但是,商品经济对人们的刺激是有负面作用的,社会需要制约,文化需要规范。这些工作,不能像过去那样,仅仅靠国家意识形态的运作来完成,而需要有完备的、独立自主的社会舆论、司法监督以及知识分子的终极关怀。某种意

## 第一单元　背景

上说，这些工作正是知识分子人文精神的体现。①

这些想法，与我在第二节描述的时代背景的相关情况是一致的，也是后来"人文精神寻思"想要讨论的问题。在讨论中我试图表述知识分子的精神传统、价值取向等问题，甚至谈到了知识分子的庙堂、广场的价值取向。三十多年过去了，我本来已经忘记了这篇讨论记录稿的具体内容，直到这几天我重新阅读，才发现在1993年3月的这次讨论里，我开始触及后来在《试论知识分子在现代社会转型期的三种价值取向》里阐述的相关内容。这篇讨论没有提到"岗位"，但在讲到知识分子如何建立自己的话语体系时，隐隐约约地接近了这个概念。②

---

① 陈思和等：《理解九十年代》，第155—156页。引文略有改动。

② 我在《当代知识分子的价值规范》中说："在商品经济社会中，知识分子应该提倡'返回自身'。这个'自身'是什么？这是迫切需要弄清楚的。我的理解是指知识分子自己赖以安身立命的传统，即他作为一个知识者的价值观念。知识分子当然可以经商或者从事别的职业，'返回自身'不是号召知识分子退回书斋去，而是要认清自己的财富在哪里，自己的价值在哪里。一个教授与一群腰缠万贯的商人坐在一起吃烤鸭，不免会因为囊中羞涩而感到惭愧，但是教授自有的价值，也是商人所远不及的。每个系统里都有自己的价值标准。在商业行业里，一个大亨也许会获得同行的尊重，一个有学问的教授在自己的行业里也能获得同样的尊重。"（《理解九十年代》，第159—160页。）

## 从广场到岗位

除了这篇集体讨论以外,我在同时间里还写了一篇《试论现代出版与知识分子的人文精神》,通过现代知识分子从事出版事业的实践,探讨了在市场经济体制下的知识分子如何通过知识转换来实现自身价值。我举了两个例子:一个是张元济通过编写现代教科书来改造商务印书馆,使之成为现代文化重镇;另一个是陈独秀把《新青年》搬进北京大学,与进步师生一起提倡新文化运动,最终凝聚起改变中国命运的新力量。在文章里我设想了一个可以集中思想传播、教育与出版三位一体的社会空间,以晚清和民初知识分子的现代转型为例,来探讨当下人文知识分子既能成功实现知识转换带来的经济收入,又能保持安身立命的精神传统的可能性道路。

我在写作《试论现代出版与知识分子的人文精神》时,满脑子都是现代知识分子自己办出版的故事,这些故事刺激了我,让我感到兴奋。我在论文中是这样描述的:

> 我常常怀念"五四"一代的知识分子,他们同样经历了一场社会角色转轨的大变动。当历史

把他们抛向市场时,他们并没有丧魂落魄,或放弃自己的责任感。他们搞教育(如蔡元培、陈独秀、胡适之等)、办出版(如张元济等),始终保持了自己的生活目标和价值标准。二十世纪二十年代叶圣陶、夏丏尊、林语堂等人在开明编教科书和青年读物,不但保障了他们作为一个读书人的基本生活条件,而且在出版编辑中成功地贯穿了他们的人格理想。三十年代巴金、吴朗西等人办的文化生活出版社更是高扬起自己的人生理想,他们完全是白手起家,不计报酬,义务工作,在短短两年里出版了好几套丛书,到抗战前夕,出书的速度已接近"日出一书"的商务印书馆。战争爆发以后,巴金在战火中来去,苦苦坚持编辑《文学丛刊》《译文丛书》《文化生活丛刊》《现代长篇小说丛书》等大型丛书以及戏剧家作品书系,出版了大量的文学名作,为培养人才,繁荣文学,做出了不可磨灭的功绩。如果当时没有开明、北新、良友、文化生活这样一批体现知识分子人格力量的出版社,那二十世纪三四十年代的中国现代文学史将会改写;如果没有商务、

## 从广场到岗位

> 中华、亚东这样一批出版社,那么,现代文化史也将会改写。从我们今天所能掌握的信息量来看,古代士人的学统太遥远,继绝举逸的事情又太渺然,但是二十世纪以来知识分子的传统及其得失,还是能够梳理清楚的。[1]

于是,这样一个有关当下知识分子实践道路的念头,就在1993年初,已经扎入我的脑里,它已经孕育了关于"民间岗位"的理论胚胎。最初它仅仅是一个朦胧念头,随着市场经济在中国的推行和实践,才渐渐地清楚起来。

这个过程,与"人文精神寻思"的大讨论是直接有关的。

从时间上排列,"人文精神寻思"的讨论计划始于1993年11月底,在这之前人们已经普遍感到市场经济带来的困扰。王晓明、张汝伦都是以"批判"的姿态来呼吁"人文精神"的重建。在他们看来,知识分

---

[1] 陈思和:《试论现代出版与知识分子的人文精神》,初刊于《复旦大学学报》1993年第3期。收入《陈思和文集:告别橙色梦》,第452页。收录时题目改作《现代出版与知识分子的人文精神》。引文的个别措辞,笔者略做了修改。

子在市场经济冲击下从社会的"中心地位"向"边缘化"滑行中反馈的种种精神现象——主要是惊慌失措的负面的精神状态,乃是缺失"人文精神"所造成的。但是他们也不像王蒙所理解的:批判市场经济带来的种种社会问题,就是要退回到计划经济体制,就是要反对改革开放。王蒙当然不会把这一批青年学者(用王蒙的原话说是"一批相当优秀的青年评论家")误解为改革开放的反对者,但他作为一名坚决支持改革的庙堂文人(那时他辞去文化部部长不久),始终警惕来自"左"的声音,他警惕在这个时候的上海有个知识分子群体突然猛烈批判市场经济(准确地说是批判市场经济体制中的资本因素)带来的社会道德下滑等问题,可能会被反对改革开放的极左派所利用。我记得有位学者说过一个观点,他说王蒙代表的知识分子群体主要生活在北京(政治中心),他们从政治路线着眼,只看到社会主义市场经济取代计划经济的进步性,毫无保留地支持市场经济,可是他们没有看到(或者是有意回避)市场经济带来的负面性;而生活在上海的知识分子看到了市场经济既有进步性,也有负面性。他把这种分歧看作是"第一战线"和"第二

## 从广场到岗位

战线"的不同角度所致①。在1993年的大环境下，把问题还纠缠在支持什么反对什么，似乎没有必要，更没有意义，改革开放和市场经济都不是概念化的标签，而是与现实社会发展血肉相连的具体的实践。需要我们思考的是在推进市场经济体制的过程中，我们究竟有没有勇气直面事实：社会主义市场经济体制包含的资本因素，在有效刺激、提升生产力的同时，它的负面因素表现在哪些方面？如何及时防止这些负面因素与原有社会制度的负面因素相结合，对国家经济和社会生活构成新的伤害？社会主义初级阶段在发展过程中，不可能与资本主义实行完全的切割，必然要容纳、利用以及发展资本主义因素，以完成自身的漫长的过渡期。但作为社会主义主导下的市场经济体制，

---

① 不知道我是否记忆有误，关于"第一战线"和"第二战线"的观点，好像是朱学勤先生提出来的。我是听他在一次谈话中表述的，记不得他有没有写过这方面的文章。我很赞成他的观点。用社会主义市场经济取代计划经济体制，这是中国在经济体制改革方面迈出的一大步。中国人民对市场经济下的意识形态松绑和追逐人生欲望无不感到欢欣鼓舞，但是当时的人们对经济发展中资本因素可能产生的强大腐蚀性缺乏警惕，甚至丧失了免疫力，没有事先防控的必要措施。"人文精神寻思"的讨论中发出很多在当时觉得危言耸听的声音，往后三十年的社会实践中都被不幸言中，人性良知底线被突破已经成为社会普遍现象，媒体上许多负面的社会信息，都与人文精神的普遍缺失相关。这才是需要我们认真反思的。

还必须从国家层面（相关政策、法律和舆论）来保护最广大的底层人群的生活不受侵犯，保障底层人群的安全感。这也是社会主义市场经济推动社会进步的前提。

1993年的市场经济作为一种新的实验方案被推行，究竟会给社会带来什么结果，当时的人们很难做出预测。有些人可能出于对新经济体制不习惯、不喜欢、担忧和反感，也可能是怀着启蒙理想的知识分子一时还没有从几年前的挫败情绪中挣脱出来，他们面对让人眼花缭乱的社会变动不知所措，无法轻易地奉献出自己的信任。通常来说，人们没有能力修复自信的表现，往往是盲目投入社会大趋势随波逐流，成为乌合之众的一员，在集体狂欢中验证自我存在感；还有一种表现则相反，是用拒绝社会潮流的冷漠态度，愤世嫉俗，以确认自己的存在感。而真正自信的人，一定敢于无视或者藐视滔滔俗流，坚守在自己的工作岗位上，专心致志地做好自己责任范围以内的事情。就如孔子所说的："天何言哉？四时行焉，百物生焉。"是啊，天何言哉？地又何言哉？天地自然运行，自有规律，各司其事，本来是不需要吵吵嚷嚷的。

## 从广场到岗位

从三十年以后的今天来回顾当时场景，"人文精神寻思"的讨论话题摆脱不了市场经济体制给社会心理带来的冲击。讨论者的言论所指，是惊诧于一部分知识分子面对经济大潮而出现的趋炎逐臭或者惊慌失措的种种现象，但其实，责问病态社会心理的出发点，在我的理解中同样是出于对未来社会发展的茫然，尤其是知识分子身处整个社会充斥着知识贬值、自身的社会地位迅速边缘化的大趋势中。这就让有先见之明的人自觉地意识到：知识分子必然要调整自己，改变以往完全依傍体制的生存形态，转型为一个新的市场经济社会体制下的独立知识分子形象，才能安然渡过眼下这一坎。

接下来要追问的是：知识分子的自信是如何丧失的？知识分子的"人文精神"究竟是从何时失落的？当时对这个问题也是众说纷纭，各有各的理解。那时报刊媒体对这个问题有过很多讨论，提出很多社会议论的热点。我最近检点自己的旧文，1992年几乎没有涉及这个话题，但日历翻到1993年，相似的话题就多了起来。那年上半年我发表过两篇短文，一篇是《文汇报》以《严肃文艺往何处去》的标题，集中刊登了

## 第一单元 背景

十多位上海文化艺术界人士的发言①,另一篇是我个人写的《下海与知识分子的责任》②,两篇短文大致的意思是:我并不认为知识分子人文精神是因为当下市场经济的冲击才失落的,而恰恰是计划经济体制下知识分子失去了独立人格才产生的后遗症。现代知识分子的人文精神与古代士人的庙堂意识不是一回事,人文精神是来自西方文艺复兴以后逐渐形成的知识分子独立精神、干预社会与介入社会的批判性传统。这个传统通过法国启蒙主义运动、法国大革命、批判现实主

---

① 《文汇报》1993年3月6日,以《严肃文艺往何处去》为总标题,发表了徐中玉、王晓明、张汝伦、赵长天、陈思和、花建、李子云、周介人、毛时安、宗福先、许纪霖、方克强、钱中文、黄蜀芹、孙甘露共十五位人士的讨论记录稿。与会者中,大部分都是上海文化艺术界的学者、作家和艺术家。这个座谈会是《文汇报》举办的。"编者按"指出:"严肃文艺在现实生活中,业已失去它往昔的重心,人们对此议论纷纷。我们特就严肃文艺的生存状况、它在挑战与危机中的出路以及由变化带来的深远影响等问题,邀请了部分沪上人士举行座谈。现在刊发他们的意见,以期引起进一步的思考和更多的关注。"这个讨论是"人文精神寻思"大讨论的先声。

② 陈思和:《下海与知识分子的责任》,原载《文学报》1993年4月1日。版面是《文艺沙龙》专题讨论,除了我的文章外,还有徐中玉的《不能忽视精神生产》和花建的《变革与文人心态》,主持人(初月)说:"文学界,面对汹涌澎湃而来的经济大潮,无疑受到一次从未有过的'冲击',本期《文艺沙龙》,我们邀请徐中玉、花建、陈思和三位著名评论家,笔谈他们在这样的经济大潮下的体会。他们敏锐的见解,深邃的目光,无疑会给我们不少有益的启迪……"这是《文学报》的专题组稿,应该是延续了《文汇报》的座谈会。

## 从广场到岗位

义文学、俄国民粹党人的革命活动等传入中国,实实在在地鼓舞了五四一代知识分子奋起参与社会改造的实践,并且形成了以鲁迅的名字为凝聚标志的知识分子现实战斗精神。这条精神的血脉(我称之为"现实战斗精神"),一直在中国知识分子的实践道路上延续,在社会主义市场经济体制下,知识分子的人文精神更应该得到发扬光大,也更有条件得到发扬光大。

赓续精神传统需要榜样。我对知识分子人文精神的理解,在实际的生活中,直接地碰触到,或者说,感性地认识到的,主要是我的导师贾植芳先生的人格魅力和人格榜样。他是以个人人格魅力与现代知识分子精神传统交集于一体的典范。透过贾植芳先生的教导,我在心中所认同的鲁迅—胡风的传统就不是文学教科书里勾勒的教条和概念,而是一种有血有肉的生命系列的传承,贾植芳先生和他的朋友们都是这个生命传承链接上的一分子,我也将会是他们的后来者[①];

---

① "我也将会是他们的后来者。"当我写下这句话,顺流而下似的在电脑上敲着键盘轻松地完成了。但是我此时此刻的心底里相当冷静和慎重,今天也是我第一次写着我的导师的事迹时,那么自然而然地赓续了自己的生命痕迹。此刻在我眼前浮现出几位我的同龄人的面孔,他们都属于这条生命传承链中的"后来者",其中有我尊敬的、想起来就感到心痛的当代思想家萌萌(1949—2006)和电影导演彭小莲(1953—2019)。

## 第一单元 背景

另外,从精神的层面上,我在研究巴金的过程中有幸结识了一批品格高洁的文化老人——出版家吴朗西、翻译家毕修勺等,他们特殊的信仰和实践,让我看到了一种充满主动性的人生态度。我指的是吴朗西、巴金他们在二十世纪三十年代的上海创办了文化生活出版社。这是一个有信仰的文学群体,除了吴朗西、巴金以外,还有牺牲在日本宪兵队监狱里的陆蠡,惨死在历史浩劫迫害中的丽尼,他们是优秀的散文家和翻译家,还有,在出版社外围的知识分子群体,像毕修勺、朱洗、陈范予等,都在其中。他们构成了一个生气勃勃的年轻知识分子团体,在他们的前辈中,还可以追溯到五四运动的著名学生领袖匡互生先生。

二十世纪三十年代的上海出版界,虽然也被后来的研究者称作"黄金时代",其实在资本引领下,严肃文学也是举步维艰,许多优秀的文学创作和翻译难以问世。那时的中国社会是在半殖民地制度下的市场经济,相对地有活力与弹性,有能力抗衡国民党专制统治的高压政策,很多新文学作家都在结社、创作、翻译的同时,主动介入出版领域,把作品的出版主动权掌握在自己手里。在一定程度上,他们这样做,既

**从广场到岗位**

保证了新文学创作顺利问世，也保证了作家们避免受出版商的剥削，保护了他们的知识产权。从二十世纪二十年代开始，创造社出版部、未名社出版部、北新书局、开明书店、生活书店、新月书店等，都有这类同人出版社的性质，其中最富有理想性的知识分子出版实践，是文化生活出版社。我在大学读书期间从吴朗西先生那里学习、研究文化生活出版社的文献资料，对此并不陌生[①]。当九十年代经济大潮泛滥的时候，出版界首当其冲，严肃文学创作和学术著作的出版遭遇冲击，知识分子因为劳动产品无法转换为社会财富，心理上受到打击是很实在的，于是我自然而然就想到了知识分子人文精神的社会实践性。除了批判社会以外，还应该包括知识分子在学术研究、出版、教育等领域的社会实践，把人文理想贯穿到实际工作中去，探索属于知识分子自己的人文空间和发展道路。这就是我最初设定的知识分子在现实社会环境下

---

[①] 关于文化生活出版社的情况，我与人合写过两篇文章：《记文化生活出版社》，载《新文学史料》1982年第3期；《吴朗西的编辑生涯》，载《编辑学刊》1986年第2期。另有孙晶的博士论文《文化生活出版社与现代文学》，广西教育出版社1999年版。我为该书写的序言，也是讨论文化生活出版社的意义。

的实践范围。

　　这一系列的思考、探索与写作活动,既是我个人的思考、研究知识分子问题的线索,也是上海学者发起"人文精神寻思"大讨论的组成部分。其实每个参与讨论者都有自己的思考范围和研究课题,突然遇到了一个时机,像各条河流汇总在一起,就如伊格尔顿所说,构成了一个具有变异性的"文学事件"。

# 第二单元　追寻

## 四、读《追问录》

王晓明说"人文精神寻思"应该理解为"知识分子的自我诘问和自我清理"。这是针对当时社会现象提出的严肃思考。自我反省需要突破时空所限的当下性，往上追溯，在历史中寻找知识分子精神传统的缺陷所在。知识分子面对当下所表现出来的种种无奈与无力感，都与精神传统本身的缺陷有关。这种反省可以追溯到古早年代，也可以就近从当代寻找因果。在追问知识分子的精神传统、思考人文精神缺失的历史根源方面，王晓明做了大量的工作。他从1989年秋天起，就开始做这方面的研究准备，他认真阅读了一批先秦诸子的书籍，并通过现代人的立场去解读历史文献，试图寻找中国古代士人阶层与今天的知识分子精神世界之间的联系。他得出的结论是："今天的中国'知识分子'所以会有这样的灵魂，今天的中国文学所以会有这样的面目，一个重要的原因，也许正在于先秦文人不幸遭遇上天下无道的乱世，只能遗传下那一份偏重退缩，讲究'隐''藏'的基因？也许历史对我们特别苛刻，在大多数的时候，中国文人竟不断地被推进先秦诸子遭遇过的那种乱世，以至那一份遗传基因也随之扩展、膨胀，不断派生出新的变种？也许自先秦以来，历代文人开辟的新的思想之渠，都并没有能够伸出多远，以至你只要理清楚先秦传统和那些新渠之间的纠缠交叉，便不难把握中国文人悲剧性的历史命运？也许看清了文人的这一种悲剧命运，我们对两千年来中国社会为什么走出这样一条特别的历史道路，也就能够有所理解？一个人有怎样的命运，当然要看他遇上什么样的一个环境。但是，环境并非天外来客，它常常就是人自己的产物，不但是这一代人的产物，还是上一代乃至更上一代人的产物。因此，历史的因袭绝不只是盘踞在我们内心，恐怕更多地还是化身为我们四周的环境。"于是作者感叹："一想到这

## 从广场到岗位

一点,我就更觉得先秦文人与我们非常接近,我们其实还远没有走出笼罩住他们的阴影,那一道仿佛无边无涯的历史的阴影。"①

这是《追问录》"后记"的最后一段话,王晓明以四个巨大的问号结束追问,他的问题也是他的结论:对先秦到当下的文人(知识分子)传统给予了沉痛的批判。这本小册子虽然没有涉及到五四新文化传统,但是作者提到了"今天的中国文学所以会有这样的面目",让人联想到他的另一本重要著作《潜流与漩涡》所分析的问题:二十世纪中国作家的创作心理障碍。因此,他的思路,是通过先秦文人精神基因来解读五四以来知识分子的心理障碍。只要这样一种

---

① 王晓明:《追问录》,上海三联书店1991年版,第146—147页。这本小册子应该是九十年代"人文精神寻思"的出发点,因为赖有它,才将知识分子在二十世纪八十年代末的亢奋与沮丧和九十年代初的沉思、追问、讨论等一系列精神活动无形地联系在一起了。书的封面上题写了书中的两段话,可以大致了解作者的写作意图。一段是:"书中探讨的中国文人并不是一种已经过去了的现象。不但他们的许多创造物至今还活在我们中间,影响甚至制约着我们的生活,就是他们自己,也还健壮地活在世上,许多自以为是'知识分子'的人,其实都还是文人,都是孔子和老庄们的后代。"还有一段:"如果真要实践那句刻在雅典神庙上的千古名言:'认识你自己',弄清今天的中国'知识分子'为什么会有这样的灵魂,一个基本的询问方向,似乎就应该指向我们的祖先,指向中国历史上最先出现的那几代文人。"

## 第二单元 追寻

"偏重退缩,讲究'隐''藏'"的精神基因还制约着知识分子的潜在心理障碍,当代知识分子就无法真正地从古代文人的精神传统里摆脱出来:在古代封建专制体制下,文人们出处行藏的全部功能都被孕育在这一种精神基因的母胎之中,而在计划经济的时代,部分知识分子的精神世界依然被这种基因所约束。这本书是具有前瞻性的,王晓明在写作过程中也许还没有意识到,这本书出版的第二年,市场经济大潮很快成为社会主潮,这本书提出的问题又生成了新的意义:在当下,先秦诸子遗留下来的精神基因使知识分子在市场经济体制下的精神状况非但没有得到好转,反而变本加厉了。这就决定了当下的知识分子依然是牢骚满腹、孤芳自赏的传统文人,或者变成随波逐流、趋炎附势的乌合之众,丧失知识分子应有的在市场经济潮流下批判自我、涅槃新生的机会。这也是紧接着提出"人文精神寻思"大讨论的真正的出发点。

王晓明的《追问录》给了我很多启发。这本书在描述先秦到当下文人(知识分子)传统的基因时,说到了文人与时代的关系,作者说:"一个人有怎样的命运,当然要看他遇上什么样的一个环境。"而"先

## 从广场到岗位

秦文人不幸遭遇上天下无道的乱世","中国文人竟不断地被推进先秦诸子遭遇过的那种乱世"。"乱世"这个词,在书中有特定所指的意义,作者用"天下无道"来规定一个特殊的境遇。"天下无道"就是没有公理可讲。先秦诸子遭遇的"乱世",是礼崩乐坏、王纲解纽的时代,是诸侯瓦解天子、家臣又颠覆诸侯,谁也不把谁当作权威的时代,在这个意义上的"天下无道",又是指一种思想解放的前提,客观上为先秦诸子的百家争鸣提供了条件。[①]照郭沫若的历史分期

---

[①] 关于历史上乱世和盛世的关系,我最初的认识来自周作人的《中国新文学的源流》的观点。他是从文学史发展的角度讨论这个问题的,后来他为沈启无编的《近代散文抄》所作序言谈及小品文的来历,说了这样一段话:"小品文是文学发达的极致,它的兴盛必须在王纲解纽的时代。"因为"在朝廷强盛,政教统一的时代,载道主义一定占势力,文学大盛,统是平伯所谓'大的高的正的',可是又就'差不多总是一堆垃圾,读之昏昏欲睡'的东西,一到了颓废时代,皇帝祖师等等要人没有多大力量了,处士横议,百家争鸣,正统家大叹其人心不古,可是我们觉得有许多新思想好文章都在这个时代发生,这自然因为我们是诗言志派的。"(见周作人:《苦雨斋序跋文》,河北教育出版社2002年版,第126—127页。)周作人把时代分为盛世和乱世,把文学分为载道和言志,盛世则往往政教统一,载道主义文学大盛,容不得异端;乱世则统治势力衰弱颓废,导致了处士横议,百家争鸣。根据周作人的思想观点,我补充王晓明的"乱世说",认为春秋战国的"乱世",既为天下无道,构成百家争鸣的局面,又是经过许多小国专制的互相侵吞。处士横议的结果就是许多小国灭亡,导致大国专制的统一。春秋战国思想界的百家争鸣没有形成古希腊时代的繁荣局面,反倒促成了强权专制的焚书坑儒和"罢黜百家,独尊儒术"。而中国士人的精神基因来自焚坑记忆的无意识恐惧,进而被改造成人格的猥琐和隐藏。

说，春秋战国时期经历了一个奴隶制度行将消亡、新兴地主阶级的封建制度正在崛起的过程，在"天下无道"的局面下，各诸侯国无论代表没落的奴隶制度还是先进的封建制度，其本质都是专制集权体制。《追问录》第九节专门讨论了墨子"尚同"思想，作者指出最具江湖色彩的墨子，依然摆脱不了"君主崇拜"的悲剧。"在春秋战国时期，中国已经走到了中央集权的专制形态的边缘，正向里面迅速地滚进去。"[①]从诸子的政治主张来看，不但法家、纵横家们擅于投机，属于所谓"有奶就是娘"的政客阶层，而大多数思想家所思考的问题，也都集中在如何依附一个专制政权，希望某个君主来改变"天下无道"的局面，以求重新建立"天下有道"的大一统帝国。至于历史决定由秦国还是楚国或者齐国来统一这个局面，本质上没有差别。所以，这个"天下无道"的"乱世"对先秦诸子而言，具有双重意义。一方面，"乱世"打碎了大一统的周天子权威，群雄逐鹿，金瓯缺碎，给诸子纵横捭阖、发挥才能提供了现实政治舞台，古代士人最阳刚

---

[①] 王晓明：《追问录》，第41页。

## 从广场到岗位

的一面也就呈现在这个乱世之中。另一方面,各派人士都在君主面前斗智斗勇,巧舌如簧,推销自己的政治主张。只是权力斗争太残酷,君主喜怒无常,宦海风险莫测,这才导致古代士人处心积虑地总结出各种苟全性命的人生哲学。百代都行秦政法,秦国专制在中国政治史上延续两千多年,逐渐使得那一套"偏重退缩,讲究'隐''藏'"的生存智慧成为庙堂文化的"基因",深深地根植在中国士人的精神血脉里。

这样一种君主专制与士人参政的博弈中,最后胜出的是以孔子为代表的儒家学派。我觉得孔子不是诸子中最聪明的智者,却是最勇于实践并有创造力的学者。首先是他头脑里没有迂腐的正统道德观念,虽然他口口声声要"复周礼",但在周游列国时他并未明确要帮助正宗血统的政权,只是希望有权势者信任他,并为他提供施展理想的政治平台。不管这个平台是否正统,他都愿意前去试试机会。[1]相比之下,后

---

[1] 据《论语·阳货》载:"公山弗扰以费畔,召,子欲往。子路欲阻其行,孔子曰:如有用我者,吾其为东周乎。"我过去读这段话,不解其意,想不通孔子怎么会为了做官竟想去投靠乱臣贼子。待人到中年以后,多少有些懂得孔子的苦衷了,想不想做官是另外一件事,至于做谁的官,如果跳出名分圈子,各国诸侯又何尝真有"为东周"的可能性?真命天子与乱臣贼子,都是以胜负成败而定论的。

世文人讲究什么"汉贼不两立""每饭不忘君""愧无半策匡时难,惟余一死报君恩"等等劳什子,境界远不如孔子。其次是孔子对仕途蹭蹬也看得很开,做不了官,可以退回乡里办私学,有教无类,广招学生。他的思想学术和政治理想,即使不能在庙堂施展,也还可以通过教育传播开去。他还自编教材,整理古代文献,所谓"六经"者,《易》对应上古哲学,《书》《春秋》对应古今史学,《诗》《乐》对应文学艺术,《礼》为上层政治学,构成完整的中国古代人文学科的知识系统,称孔子为"万世师表"并不过分。孔子把著书立说、私学育人、整理古代文献三者合一,初步实践了古代儒生在庙堂以外实现安身立命的价值取向。这一点,对我后来做知识分子民间岗位价值取向的探讨,产生过重要影响。其三,——呵,还有其三:我前面说的孔子著书立说并不准确,严格地说,孔子只是"立说"而不"著书",他自己也说过"述而不作,信而好古"。他是通过研究古代文献材料,形成了自己的一整套学术观点。这是孔子最了不起的地方。因为他面对的那些诸侯国君主,是通过血缘政治或者阴谋篡位才上位的,他们必须依靠暴力手段来实行强权

## 从广场到岗位

统治；作为无权无势的儒生要参与庙堂政治，就必须建立起一套属于自己的思想传统，这种传统唯有来自上古时代的政治理想，才有足够的权威性，威慑世俗君主。这就是孔子提倡"克己复礼"的政治动机。孔子通过整理"六经"，勾勒出上古时代"王道乐土"的境界，形成儒家学派的"道"，把这种"道"的学说通过教育世世代代传授下去，逐渐形成了古代士人的学统。以道统、学统与君主的政统相博弈。合则留，兼济天下；不合则去，独善其身。当不了官，还可以回到民间从事学问与私家教育，躬耕自己的园地。

如果我们把古代士人阶层与现代知识分子做个比较，古代士人没有自己专业知识的价值取向[①]，他们所有的学问都围绕着经世致用，为国家政权服务，只有庙堂一条路。但是在专制时代，君主有绝对权

---

[①] 我这里所说的意思，不是古代知识分子没有自己的专业知识，而是没有普遍的价值取向。二十世纪八十年代曾有学者比较研究过古代三个文人留下的墓茔。诸葛亮是蜀国丞相；张衡是东汉时期的天文学家，也做过官；唐代"药王"孙思邈终身布衣。从科学知识而言，张衡、孙思邈都比诸葛亮的贡献大得多，但是诸葛亮在后世享用的祭祀香火最旺盛，张衡次之，孙思邈更次之。这说明在中国古代对文人的评价标准，是以其庙堂地位而分，专业知识并不构成价值取向。

威，士人要在庙堂中分到一杯残羹，必须付出巨大代价。孔子的高明之处，就是煞费苦心地搞出了一套高于、大于、正于君王权力的学问体系，以此来作"帝王师"的资本，参与君王的权力分配。这样的思维惯性，我称之为庙堂价值取向。这个价值系统里不完全是"隐"与"藏"的心机和权术，还掺杂了某种阳刚的、不畏权势的积极因素[1]，就如鲁迅所说的："我们从古以来，就有埋头苦干的人，有拼命硬干的人，有为民请命的人，有舍身求法的人……虽是等于为帝王将相作家谱的所谓'正史'，也往往掩不住他们的光耀，这就是中国的脊梁。"[2] 这里所指的并非都是儒生士人，但也确实包含了古代士人阶层中某些脊梁式的

---

[1] 文天祥的《正气歌》虽然夹杂许多迂腐的内容，但还是保留了一些历史上值得歌颂的事迹。如："在齐太史简，在晋董狐笔"，齐太史兄弟、董狐都是脊梁式的人物。《左传·襄公二十五年》记载崔杼弑齐庄公，记载历史的太史兄弟数人，坚持要把"崔杼弑其君"五字写入史册，一个一个都被杀死，但他们忠于史德，前赴后继，终于让崔杼无可奈何，只好让这件事留在史册里。《左传·宣公二年》载，晋灵公无道，被赵穿杀死，晋大夫赵盾没有处置赵穿，太史董狐在史册上记录："赵盾弑其君。"孔子称赞这样写是"良史"笔法。齐太史兄弟和董狐都是史官，他们把忠于岗位职守视为最高原则，不惜触怒权威，不顾身家性命。这是古代士人中最有光彩的性格基因。

[2] 鲁迅：《中国人失掉自信力了吗》，见《鲁迅全集》第6卷，人民文学出版社2005年版，第122页。

人物。这也是一笔精神遗产，我们当下知识分子应该珍视。

## 五、以严复为起点

从中国古代的士人到现代的知识分子，有一定精神联系，但不是一个自然形成的进化过程。古代士人阶层经历了现代社会转型的熔冶锻炼，被注入新质以后，才逐渐成为新型的文化人。现代社会转型包含了君主专制的倒塌、封闭文化体系的崩坏以及在西方列强炮火下被迫进入半殖民地化社会的中国现代化进程；其新质就是现代知识分子价值取向的建立。君主专制的倒塌，使得两千多年来儒家士人构筑的所谓"明君贤臣"的政治理想彻底瓦解，士人很难再通过庙堂的价值取向来完成自我价值确认，导致了道统、学统与政统三者分道扬镳；封闭文化体系的崩坏，体现在儒家学以致用的"修身齐家治国平天下"①系统被淘汰。儒家士人以往学习的是超稳定结构下的传统农村社会的管理方式，随着社会现代化进程，传统农村社会结构迅速瓦解，大量新型的科学专业知识和社会分工都有待振兴，那种靠个人道德权威来治理社会的传统模式不再适应社会发展需要；中国的现代化是在西方列强的侵略下开始启程的，士人的天朝迷梦彻底破碎，睁眼看到了西方社会的进步和强大，也看到了中华老大民族的颟顸愚昧和落后挨打，双重刺激下他们有了自己的选择，同时日本明治天皇"脱亚入欧"决策促使国体强盛和社会发展的实绩，成为他们想要学

---

① 《礼记·大学》有言："古之欲明明德于天下者，先治其国；欲治其国者，先齐其家；欲齐其家者，先修其身；欲修其身者，先正其心；欲正其心者，先诚其意；欲诚其意者，先致其知，致知在格物。物格而后知至，知至而后意诚，意诚而后心正，心正而后身修，身修而后家齐，家齐而后国治，国治而后天下平。"在这个学习系统里，通过学习知识来端正思想意识、修身养性，然后由个人、族群、国家、天下，实践一种从小到大、由低级到高级的逻辑上升，由于农业社会的超稳定结构，士人可以用这类封闭型的学习系统来扩大知识实践范围。在中国晚期封建社会，曾国藩就是这样一个学习系统的实践者。他从乡绅起步，通过学习反省，达到修身养性的自我培养，以后他又在家乡练子弟兵。太平天国起义时期，他带领子弟兵与太平军打仗，后参与治国。晚年曾国藩入阁庙堂，掌握了清政府的重要权力，他更加关注文化建设，中兴儒学，引进西学，他组织人重译《几何原理》，企图重新推动中西文化交流，那就是"平天下"。曾国藩是中国士大夫理想的最后集大成者。

习的榜样。因此,当时的社会精英竭力要打开国门、拥抱西方、融入世界,汇合成上下一心、浩浩荡荡的社会潮流。而在这股势不可挡的社会潮流中,只有真正的弄潮儿才有可能在学习中获得专业知识和现代人格新质,成为二十世纪知识分子的先驱者。

从传统士人阶层到现代知识分子,不仅仅是一个身份的转换,或是知识结构的变化,其间经历过一个脱胎换骨的过程:在晚清士人的意识里注入了新的时代信息,导致其价值取向发生根本变化。严复是最早意识到这种变化的人。严复原先也是士大夫阶层的一员,他早年留学英国皇家海军学院,接受过西方近代思想,回国后站在康梁维新一边,深度参与戊戌变法。当他亲历变法失败之后,由此觉悟到"民智不开,则守旧、维新,两无一可"的道理。①于是他选择了译介西方学术著作作为自己的终生志业。他继《天演论》(1898年)后,接连译出《原富》《群学肄言》《群己权界论》《穆勒名学》《法意》等西方文化经典②,全面介绍了进化论、唯物论、经验论,以及古

---

① 严复致张元济的信中这样表述:"复自客秋以来,仰观天时,俯察人事,但觉一无可为。然终谓民智不开,则守旧、维新,两无一可。即使朝廷今日不行一事,抑所为皆非,但令在野之人与夫后生英俊洞识中西实情者日多一日,则炎黄种类未必遂至沦胥;即不幸暂被羁縻,亦将有复苏之一日也。所以屏弃万缘,惟以译书自课。……弟有所密商者,则弟近灰心仕进,颇有南飞之思;欲一志译书,又以听鼓应官期会簿书累我。是以居平自忖,谓南中倘得知我之人月以一洋人之薪待我,则此后正可不问他事,专心译书以饷一世人。"见汪征鲁、方宝川、马勇主编:《严复全集》(卷八),福建教育出版社2014年版,第129—130页。这段话里包含了很可贵的思想发现,严复经历了戊戌变法的失败,看清楚了变法失败的真正原因所在,他没有简单地归咎庙堂保守派的破坏,而是发现中国普通国民没有觉悟,昧于世界大局,根本不知道世界已经进步到什么程度。对于这种闭关自守、夜郎自大的愚昧,严复感到痛心疾首,才会发出激愤之言。更可贵的是他由此发现了生活中有一种比做官更重要的志业,对他来说,得天独厚的是他的外语好,可以"屏弃万缘,惟以译书自课"。他甚至考虑到:只要有人"以一洋人之薪待我",他就可以不再为官场烦恼,一心一意从事翻译工作。这完全不同于老庄学派的消极躺平,归隐山林;也不是佛教的看破红尘,自修胜业。他的人生态度仍然是儒家士人的,但是他看到了比庙堂做官更重要的价值取向。

② 严复译著系列包括:赫胥黎《天演论》(1895—1898年)、亚当·斯密《原富》(1901年)、斯宾塞《群学肄言》(1903年)、约翰·穆勒《群己权界论》(1903年)、约翰·穆勒《穆勒名学》(1903年)、甄克斯《社会通诠》(1903年)、孟德斯鸠《法意》(1904—1909年)、耶方斯《名学浅说》(1909年)。共八部。在二十世纪头一个十年中,严复的主要工作就是翻译,给中国新世纪文化建设带来巨大影响。

## 从广场到岗位

典经济学、法学与政治理论，在中国学术史上开创了近代学科分类的新纪元。我在上一节讲到孔子作为春秋时期百家争鸣的最后胜出者，他所编订的教材"六经"，创造性地包容了中国古代人文学科的基本内涵，两千年人文传统由此奠定；孔子和他的门人后辈所研习、发展而形成的学术系统，为两千多年来士人传承的"帝王之学"打下基础。然而严复借西方学术重新建构中国的现代知识系统，他的八部译著，关涉的是人类学、法学、经济学、社会学、政治学、逻辑学等等，包含了中国古代人文传统所缺乏的社会科学知识范畴。社会科学的宗旨不在建构意识形态，不在庙堂建功立业，而是重在推动社会发展与文明进步，它具有社会实践性。获得社会科学专业知识的士人，便可在民间社会设定专业工作岗位，服务社会，影响国家。读书人由此摆脱学而优则仕的传统经济之途，逐渐在社会实践中形成独立于廊庙的现代知识分子的新群体。在这个意义上，把严复的文化贡献比作古代的孔子也不为过。孔子是借助了古代（尧舜、周公时代）的乌托邦理想建构起中国人文传统和文人学统，严复则是站在二十世纪的门槛上，接住了西学东渐的思想学术"彩球",把衰朽古老的东方专制文化与年轻血性的西方资本主义文化嫁接起来,把中国推向世界。从此以后,中国就成为世界的一部分,再也没有孤家寡人的中国,百代都行秦政法,已经此路不通。

纵观严复一生的主要价值取向,他仍然是一个庙堂文人,在他后半生与庙堂若即若离的暧昧关系中,他的有些行为是颇有争议的。[①]但对于一个面临"数千年未有之变局"的传统士人,出现反复并不奇怪,由传统士人转型为现代知识分子不是短期可以完成的。严复作为一个承载了两千多年传统价值观的士人,他首先发现了时代巨变和世界文明给中国士人带来了新的价值观,他看到了传播新思想、开启民智是比庙堂做官更为重要的工作,甚至比国家兴亡更为重要,于是他身体力行,从事翻译和出版,造福于时代,造福于国家。严复与以前官场失意的士大夫是不一样的,他弃官以后,不是经商致富(陶朱公),也不是归去来兮(陶渊明)——这都是传统官宦文人所走的道路。

---

① 指的是严复晚年反对共和制度,参与筹安会拥戴袁世凯复辟帝制的活动,为时人所诟病。严复作为封建末世的士大夫,政治上有其保守的一面。这是历史转型时期传统士人转型为现代知识分子过程中的普遍现象,不足为奇。

## 从广场到岗位

而严复的人生道路是与现代知识分子的价值观联系在一起，他开创了知识分子的民间岗位：翻译和传播。此外，严复还担任过复旦公学和北京大学的校长，积极从事现代教育工作，他在著书立说、出版传播以及现代教育三大领域内，开创了现代知识分子的民间岗位，他是现代知识分子的先驱者。而且，严复的超前意识和专业能力，不仅为中国现代知识分子的诞生提供了新的价值取向，也使自己在新的价值取向中获得了利益：随着新兴出版业的发展，稿酬和版税制度逐渐健全，知识为社会创造精神价值的同时，还转换为个人财富。严复通过商务印书馆出版"严译系列"收获大笔版税。据统计，到1919年，他存入商务印书馆的版税已达两万元左右，后来以版税购股票成为商务股东。严复晚年生活潦倒，基本是靠版税为生。稿酬与版税制度的确定，为知识分子提供了重要经济来源，知识即财富的观念得以成立。知识分子即便不做官，不经商，不靠庙堂和祖产，也能通过自己著述来获取生存保障。这也是读书人摆脱庙堂依附的一个先决条件，靠版税或者薪水维持体面生活几乎成了二十世纪前半期知识分子的主要生活方式。

同时要补充的是，严复的变化是与整个晚清社会的转型分不开的，其中商务印书馆在社会转型中所起的作用尤为重要。一般人们都知道商务印书馆在张元济加盟以后，通过编写新型教材而发达；然而商务印书馆决心包装严复、出版"严译系列"的选择，则是在更高的层面上为二十世纪中国的知识更新、学科更新和思想更新奠定了重要基础。这是张元济极有眼光的举措，也是社会转型的大趋势与知识精英介入社会商界弄潮成功的典范。

严复在晚清时期的文化贡献不是个别现象，当时是有一大批读书人在时代巨变中醒悟过来，他们与时俱进，蜕旧变新，共同发力于社会实践，这才形成了现代社会转型和现代知识分子的诞生。像蔡元培、张元济、陈独秀、黄远庸、马相伯、张謇等等，他们没有完全放弃士人阶层的传统价值观，但是他们勇于实践，大胆探索，开辟了民间的社会活动新空间。蔡元培主掌北大提倡兼容并包；张元济加盟商务印书馆主编新教材；陈独秀创办《新青年》鼓吹思想革命；黄远庸变身为一个有良知的新闻记者；张謇创办近代实业；马相伯毁家兴办民间私立大学；梁启超流

## 从广场到岗位

亡日本期间创办报刊倡导新文学；晚清通俗小说随着稿酬制度确立而泛滥，李伯元、吴趼人等以创作白话小说谋生……在更加广阔的世界背景下，大批留学生在美国、欧洲、日本攻读现代新学科、新知识，学习医学、工学、理学、法学、农学等等，尤其是医学和法学，成为人文知识分子岗位的拓展领域，时代风气由此大变。大批海外归来的留学生一边开诊所、做律师、当教授、办实业，进入城市从事出版和新闻传播、进行思想启蒙等等；又因为亲历了国外新的生活方式和社会形态，他们对清政府的专制体制日益不满，有的积极支持并投入民主革命实践，也有的在精神道义上同情民主运动。在这双重的蜕变之下，现代知识分子的价值观逐渐形成。

我在二十世纪八十年代认真读过李泽厚的《中国

## 第二单元　追寻

近代思想史论》①，这本书极大地提升了我的精神空间。它使我渴望进一步了解晚清到五四的中国知识分子状况及其精神传统的形成；它也使我认识到晚清到五四

---

① 李泽厚的《中国近代思想史论》（人民出版社1979年初版）和《美的历程》（文物出版社1981年初版），在二十世纪八十年代可以说是我的启蒙之书，对我以后的学术道路有过深刻影响。我在读严复的书之前，就已经接受了李泽厚关于严复的评价。李泽厚在分析毛泽东为什么把严复与洪秀全、康有为、孙中山相提并论，称为"中国共产党出世以前向西方寻找真理的一派人物"时，说了一段很精辟的话："需要从根本上了解西方，中国往何处去，是与世界发展的普遍趋向相联系的。需要了解这一趋向，已经日益成为当时的迫切课题。不是别人，正是严复，自觉地担负起时代提出的这个历史重任，通过《天演论》《原富》《法意》《穆勒名学》（这是严译中最重要的四部）的翻译，把进化论、经验论的认识论、西方古典经济学和政治理论，一整套系统地搬了进来。严复是将西方古典政治经济学和哲学的理论知识介绍过来的第一人。它标志着向西方寻找真理由感性到理性、由具体到抽象、由形式到内容、由现象到本质这条'天路历程'中不断上升的一个界碑。从而严复在中国近代思想史上开创了一个新纪元，使广大的中国知识分子第一次真正打开了眼界，看到了知识的广阔图景：除了中国的封建经典的道理以外，世界上还有着多么丰富深刻新颖可喜的思想宝藏。"见《中国近代思想史论》，生活·读书·新知三联书店2008年版，第263—264页。李泽厚这段话在2008年三联版做过补充修订，比初版的内容更完整，所以我选了三联版的引文。李泽厚对严复的评价是从思想史角度出发的，我现在从知识分子价值观的角度来看严复，觉得李泽厚的这个结论同样适用。

## 从广场到岗位

正是古代士人阶层向现代知识分子转型的重要时期[①]，今天所存在的许多知识分子问题的源头，可能都产生在那个时期。百年的历史不算太长，但积累了三代以上的经验；百年在历史上也确实很短暂，许多现实场景仿佛就是延续了当年未完成的道场。我很早就接受了克罗齐的观点："一切历史都是当代史。"这话是不错的，所谓"历史传统"，指的是与今天的生活相关、仍然有激励意义的精神文化，可以让我们把自己的生命价值融入其中，从中获取开拓未来的力量。

正是鉴于这样的理解，我更在意当代社会改革中知识分子如何传承晚清到五四的人文精神传统，学习当时士人如何应对世界局势变化而推动自身的变化，与时俱进。在"人文精神寻思"的讨论中，我一开始

---

[①] 关于"从晚清到五四的时期"是一个笼统的说法。2013年第2版的《士与中国文化》的序言里，特别提到了从"士"到现代知识分子的转化期："最迟从上世纪的三四十年代以来，中国知识界已逐渐取得一个共识：'士'（或'士大夫'）已一去不复返，代之而起的是现代的知识人（即'intellectual'，通译为知识分子），知识人代士而起宣告了'士'的传统的结束；这便是本书研究的下限。这个下限的断代应该划在何时呢？大致上说，十九与二十世纪交替之际是关键的时刻。如果要进一步寻找一个更精确的日期，我以为光绪三十一年（1905年）科举废止是一个最有象征意义的年份。"根据该书中的概括，本书讨论从晚清到五四时期传统士人向现代知识分子转型的期间，大约就是指这个时期。

对市场经济可能带来的负面性警惕不多。在当时的我看来，计划经济模式已经给中国社会发展带来不容回避的负面效应，而市场经济刚刚试行，还要通过实践来检验它是成功还是失败。对于市场经济可能带来的负面因素，当时还没有充分暴露；而且，即使市场经济存在着负面性，我也不希望中国再退回到原来的计划经济模式，更应该在实践中对这些负面性做到事先预防，及时发现，并给予纠正。我那时候还有一个天真的想法：我认为社会主义市场经济的特征不在于挂什么招牌，而在于制定政策者时刻考虑到如何利用社会主义的体制优势来保护人民群众的基本利益，让底层人群可以享受更多的自由和民主权利。如果把社会主义社会道义的优势与资本主义推动经济的优势有机结合起来，可能会探索一条独一无二的具有中国特色的发展道路。我更感兴趣的是知识分子自身的问题：当下知识分子如何应对市场经济给社会带来的经济上或精神上的冲击。在某种意义上，知识分子脱离"大锅饭"的计划经济体制的惶恐心理，与百年前刚刚脱离科举制度的士人阶层有相似之处，这里涉及到现代知识分子的精神传统、价值取向以及他们与政治、社会的复杂关系。现代知识分子的工作岗位究竟在哪里？要弄清楚这一切，就应该以学习和研究严复的人生道路为起点。

## 六、回到新文化传统

李泽厚的《中国近代思想史论》对我产生过深刻影响。这种影响不仅仅在晚清人物的月旦评论，它是整体性提升了我的思维境界和思维方法，让我看到了一个由时间构成的、宏大而流动着的整体性世界。我后来试图用李泽厚的思维境界和方法来研究现代文学史，写作了《中国新文学整体观》[1]。李泽厚在《中国近代思想史论》里有一篇研究鲁迅的文章，提到二十世纪六代知识分子的问题。[2]那篇文章写于1978年，所用的还是那个时代的话语形式，把研究的关注点集中在知识分子与中国革命的关系之上。通过李泽厚的简短的描述，鲁迅及其先驱者如章太炎（最早两代）、

---

[1] 陈思和：《中国新文学整体观》，上海文艺出版社1987年初版。后多次增订再版。关于本书提到的"六代知识分子"论的影响，可以参阅该书第一篇论文《中国新文学史研究中的整体观》。

[2] 李泽厚：《略论鲁迅思想的发展》，见《中国近代思想史论》，人民出版社1979年初版，第439—471页。

## 第二单元　追寻

毛泽东与中国革命的实践（第三、第四代）、李泽厚这一代（第五代）的历史可能性以及对下一代（第六代）的期待，都有机地连接起来了。其表述如下：

> 总之，辛亥的一代，五四的一代，大革命的一代，"三八式"的一代。如果再加上解放的一代（四十年代后期和五十年代）和"文化大革命"红卫兵的一代，是迄今中国革命中的六代知识分子（第七代将是一个全新的历史时期）。每一代都各有其时代所赋予的特点和风貌、教养与精神、优点与局限。例如最早两代处于封建社会彻底瓦解的前期，他们或来自农村环境或与社会有较多的关系和联系，大都沉浸在忠诚的爱国救亡的思想中，比较朴质认真，但他们又具有较浓的士大夫气息，经常很快就复古倒退，回到传统怀抱中去了。第三代眼界更宽、见闻更广，许多成为学者教授，有的首创与农民战争结合进行武装斗争，成为中国革命的栋梁和柱石。第四代大多数是典型的小资产阶级学生知识分子群，聚集于城市，与农村的关系更疏远一些了，他们狂热、

## 从广场到岗位

激昂然而华而不实，人数较多，能量较大，其中许多人在抗日战争中走上"与工农兵相结合"的路途，成了革命的骨干。第五代绝大多数满怀天真、热情和憧憬接受了革命，他们虔诚驯服，知识少而忏悔多，但长期处于从内心到外在的压抑环境下，作为不大。其中的优秀者在目睹亲历种种事件后，在深思熟虑一些根本问题。第六代是在邪恶的斗争环境中长大成熟的，他们在饱经各种生活曲折、洞悉苦难现实之后，由上当受骗而幡然憬悟，上代人失去了的勇敢和独创开始回到他们身上，再次喊出了反封建的响亮呼声。他们将是指向未来的桥梁和希望。总之，这几代知识分子缩影式地反映了中国革命的道路。①

李泽厚对于每一代知识分子群的特征的概括，现在经过了四十多年的时间检验，有些论述是到位的，有些论述已被证明不很准确。但在发表这篇文章的年份里，我读后确有醍醐灌顶之感，由此觉悟到：每一

---

① 此段落引自李泽厚修订过的《中国近代思想史论》，第480—481页。特此说明。

## 第二单元 追寻

代知识分子的努力追求,都不是孤立的"代"的努力追求,彼此之间是有传承和回响的精神联系,这是一种前赴后继的关系。[①]对这种关系的理解,在文学史研究领域尤感明显,有助于我把二十世纪文学史视为一个整体,历史研究与当下研究必须联系在一起,"当下"又必然伸向未来——中国现代文学的发展,现在似乎还看不到终结的迹象,没有下限,只有无限的可能性。既然有无限的可能性,研究者的主观因素就显得特别重要:研究者不是被动接受和阐释教科书里的教条,而是高扬主体性去颠覆那些束缚思想的教条,创造性地解释已然,指示当下,影响未来。文学史的未来可以被创造,作者、读者、研究者等等——所有的文学工作者,都可能是未来文学史的创造者。

---

[①] 关于这种前赴后继的关系,当代思想家萌萌在一篇论文里转述了本雅明的一段话,我很认同,并在我自己的一篇文章里又转达了这个意思:"我想起曾卓的女儿萌萌当时在会上的发言:《面对父辈的苦难,我能承诺什么?》,里面有这样一段引自本雅明的话:'在过去世代的人与我们这代人之间就存在着一种秘密的约定:那么我们就是被期待着到地球上来的人;那么我们就如同每个此前世代的人一样携带着微弱的弥赛亚力量,它正是过去的事情所要求的。这个要求不能廉价地得到满足。'现在萌萌女士也辞世了。但是我想,这样一种'微弱的弥赛亚力量',仍然会有人约定好似的携带着,一代代实践下去。"《自己的书架之四十六:思想的尊严》,见陈思和:《献芹录》,复旦大学出版社2009年版,第186页。

## 从广场到岗位

鉴于这样的理解,我把文学传统比作一条汹涌的精神之河:

> 我常常说,传统就是一道水流,而我们每个人都是这水底的石头,传统的水流浸漫我们,滋润我们,又带走了我们生命中的信息,传布开去……①

从阅读《中国近代思想史论》到写作《中国新文学整体观》,是我在文学研究领域的一次自觉的学习和模仿。我的那本小册子写得幼稚粗疏,处处留下前者影响的痕迹。但这种影响痕迹却给我的写作带来了良好效应,那种整体宏观的、以代际为着眼点的研究方法,在当时的读书界受到欢迎,由此坚定了我的专业自信,它使我有意识地把自己的生命追求融入到历史的代际传承和发展中去,这就是我后来常常说的研究现代文学成为我的安身立命之地的意思。如果说,"从晚清到五四"是一个特殊的历史阶段,它标志着两

---

① 陈思和:《自己的书架之四十三:"薪传"系列》,收入《献芹录》,第174页。

第二单元　追寻

千多年的封建专制体制迅速崩溃，随之而来的士人阶层的庙堂意识也土崩瓦解，士人转而吸纳新的世界信息，投身于实践，探索新的价值取向，寻找救国救民真理，也是中国现代知识分子结胎、孕育、成形的阶段；那么，五四新文化运动所带来的新思想启蒙、白话文普及、新的知识分子岗位逐步建立，推动了现代知识分子作为一股新生的社会力量登上历史舞台，他们积极参政议政，参与改变国家命运、改变世界关系的社会运动，进入了中国现代知识分子的自强、自信并积极发挥作用的阶段。本书所讨论的知识分子的精神传统，正是从晚清到五四时期开始酝酿和实践，并在五四后十年左右的曲折、迂回、革命、失败和分裂等一系列的经历中，逐渐铸成了它的雏形。

最近重读了我与王晓明的对话稿《知识分子的新文化传统与当代立场——与王晓明的对话》[①]，这是1996年初我们在香港中文大学做的一次讲演，我俩同

---

① 陈思和:《知识分子的新文化传统与当代立场——与王晓明的对话》，初刊于《文艺争鸣》1997年第2期。收入《陈思和文集：告别橙色梦》，第494—503页。这次演讲是我和王晓明应香港中文大学黄继持、卢玮銮两位学者的邀请，参加"中国文学史讨论会"的主题发言，是一个对话形式的公开演讲。我们回到内地后还做过多次类似演讲。

## 从广场到岗位

台演讲一个题目:如何理解新文化传统与当代的关系。王晓明对新文化传统有比较深入的思考,他分析了晚清时期以来的士人阶层普遍感受到的时代危机:"19世纪产生的那种普遍的危机感,作为一种心理情绪,与中国士大夫经国济世的传统非常契合。更重要的是,它拥有社会乃至个人生活中触目可见的大量政治、经济和军事现象的直接支持。因此,在很大程度上,危机感就像是当时中国社会最肥沃的一片精神土壤,经过它的反复作用之后,有一些思想种子就这么异常粗壮地生长起来了。"[①]由此形成了二十世纪的新文化传统。王晓明分别阐释了晚清士大夫中间比较流行的四种主要观念:"注重对抗性的世界/国家观念"、"历史'进步'的'规律'的观念"、"把社会、国家、民族之类的集体性事物看得至关重要的观念"和"一种在社会、政治变革的意义上特别重视文化、艺术和思想作用的观念",最后他特别强调说:"我愿意特别强调这四种观念对近现代思想文化变迁的重要作用。如果说清末民初三十年间,经过康有为、严复和陈独秀、

---

① 《陈思和文集:告别樱色梦》,第497页。

胡适这两代人的努力,在一部分文化人中间,确实形成了一套以救世为宗旨,以欧美和日本为榜样,深具乐观意味的思想话语,那么,由于二十世纪二十年代以后中国社会内外环境诸种因素的持续作用,这套话语还逐渐生长为一个新的文化传统的主干。"[①]

对王晓明的现场阐释,我当时做了一个补充。大概的意思是:"王晓明所概括的四种思想观念,是(中国)二十世纪文化发展过程中最普遍的四大支柱,也是支撑知识分子'广场意识'的四大支柱,我们在研究二十世纪的知识分子和中国文学史时,许多问题都可以到这四个方面去寻找原因。譬如为什么在整个二十世纪文学思潮演变中,作家的创作总是受到现实环境,特别是政治环境的制约?为什么作家总是企图寻求一种最能代表时代特征的艺术样板,来构筑文学的'主流'?为什么不同的文学思潮、派别、理论主张之间的论争,总是迅速地演化成对抗性的冲突,欲置对方于死地而后快?还有文学艺术自身的价值,虽然自王国维时代就开始被强调,但总是很难得到充分

---

[①] 《陈思和文集:告别橙色梦》,第498—499页。

的发展?王晓明还有一个观点也很重要,他研究二十世纪文学史得出一个结论,认为自二十年代后,凡以各种方式突破了这四大思想观念的种种制约,从比较单一的状态走向多样化的文学创作,才是有价值的文学。"[1]我与王晓明的演讲并没有事先排练,都是在讲演过程中互相启发,即兴发挥。我想到的一些问题,都是王晓明的讲话对我的启发,我要强调的是王晓明提倡"突破"四大观念的意思。这个意思,并不是他在那次演讲中所讲的内容,而是我俩在聊天时讨论过。在我看来,"新文化传统"与"当代立场"联系在一起,那新文化传统也会随着当下的发展而变化、丰富自身的内涵。新文化传统是在发展过程中的,除了主流的思想观念以外,它还包括自身的对立面,即反对它、突破它的反叛因素。传统是通过不断产生反叛因素、容纳反叛因素来推动自身的蜕变、发展。梳理传统不是为了把传统神圣化和凝固化,而是要看到它的问题所在,然后来突破它。我提出的这层意思,是与我后来对知识分子广场意识的理解有关的。

---

[1] 《陈思和文集:告别橙色梦》,第499—500页。引文内容略有变动。

有意思的是，在这次演讲中，王晓明也即兴发挥，补充了我的观点。我在发言时讲到了民间价值取向。大致的意思是：维新运动失败，康、梁的庙堂意识受到挫折，谭嗣同用流血祭奠了士大夫最后的理想主义。中国现代知识分子的激进主义道路，也是我所谓的"广场意识"的价值取向，由此奠定，这似乎一向被人看作是知识分子新文化传统的主流。但是在另一面，戊戌变法失败之前，张謇在《马关条约》以后就喊出了实业救国、教育救国，并且身体力行地转向地方建设。变法失败后，张元济被革职"永不叙用"，他离开庙堂参与创办商务印书馆，站在民间社会的岗位上，为中国的文化事业做出了杰出贡献。办实业、办教育、办出版，都是含有民间岗位的性质，为知识分子提供了新的用武之地。从文化积累发展的长远观点看，这可能比在广场上叱咤风云的知识分子主流更有建设性。王晓明听我这么说，他就插话补充："知识分子走民间道路，仍然是知识分子。张元济他们办商务印书馆也好，办纱厂也好，办大学也好，都不过是一种手段，他们有自己的一个立场，这个立场实际上是在他离开庙堂之前……就已经确立。……这

## 从广场到岗位

就是说，他们当时就已经形成了他们日后坚持的那个立场。所以，他无论做什么事情，做官也好，不做官也好，都万变不离其宗。他是在实践他那个信念。今天的中国知识分子，如果想做一个知识分子的话，首先就要有一个独立的批判的立场，并且有实践这个立场的自觉。这是在中国做一个知识分子最困难的地方。"①

我沉浸地读着当年的对话文本，被那些真诚的文字打动。这是二十六年以前的事。感谢当时香港中文大学的学生记录者那么忠实地记录了我们的对话。从主持"重写文学史"专栏开始，我和王晓明多次合作，多次提出针对时代的话语，以引起学界讨论，试图探

---

① 王晓明在这个演讲里还讲到一个重要观点："个人的立场并不仅仅是情绪性的东西，它是对某种精神价值的明确的认定，而这个认定，往往扎根于一个传统，一个你自己梳理出来的传统。你怎么理解这么一种传统，就成为你的价值认定背后的依托，所以，重写文学史，寻思人文精神，重新来梳理近代历史，都是希望通过这个梳理，然后慢慢地，看有没有可能通过这些方面的共同努力，形成我们个人对于某一种精神价值的认定。有了这个认定，才有可能做一个知识分子。"见《陈思和文集：告别橙色梦》，第502—503页。王晓明这段话有几个关键词："个人"——我们所说的"传统"是一种个人对历史的认知；"梳理"——传统本身不是先验存在的，而是通过当代人梳理才显现的，传统背后有稳定的价值取向；重新梳理近代历史——这是与"重写文学史""寻思人文精神"相提并论的第三次合作，旨意都是相同的：我们辨析历史传统，旨在当下批判，思考如何做一个当下的知识分子。

索可能的知识分子的思想道路。我们各有追求，但互相欣赏，各有侧重，能互为补充，从未想到学术以外的狗苟蝇营或者咬牙切齿的世界。

# 第三单元　广场

## 七、广场的形成

我们梳理新文化传统是为了梳理现代知识分子的精神传统。李泽厚在《中国近代思想史论》里谈到六代知识分子的传承关系，也同样含有梳理传统的意思。这是中国知识分子在二十世纪七十年代末从浩劫废墟中重新站立起来后，必须要认知的一种自觉，谁都想问一问：我是谁？我从哪里来？我要往何处去？两代知识分子不约而同地梳理晚清到五四时期的新文化传统，梳理中有思考，希望找到知识分子未来的可能性。王晓明提出晚清士大夫意识中的四大观念构成了新文化传统的基本支柱；我则从知识分子的价值取向着眼。其实晓明描绘的四大观念转型为现代知识分子的意识形态,也就是反映了士人阶层从传统庙堂意识的价值取向朝着现代知识分子广场意识的价值取向的转化。

为什么要讨论价值取向?因为价值取向决定着社会行为的方向,知识分子是一个社会阶层,知识分子的集体选择什么人生方向,是由其相对稳定的价值取向起决定性作用的。不同的价值取向塑造不同的知识分子。古代士人相信"道之大原出于天,天不变道亦不变",他们饱读诗书、传承道统,深信唯有读书做官、辅助君王这一途径,才能够实现自己的人生目标和价值;但是在晚清废除科举,大批留学生出国学习"新学"以后,随着学科分类和知识专业的确立,知识分子接受知识的内涵与方式都发生变化了,天变,道也随之变了。东洋西洋的高等学府里,哲学文史、政治法律、社会经济等等,就连存放"天道"的宇宙太空,都成了专门学科,都有专门的知识体系作支撑,没有一种包罗万象的帝王之学,更没有官场梯队的预

## 从广场到岗位

备演习。[①]知识专业化是为了服务社会,即便是政治、法律、社会、教育等学科,也是服务于现代社会管理系统,并为此设置的具体岗位。旧时读书人所谓"学成文武艺,货与帝王家",卖货给庙堂的主儿;而现代知识体系面向社会,面向民众,通过服务民众这个"中介"来提升国家软实力,间接地为国家服务。进入现代社会以后,民众的社会地位明显提高了。但是,知识分子民间岗位的价值取向不是在短期内确立完成的,它需要有一个社会实践的漫长过程,需要经过时

---

[①] 晚清科举废止以后,出国留学生作为"游学生"的身份,政府部门曾为之设置考试制度,通过考试的留学生可以授予进士、举人等功名,最高授予翰林院编修检讨,被称为"洋翰林"。胡适在《丁文江的传记》"校勘后记"里根据《清实录》的《宣统政纪》卷六十,查到宣统三年(1911年)八月的"游学毕业生"考试,分类为法政科进士、文科进士、医科进士、格致科进士、农科进士、工科进士等。九月发榜,共有五十七名进士榜上有名,其中丁文江在英国学地质学,被列为格致科进士。学科分类是现代的,授予功名的形式却是传统庙堂式的。这种不伦不类的现象,应看作是一个过渡时期的产物,辛亥革命推翻帝制后随之消失。见《胡适文集》第7卷,北京大学出版社2013年第2版,第496—967页。《中国知识分子的边缘化》也引用了一个有趣例子。据商衍鎏《清代科举考试述录》记载:湖南名士王闿运年逾七十,以宿学保举,于光绪三十四年(1908年)授予翰林院检讨,正值游学生之进士颇多,王曾有句云:"已无齿录称前辈,尚有牙科步后尘。"上句言科举已停,已无齿录之刻、翰林前辈之称。(科举时代将同登一榜者的姓名、年龄、籍贯、三代汇刻成书,称为齿录,也称为同年录。)下句谓游学生考试有医科进士,而医科中有牙科也,此老滑稽传为笑谈。详见河南人民出版社1997年版的《中国知识分子论》第165页。

间的检验。对于转型中的知识分子来说,从"货与帝王家"到"服务民众",从廊庙天下到社会岗位,之间的价值落差实在太大,用一个现代的词来描述,就是他们深深感到自己的社会地位被"边缘化"[①]。对于这种历史的大趋势,在一个多世纪后的今天,我们是看得清清楚楚,也很理解,但在当时,经历着巨变的人们是很难迅速适应价值观的变化的。

五四新文化运动就是在这样一个让人感到尴尬的历史时刻应运而生。

晚清以来,像严复、张元济、蔡元培、黄远庸、马相伯这样的成功转型者毕竟是少数,他们的思想、行为虽然走到了时代前沿,但在实际的人事关系上,他们与庙堂仍然保持着千丝万缕的联系,他们属于最

---

① 关于二十世纪中国现代知识分子被"边缘化"的问题,《中国知识分子论》中有过讨论。书中(第163—173页)从传统士大夫阶层的文化没落、政治运动中知识分子的作用下降以及古代文化传统被否定等三个方面,论述现代知识分子被边缘化。依我的理解,"边缘化"是对政治权力"中心"而言的,现代知识分子与庙堂的分离,不仅使知识分子失落了原有的士大夫地位,同时表明庙堂自身也在发生转变,已经由帝国的集权体制向现代民主政治体制转化,这就意味传统政权中心的一元价值体系发生变化,正如以后的民国政府,如果能够建立起多元的知识价值体系,那么政治权力仅是其中的一元,无所谓中心也无所谓边缘,因此知识分子离开庙堂并非坏事,倒是一种积极的历史性变化。

## 从广场到岗位

后一代士大夫,又转型为最初一代现代知识分子。他们身在民间社会的岗位上,依然拥有传统士大夫的权威性与话语权。

然而有更多的年轻知识分子(留学生)都彷徨在新时代的歧路上。他们出国学习的是新知识,但价值取向上并没有做好在民间岗位工作的准备。鲁迅便是其中典型。据鲁迅在《〈呐喊〉自序》里介绍自己的学医选择:"我的梦很美满,预备卒业回来,救治像我父亲似的被误的病人的疾苦,战争时候便去当军医,一面又促进了国人对于维新的信仰。"这里包含了两种价值取向:前者是当一个服务于社会的普通医生;后者是希望能够参与国家的维新大业,改变国家的命运,因为他间接地了解到"日本维新是大半发端于西方医学的事实"。这种双重目标并驾齐驱的价值观,表面上看很接近现代知识分子的特点,可是鲁迅在实践中又出现了怎样的结果呢?我们暂且绕过"幻灯片"的故事[①],直接引出鲁迅选择弃医从文的理由:"因为从那一回以后,我便觉得医学并非一件紧要事,凡是愚弱的国民,即使体格如何健全,如何茁壮,也只能做毫无意义的示众的材料和看客,病死多少是不必以为不幸的。所以我们的第一要著,是在改变他们的精神,而善于改变精神的是,我那时以为当然要推文艺,于是想提倡文艺运动了。"[②]于是我们就看到了,作为大清帝国的留学生,鲁迅学习"新学"的潜在目的,重要的还是在于练就一双"医国"之手。中国古代士大夫文化传统里,治病也好,烹调也好,钓鱼也好,弄到后来都变成了治理国家的隐喻,而并不要求你实实在在地当一名好医生、好厨师或者好渔夫。从价值取向来说,做一个医生救治病人,如果先要看病

---

[①] 根据鲁迅自述,他在日本仙台学医的时候,教师经常在课余放映一些幻灯片给学生看:"其时正当日俄战争的时候,关于战事的画片自然也就比较的多了,我在这一个讲堂中,便须常常随喜我那同学们的拍手和喝采。有一回,我竟在画片上忽然会见我久违的许多中国人了,一个绑在中间,许多站在左右,一样是强壮的体格,而显出麻木的神情。据解说,则绑着的是替俄国做了军事上的侦探,正要被日军砍下头颅来示众,而围着的便是来赏鉴这示众的盛举的人们。"见《鲁迅全集》第1卷,人民文学出版社2005年版,第438页。于是就发生了鲁迅弃医从文的选择。

[②] 见《鲁迅全集》第1卷,第438—439页。

## 从广场到岗位

人的精神是否觉悟,凡愚弱的病人(大多数病人都是愚弱的)似乎不值得给予救治,并不以他们的生命痛苦为不幸,我想这是当不好医生,也有违医生职业道德和职业精神的。当然鲁迅写这篇自序时被笼罩了激愤的情绪,有些话也不能太当真。从民间岗位价值取向分析,我觉得鲁迅至少在留学期间是没有真正做好当医生的上岗准备,他关心的依然是治国救民。鲁迅与藤野先生最后没有能够完成医术传承,有背后的价值取向在起作用。但是还有——值得我们进一步讨论的是,鲁迅放弃学医,并没有退回到庙堂去,谋一官半职,或者当一个"洋翰林",而是转向新的方向:办刊物,弄文艺,搞翻译,宣传新思想,推动改造国

## 第三单元　广场

民的精神素质——用后来的话表述，就是启蒙[①]。

鲁迅选择的人生方向，代表了一种新的价值取向：既不是继续在庙堂做官谋职，也不完全是体现现代知识分子服务社会的意识。鲁迅不能满足于学一门技术，谋一种职业；他还有更大的志向和远景：改造国民性，从根本上改造中国，提升中国，推动中国社会的进步。鲁迅的选择超越了仅仅作为职业的民

---

[①] 伊曼努尔·康德（1724—1804）在《答复这个问题："什么是启蒙运动？"》中阐述了启蒙的定义："人类摆脱自己加之于自己的不成熟状态。"见康德著，何兆武译：《历史理性批判文集》，商务印书馆1990年版，第22页。这里使用的"摆脱"原文是Ausgang，即"出路"的意思。句意为人类从自身的不成熟状态摆脱出来，找到了一条通向理性的出路。关于启蒙的含义，可以追溯到柏拉图所描绘的状态："一个洞穴式的地下室，它有一长长通道通向外面，可让和洞穴一样宽的一路亮光照进来。有一些人从小就住在这洞穴里，头颈和腿脚都绑着，不能走动也不能转头，只能向前看着洞穴后壁。……他们背后远处高些的地方有东西燃烧着发出火光。"见柏拉图著，郭斌和、张竹明译：《理想国》，商务印书馆1986年版，第275页。这就是蒙昧时代的精神囚徒。他们只能从外界的光投在洞壁上的阴影和外面传进来的回声，来判断、想象和议论他们认为的外界真实。有一天，有一个人可能挣断了束缚他们的桎梏，站起身子看到了外面的真实的太阳和景象，知道了外面世界的真相。那么他与洞穴里的人就判若两人。前面一种人是处于蒙昧状态的民众，后一种人就是受过教育的知识分子。其实，知识分子发现真相，是一个接受了洞外信息的被教育过程，也就是成为一个摆脱了不成熟状态、拥有理性的人。但问题又接着而来：这样一个外面的世界真相究竟是什么？是由谁来界定它代表了理性、文明和进步等概念，这个问题在康德的时代也许可以通过彼岸世界的不可知性来解决，到了二十世纪就成了一个如何理解伴随着启蒙而来的所谓"现代性"的问题。

## 从广场到岗位

间岗位,他在民间岗位之上的精神领域,建构起一个新的价值标准:教育民众、唤醒民众,在庙堂以外建构一个新的判断社会进步与否(也包括判断庙堂权力机构的进步与否)的标准。现代知识分子与传统士大夫的根本区别,就是知识分子所依据的判断标准,既非"君意"也非"圣意",它是一种"民意"。但这个"民意"不是传统儒家宣扬的"民为贵"思想,在君主专制体制下,民众是被统治的阶级,只能被动地接受统治阶级的意识形态,也就是统治阶级的主流思想。所以,代表时代进步的"民意"暂时还无法由民众自身来表达,需要知识分子向民众进行启蒙教育,传播时代进步的信息,培养人们的理性和觉悟。从晚清到五四的时期,时代进步的信息主要还是来自西方社会,中国人只有冲破传统文化的思想牢笼,真正地解放思想,放眼世界,自由呼吸,才能看清楚世界进步的趋势。很显然,这不是个别人的选择,当时大批留学生迈出国门,他们面对一个崭新的世界,看到了日本的明治维新成功,看到了法国大革命和《人权宣言》,看到了美国的民主体制实验,也看到了俄国"十月革命"以及马克思列宁主义的传播,还有弥漫整个

## 第三单元 广场

欧洲的社会主义思潮和现代主义思潮……就是这样一批留学生,最先看到了世界的希望,也许,他们看到的还只是一些现象的碎片,不那么准确,他们找到的也未必就是真理,但是他们已经触摸到世界发展大势,勇敢地担当了启蒙责任,成为那个时代又一批现代知识分子的先驱者。

我曾讲到严复在变法失败后,认为"民智不开,则守旧、维新,两无一可",于是自觉选择了翻译西方经典名著和传播西方现代思想的人生道路。他的选择也具有双重的价值取向:在以译书为职业、从事教育和出版工作的人生道路上,体现了现代知识分子民间岗位的价值取向;但在文化传播领域,他的工作意义凸显在开启民智,鼓励青年放眼世界、了解世界,着眼于整个国民文化素质的提升。这就是在民间岗位之上的精神岗位,与鲁迅选择改造国民精神的道路是同一条启蒙的价值链上的关节点。启蒙的价值连接着清末民初的许多青年知识分子的价值观念,产生实际的制约作用。晚清到五四前后,许多中国留学生本来根据国外高校的学科设置选择了多种多样的专业,最终都放弃了,转而投身到社会运动和文艺运动中。我

## 从广场到岗位

们不妨罗列一下五四新文学运动初期作家的留学背景：胡适在康奈尔大学首选是农科，后来转哥伦比亚大学改学哲学；周作人是以学土木工程的名义被公派出国，但只是在立教大学学习了一点古希腊语；徐志摩在美国读的是银行学和经济学，后转到英国剑桥大学学政治经济学；郭沫若在日本九州帝国大学学医；郁达夫先在名古屋第八高等学校学习法政，后入东京帝国大学（现东京大学）经济学部学习；张资平毕业于东京帝国大学理学院地质系；另一个创造社元老成仿吾在东京帝国大学是在"造兵科"学习……再加上鲁迅的弃医从文，再加上还有许多虽然留学也没有学到什么专业知识的"游学者"的投入，一部新文学史几乎就这么歪打正着地诞生了。[①]这些留洋学生的专业与新文学本来没有什么内在关系，他们回国以后也没有考虑过确立自己的专业岗位赖以维生，或者说他

---

① 我这里描述的主要是新文学运动中的留洋学生，他们的思想行为都集中表现了现代知识分子广场意识的价值取向。在晚清和民初时期的留学生中，也有很多热爱自己的专业、回国后坚守自己的岗位，既在本专业做出了优异成就报效国家与社会，同时也积极参政议政，投入到国家事务中发挥作用的知识分子。如地质学家李四光、气象学家竺可桢、医学教育家颜福庆、平民教育家陶行知等，都是学以致用的专业岗位上的杰出代表。而知识分子的广场意识主要体现在人文社会科学领域，尤其是文学艺术领域，遂形成五四新文化传统。

## 第三单元 广场

们并不喜欢自己所学的专业,很多人仗着留学期间学了一点外语,积极从事文学翻译和文学写作。而这正成为启蒙文化运动的最有效的武器,新文学就势发展起来,成为轰轰烈烈的启蒙文化的一部分。

很显然,这样一种现代知识分子在转型过程中出现的新趋势,背后一定有强大的价值取向在起着引导作用。我把这种以启蒙为中心的知识分子的价值取向做一个形象的比喻:广场意识。在《试论知识分子在现代社会转型期的三种价值取向》中,我是这样描述的:

> "广场意识"正是中国知识分子近似于摹仿伦敦海德公园的一种实验。他们幻想站在一个空旷无比的广场上,头顶湛蓝的天空,明朗的太阳,脚下匍匐着芸芸众生,仰着肮脏、愚昧的脸,惊讶地望着这些真理的偶像。他们向民众指出,哪里是光,哪里是火,从此世界上就有了光与火。假使真的存在这样的广场,作为价值转换的中介,它显然会使知识分子由民间通向一个新

## 从广场到岗位

的南面而王的位置。[①]

从庙堂价值取向转型为民间岗位的价值取向，对于传统士人来说是艰难的，但转向广场价值取向并不难，在新民共和的大趋势下，知识分子从传统的"帝王师"的价值观转向"民众导师"的变身并不费力。尤其在辛亥革命以后，整个社会政治都由所谓"君王意志"向着"民众意志"转化，"民意"就变得越来越重要。在这个历史发展的关键时刻，谁掌握了民众舆论导向，谁代表了"民意"，谁就有力量主导国家命运；反之，独裁者（如袁世凯）背离民意，即使有力量也会遭遇众叛亲离。在这个历史转折点上，第一代知识分子及时抽身庙堂而投向广场，领导民众舆论，普及民主与科学的新知识，破天荒地开创了一个在庙堂之外引领社会进步的新的价值空间。这一场华丽转身，在中国现代史上即体现为轰轰烈烈的新文化运动。最杰出的领袖，是陈独秀。

---

[①] 陈思和:《试论知识分子在现代社会转型期的三种价值取向》，见《陈思和文集：告别橙色梦》，第416页。

第三单元　广场

## 八、广场上的歧路

我们把陈独秀作为现代知识分子广场意识的杰出代表，大约不会产生异议。陈独秀是中国近现代政治上的终身反对派，并且为之奉献出一生心血，陈家也是满门忠烈。[①]正如他在1933年国民党法庭上宣读的"辩诉状"所说的那样：

> 予行年五十有五矣。弱冠以来，反抗清帝，反抗北洋军阀，反抗封建思想，反抗帝国主义，奔走呼号，以谋改造中国者，于今三十余年。前半期，即"五四"以前的运动，专在知识分子方面；后半期，乃转向工、农劳苦人民方面。盖以大战后，世界革命大势及国内状况所昭示，使予

---

[①] 陈独秀（1879—1942）早年投入抗俄运动、辛亥革命、反袁斗争，中年又领导五四新文化运动、创建中国共产党等等，功勋彪炳史册。大革命失败后被共产国际作为替罪羊清除，遂转向反对派（托派）运动，受到国民党政府和共产国际的双重迫害。1932年被捕入狱，直到抗战爆发才被释放，晚年流离颠沛，贫病交困，于1942年5月27日在四川省江津县小山村的寓所逝世，终年六十三岁。他的两个儿子陈延年和陈乔年，早年信仰无政府主义，后转向共产主义，于1927年、1928年分别惨死于国民党屠刀之下。参见王观泉：《被绑的普罗米修斯：陈独秀传》，自印本，2006年11月，复旦大学图书馆收藏。

## 从广场到岗位

> 不得不有此转变也。①

我之所以认为陈独秀的一生奋斗最能够诠释现代知识分子广场意识，是从四个方面来考察的：首先，陈独秀一生清贫，除了民国初年与柏文蔚的安徽督军府、二十年代初与陈炯明的广州省政府有过短暂合作以外，基本上没有直接参与地方政权下的政治活动，况且柏、陈当时都是以"革命军人"的身份建设地方政权。但即使这样，陈独秀与他们的合作范围也非常有限。晚清到民国的历史性转变中，在传统文人转型为现代知识分子的庞大人群里很少有人能够做到这样彻底地拒绝庙堂。其次，陈独秀一生立意反抗，精神独立，他自我归纳的四个"反抗"，已经把体制反抗、政治反抗、思想反抗、对共产国际斯大林路线的反抗都涵盖于其中，真正做到了无所畏惧，不为某种势力左右而出卖灵魂，或背叛立场。其三，陈独秀早

---

① 见《陈独秀自撰辩诉状》。陈独秀于1932年10月5日被国民党政府逮捕，次年举行公开审判，他在4月20日的法庭上公开宣读自己在2月2日就写好的"辩诉状"。此状后收录于1933年版的《陈案书状汇录》。今录自强重华等编：《陈独秀被捕资料汇编》，河南人民出版社1982年版，第212页。

年考过秀才，国学底子深厚，尤其对文字研究颇有成就；在其事业最盛时期，担纲北京大学文科学长，主编《新青年》，声誉如日中天，但是学术专业、教育事业都不能使他安身立命于民间岗位[①]，他一生奋斗的价值志向，只在"奔走呼号，以谋改造中国者"。其四，陈独秀概述自己三十余年生涯，前半期站在知识分子方面为大众启蒙，后半期转向为工农劳苦人民谋利益，即组建中国共产党，领导民众革命。在陈独秀的革命生涯里，"启蒙民众"和"领导革命"形成了自然链接的"改造中国"的奋斗目标。他的立场始终是在庙堂外，与人民大众站在一起，但又从来没有放弃过对民众启蒙教育的目标。我想，如果要全面展示现代知识分子广场意识的价值取向，陈独秀的一生是最纯粹也最具有典范性的诠释。

陈独秀的人生道路的选择，对五四时期一大批向

---

[①] 唐宝林在《陈独秀全传》记载：主编《新青年》时期是陈独秀一生中创作最丰富的时期。后来将这些文章（到1922年止）收集起来出版的《独秀文存》，其版税收入竟成了他一生及全家生活费的主要来源。唐宝林提醒这一点很重要：陈独秀在五四时期的宣传启蒙工作解决了他主要的生活来源。他后半生走在建党和中国革命道路上，再也没有利用民间岗位谋生。见唐宝林：《陈独秀全传》，香港中文大学2011年版。

## 从广场到岗位

往用激进主义手段来改造中国的青年知识分子有着直接的吸引力和影响力。这条道路上的先驱者和践行者，还有李大钊、瞿秋白等一大批没能活到1949年就献出生命的共产主义知识分子，也包括信仰其他社会理想主义的政治活动家和民主人士……他们政治倾向不尽相同，所走的道路也多有分歧，但是他们的人生目标、价值取向都非常清楚，他们始终与统治中国的清政府、军阀政府、国民党政府、日伪政府划清界限，尽力使自己成为一种反抗、批判庙堂的力量；对于民众，他们始终站在启蒙教育的立场上，旨在唤醒民众，推动社会民主进步；他们为了生计也有自己的专业和工作岗位，但他们并不把自己的专业岗位视为一种独立的价值取向，而只是依附于他们毕生"奔走呼号，以谋改造中国者"的理想实践。他们把改造中国的理想途径放在对庙堂的批判和改造之上。广场与

## 第三单元 广场

庙堂的价值取向在某种意义上具有同构性。①

与陈独秀一起发起新文化运动，但政治态度要温和得多的是胡适。胡适的温和是因为他的价值取向比较多元，庙堂型、广场型与岗位型混杂在一起，但广场型价值取向还是占主要的地位。胡适的一大贡献，就是他从美国留学回到中国，看到民国政府无能力担当起新的中华庙堂的功能和责任，于是他提出了

---

① 庙堂意识与广场意识的同构性，在于传统士人从庙堂分离出来后，没有完全放下对庙堂价值的依赖与幻想，希望用另外一种形式作用于庙堂。我对此做过描述：二十世纪以来，传统的庙堂崩溃了，知识分子离开了庙堂以后，仍然保留了士大夫阶级的忧患意识和以天下为己任的传统。君位可虚可废，但士的阶层不可虚不可废，于是他们自觉地搭建了一个民间的"庙堂"，发挥他们议政参政、干预国事、批判现状、唤起民众等作用，并以这种自觉的现实战斗精神作为一种价值取向。我把它称为"广场意识"。这种意识在形态上已经接近现代知识分子的特点，但它在价值意向上，依然是在为国家设计各种方案，判断各种政治模式是否有利于中国的现代化，总是希望有一种新"道统"来一揽子解决中国的问题。从"庙堂意识"转向"广场意识"，标志了知识分子的现代型转化，但又是不彻底的转化，其立场仍然是与庙堂相关联。冯雪峰用过一个比喻，说自己是一尊"门神"。这个"门神"贴在庙堂的门上，大门关上的时候，"门神"就在外面的广场上，成为民众导师；庙堂大门一开，他就挤了进去——虽然还是在门口。冯雪峰用"门神"来比喻知识分子与国家权力政治的关系非常有意思。庙堂、广场其实是一门之隔，广场上的民众导师，他的语言指向仍然在庙堂，或希望庙堂能够听取他的声音，或希望粉碎旧庙堂、建构新的庙堂。这种价值取向与民间岗位的现代知识分子价值取向还是不一样的。

## 从广场到岗位

"二十年不谈政治;二十年不干政治"的主张。[①]这个主张得到陈独秀赞成,可以看作是《新青年》在北大前期的基本方针。为什么说它是"一大贡献"?因为陈独秀是革命家,虽然他也看到了思想启蒙的重要而决心创办刊物,着力于思想觉悟的工作,但依他的本性是不可能回避现实政治,也不可能回避现实政治的冲突。[②]胡适"规避政治"的主张保证了《新青年》顺利开展思想启蒙运动,包括推广白话文和提倡民主

---

[①] 关于这一点,胡适有多种表述。胡适《我的歧路》:"1917年7月我回国时,船到横滨,便听见张勋复辟的消息;到了上海,看了出版界的孤陋,教育界的沉寂,我方才知道张勋的复辟乃是极自然的现象,我方才打定二十年不谈政治的决心,要想在思想文艺上替中国政治建筑一个革新的基础。"见《胡适文集》第3卷,第324页。《胡适口述自传》:"我们这个文化运动既然被称为'文艺复兴运动',它就应撇开政治,有意识地为新中国打下一个非政治的〔文化〕基础。我们应致力于〔研究和解决〕我们所认为最基本的有关中国知识、文化和教育方面的问题。我并且特地指出我们要'二十年不谈政治;二十年不干政治'。"见《胡适文集》第1卷,第320—321页。

[②] 胡适在《陈独秀与文学革命》中说:"在民国六年,大家办《新青年》的时候,本有一个理想,就是二十年不谈政治,二十年离开政治,而从教育思想文化等等,非政治的因子上建设政治基础。"见《胡适文集》第12卷,第21页。这篇演讲里,胡适把"不谈政治"解释为《新青年》同人的共识,可能事出有因。1918年陈独秀与李大钊为了谈政治,另办《每周评论》,而不在《新青年》上谈论。胡适起先并不支持陈、李他们在《每周评论》上发表政治言论,直到后来陈独秀因散发传单被捕入狱,胡适才介入编务,并发表《问题与主义》,引起争论。见《胡适口述自传》。

## 第三单元 广场

与科学,《新青年》虽然成为旧势力的眼中钉,被视为洪水猛兽,但它仍然能够在批判旧文化的斗争中所向披靡。胡适的另一贡献是广场斗争始终不忘专业岗位的坚持,他是以新思想理论指导下整理国故的学术成果赢得了北大学子的尊重[①],而不是耸人听闻的实验主义和写得并不好的白话诗。从五四初期的胡适的价值取向来看,他自觉拒绝庙堂之路,坚持专业岗位,醉心于广场的思想启蒙。他提倡易卜生的个人主义、杜威的实验主义,提倡白话诗,介绍西方短篇小说,等等,既是专业知识,又是思想启蒙,几乎是打一枪开辟一个领域,弹弹无虚发,很快就建立起他在五四新文化运动中的权威形象。

虽然与章太炎一代知识分子相比,胡适属于全新的留学生一代。在广场上的留学生阵营中,英美背景与日俄背景的留学生之间的人生价值取向也不一样。胡适不谈政治只是短暂的选择,没过几年,他就在

---

[①] 胡适二十六岁受聘于北京大学,教授哲学系的《中国哲学史》课程,他一改原先教师讲哲学史要从三皇五帝讲起的传统,直接从周宣王时代开讲,引起了学生的争议。当时北大的"学霸"傅斯年、顾颉刚等人去听了课,觉得很满意,傅斯年劝哲学系的学生说:"这个人书虽然读得不多,但他走的这条路是对的,你们不能闹。"风波平息了。后来傅斯年、顾颉刚都将胡适尊为师长,发起了"整理国故"运动。

## 从广场到岗位

《问题与主义》中小试牛刀,接着又与丁文江等人一起创办《努力周报》,大张旗鼓地参与议政了。议政本来是广场型知识分子的题中之义,胡适的参与议政,坚持了民主政治、自由主义的立场,不断与新旧庙堂进行对话,在国民党建立了统一政权以后,两者之间龃龉加剧,新月社一度也成为政权迫害的对象。胡适走的是一条与陈独秀截然不同的广场道路,陈独秀是庙堂的反对派和旧世界的掘墓人,胡适是实验者,他不断实验在专制体制下用和平方式来呼吁民主诉求、营造民主体制。胡适这个努力一直坚持到生命的最后。抗战爆发后,胡适出任国民党政府驻美大使,为抗战外交奔走;1948年国民党筹办召开"国大",胡适不知就里答应参与总统竞选,结果是自取其辱。1949年以后,胡适先去美国,后回到中国台湾定居,担任了"中央研究院"院长。但他的自由主义思想和特立独行的精神始终是国民党当局的大忌,他晚年在台湾不断受到明里暗里的攻击,终以心力交瘁而死。胡适和他的学生傅斯年等都是新文化运动中另一类广场型知识分子,他们的价值取向一直徘徊在广场与庙堂之间,"议政""入阁""组党""办报""言论"都是广场型知识分子表述政治主张的主要渠道①，但是在没有民主空间的中国庙堂之侧，胡适、傅斯年等人的努力付之东流。他们俩先后猝死的悲剧②，同样象征了现代知识分子由广场到庙堂之路的断裂。

陈独秀和他领导的新文化运动是通过推广白话文、提倡文学革命来扩大社会影响，获得社会承认的。陈独秀的思想行为中体现出来的广场型价值取向，深刻地代表了五四新文化运动和五四新文学的主流精神。青年鲁迅在日本留学期间弃医从文的例子，也是典型的广场意识之体现。鲁迅的从事文艺，与起先打算从医一样，不是出于纯粹的专业意义——"我们的第一要著，是在改变他们的精神"——仍然有一个高于专业本身的目标，也就是启蒙。以鲁迅为代表

---

① 1947年国民党政权风雨飘摇，蒋介石邀请胡适出任国府委员兼考试院院长，傅斯年致胡适信，提出六条意见，核心思想是"与其入政府，不如组党；与其组党，不如办报"。见中国社会科学院近代史研究所中华民国史组编：《胡适来往书信选》下册，中华书局1980年版，第170页。

② 胡适晚年在台湾雷震《自由中国》一案中受到牵连，得罪蒋家父子，紧接着他的"西化论"又受到舆论围攻，倍受刺激。1962年2月24日，胡适在台湾"中央研究院"第五届院士会议的酒会上突然倒地身亡。享年七十二岁。傅斯年去世更早，1950年12月20日，傅斯年抱病列席台湾省参议会议，在回答议员关于台湾大学事宜的发言后，情绪激动，倒地而亡。只有五十五岁。

## 从广场到岗位

的新文学精神传统,我称之为新文学的现实战斗精神,它在文艺创作中强烈体现出一种大胆针砭现实、干预生活的热忱态度。这种文学的战斗精神,在二十世纪中国的每一个历史阶段,根据不同的社会环境,都熔铸出辉煌的广场型的战士人格。① 鲁迅是新文学的一面旗帜。鲁迅的生活轨迹与陈独秀有相似之处,但又有明显不同。陈独秀始终是一个在广场上积极行动的精神战士,他游走在几重不同境遇的广场上,直至背上革命的十字架,沉沦到底。而鲁迅曾经是一个享受平稳、富裕生活的知识分子,他在民国政府的教育部工作,也算是厕身于庙堂;新文学运动初期他既有创作又有翻译,还在几个大学里兼职上课,有着不

---

① 新文学的现实战斗精神,是我对五四新文学精神传统的一种概括,我对此曾有专门论述。见《中国新文学发展中的现实战斗精神》,收入《中国新文学整体观》,第104—139页。这也是二十世纪八十年代思想解放运动中的一个热门话题,当时作家们写出大量的"伤痕文学"、"反思文学"和"改革文学",他们亟须从五四新文学传统里吸取精神力量。有位著名作家说过这样的话:"我国文学有一个很值得引以自豪的五四传统和一条同样可以引以自豪的鲁迅道路。这个传统和这条道路,归结为一点,就是:同劳苦大众血肉相连,倾听群众的呼声,走在时代的前列和敏锐地感受生活的需要,探索真理,以极大的革命热忱投身于火热的战斗。"这位作家虽然没有对五四新文学传统和鲁迅道路做出理论的概括,但他所强调的就是五四新文学的现实战斗精神的传统。当时这种文学的氛围对我的思想产生过很大影响。

菲的经济收入。但是这一切都不能给予鲁迅真正的精神满足，他在不断深入地参与到现实社会的政治斗争，与形形色色的社会鬼魅的龃龉中履行了知识分子的批判使命，最终不得不在军阀势力的迫害中离开北京，南下投奔革命。然而复杂而暧昧的"国民革命"也没有让鲁迅安身立命，晚年鲁迅定居在上海时，与最为激进的革命政党发生了关联，成为左翼文艺运动的盟主与领袖。这时候的鲁迅，真正成为一个在广场上呐喊与骋驰的精神战士，无所羁绊，所向披靡，现代知识分子广场型价值取向在他身上发挥了强烈的战斗意义。

鲁迅精神传承到第二代，代表性人物是胡风。胡风也始终是一个广场上叱咤风云的精神战士。他虽然也有自己的专业岗位——文艺评论家、文学编辑（前者指他把马克思主义文艺理论结合中国文艺实际，有力推动新文学的深入发展；后者是指他通过《七月》等杂志，把一大批追求革命的文艺青年团结在鲁迅旗帜的周围，成为抗战文艺的标志性力量），但是在1949年以后，盖冠满京华，斯人独憔悴，胡风无法

## 从广场到岗位

安心于一个具体的工作岗位。我阅读《胡风家书》[①]时怎么也想不明白，胡风为什么就不能在上海或者北京接受一份普通的工作，先把工作岗位确立下来，把家庭生活安定下来，然后再在工作实践中做出成绩？然而不，胡风宁可独身待在北京，期盼着国家领导人的召见和约谈。后来他干脆举家搬到北京，又给中央写"三十万言书"来申诉自己的文艺主张，终于招来一场冤案。

我在前面说过，当年贾植芳向亦师亦友的胡风建议通过翻译文学巨著来避祸，胡风没有接受。这里分明是两种不同的价值取向在起作用。胡风的价值取向始终是广场型的，同时还夹杂着对庙堂的期待，却没有民间岗位的自觉。而贾植芳是在先后进入震旦大学、复旦大学当教授以后慢慢接受了民间岗位的价值观。之前的贾植芳也是一个热血沸腾的广场型知识分子，否则他就不可能与胡风成为肝胆相照一生的朋友。《狱里狱外》记载了贾植芳与当买办的伯父的对话。他伯父经商致富，广置家产，见侄儿人生道路坎

---

[①] 晓风整理:《胡风家书》，复旦大学出版社2007年版。我在《胡风家书》的序言里曾经讨论过这个问题。

第三单元　广场

坷,就劝他回家来继承家业做个商人,不要在外穷折腾。贾植芳回答:"伯父,你出钱培养我读书,就是让我活得像个人样,有自己独立的追求。如果我要当个做买卖的商人,我就是不念书跟你学,也能做这些事,那书不是白念了么?"于是,贾植芳拒绝了伯父为他安排的前程,顽固不化地朝着新的灾难走去……[①]如果不从价值取向上分析,很难弄清这场对话的真正含义。贾植芳拒绝伯父的建议,不是对商人经商行为表示鄙视。在回忆录里,贾植芳也记载了他曾经迫于生计做过买卖,更何况他和哥哥贾芝长时期的生活、读书和出国留学,都是由商人伯父提供经济资助。这段话的关键词在于:读书、独立、追求,这才是一个现代知识分子特有的品格。中国传统意义上是农商社会,务农、经商是中国士人进出庙堂以外的主要生活形态,没有什么可鄙视的。但因为五四新文化运动打开了现代知识分子的世界性视域,让他们具备了超越一般务农、经商、做官的人生模式。贾植芳的这段话说出了那么一层意思:商人伯父出钱培养两个侄儿读

---

① 贾植芳:《狱里狱外》,上海远东出版社1995年版,第109页。收入《贾植芳全集》第3卷,北岳文艺出版社2020年版,第82页。

## 从广场到岗位

书,让他们在新式教育中接受了新文化精神,让他们明白了他们作为知识分子在这个世界上的位置和作用,他们已经不可能再回到伯父所期望的传统生活模式中去了。因为他们有了新的独立于传统观念的追求。至于追求什么,每个人的理解是不一样的。贾芝原先是孔德学院学生,接受法国式的教育,成为一个小有名气的象征派诗人,因为与李大钊的女儿李星华恋爱结婚,受其影响奔赴延安参加抗日,后来成为民间文学研究领域的领导干部;贾植芳则参加社会运动和"一二·九"学潮,几次被捕入狱,他在战争中创作小说和报告文学,成为一个受到胡风赏识的七月派作家。这对山西地主家庭出身的亲兄弟都属于二十世纪第三代知识分子,他们是迎着五四的晨曦成长起来的年轻人,他们的人生观洋溢着青春的、广场的、知识分子的价值取向。1949年以后,贾芝从广场走向了新庙堂;而贾植芳因胡风案的牵连,再一次入狱。晚年的贾植芳则在大学教席上重新树立起民间岗位的新取向。

也许可以这么说:从陈独秀、胡适、鲁迅到胡风,再到贾植芳,是五四新文化发展道路上的三代知识分子，他们共同用坎坷的生命歧路构建起现代知识分子的广场型价值观。五四新文化运动波澜壮阔的兴起及其划时代的伟大意义，与现代知识分子的广场意识相得益彰。广场意识在五四运动中找到了典范性并得到了前所未有的高扬，而五四新文化运动不仅普及了知识分子的广场意识，也使这种价值取向高度凝聚起来，成为新文化运动的精神传统。

## 九、从鲁迅到巴金

陈独秀、李大钊、瞿秋白等政治家表现的广场意识与鲁迅、胡风、贾植芳等文学家的广场意识，虽为同源，还是有所不同。除了他们各自奋斗的领域不同以外，还表现在他们的价值取向的表现形态不同。政治家的广场意识比较简单，因为广场启蒙民众的指向是反抗、改造、更新国家权力。从实质上说，广场与庙堂虽然表面上呈现出对峙的激烈态势，两者之间仍然是具有同构性的，广场可能强化而不是消解庙堂的权威性。广场很容易被暴力摧毁：陈独秀沉沦，李大钊、瞿秋白等人的牺牲，成千上万的优秀知识分子用生命殉了自己的理想。中国革命最终转向武装斗争，

## 从广场到岗位

砸碎旧的国家机器，以暴力夺取国家政权。——这已经超出了知识分子广场意识的实践范围，中国革命中心不得不从启蒙的广场转移到农村，实践"农村包围城市"的中国式革命道路。革命的主力从觉悟了的知识分子朝着觉醒了的工农大众转移，知识分子在政治层面上建立起来的广场型的价值取向在实践中已经失败。在以后的中国政治斗争领域里，知识分子试图恢复广场价值取向的各种努力，也是一样的宿命。认识到这一点，就不难理解下述的一系列事实：新文化运动建立起来的声势浩大的广场革命，经过"三一八"惨案、"四一二"政变、"七一五"大屠杀以后，二度发生分化：第一次分化是知识分子的主力纷纷南下，投奔以广州为策源地的国民革命；第二次分化是知识分子的"革命"幻想再度破灭，新旧军阀原来一丘之貉，革命主力转移战场，主要形态为农村土地革命，而踯躅广场上的知识分子，除了少数人坚持践行自己的价值取向（主要是转向民主运动的人士）外，除了一部分人投向国民党的新庙堂（如吴稚晖、李石曾、蔡元培等）外，更多的人则转向民间社会，继续在专业的岗位上履行知识分子的使命（如陈望道、李达、陈启修、施存统等)。五四运动中最负盛名的学生领袖之一匡互生[①]，他有着自己的政治理想，其后半生致力于民间办学，实践自己的教育理想和伦理理想，在知识分子的岗位上熔铸了完美的人格。

但是要指出的是：作为现代知识分子价值取向的广场意识，没有因为国民党的高压而瓦解，相反，它成功地与新文学运动实践紧密结合，在文学的层面上凝聚成现代知识分子追求民主理想的精神力量。以鲁迅为旗帜的现实战斗精神非但没有被摧毁、削弱，反而得到更广泛的普及。三十年代的左翼文艺运动带动了更加广泛的文化领域，知识分子的广场意识依然充

---

[①] 匡互生（1891—1933），湖南邵阳东乡长沙村（今邵东市廉桥乡丰足村）人，1919年毕业于北京高等师范学校数理部。五四运动天安门大会和会后游行的三位主要组织者之一，"火烧赵家楼"主要策划者。毕业以后，傅斯年、段锡朋、罗家伦等出国留洋，回国做官任职，实践了从广场到庙堂的价值取向；而匡互生笃信无政府主义，默默回到家乡，与毛泽东一起组织新民学会，继续广场道路，后在上海创办立达学园，积极从事与德育、劳动相结合的教育实验，成为一个民间岗位实践者的典范。

## 从广场到岗位

满活力,继续着反抗国民党政权的斗争。[①]究其原因,文学家的广场意识要比政治家的广场意识复杂得多。文学家不以广场斗争为唯一目标。文学家有自己的专业身份:小说家、散文家、诗人、戏剧家、评论家、翻译家、杂志编辑、记者等等。从事写作是文学家的主要工作方式,这与作为政治家的广场型知识分子的

---

① 毛泽东高度赞扬五四新文化运动。他指出:"这支生力军在社会科学领域和文学艺术领域中,不论在哲学方面,在经济学方面,在政治学方面,在军事学方面,在历史学方面,在文学方面,在艺术方面(又不论是戏剧,是电影,是音乐,是雕刻,是绘画),都有了极大的发展。二十年来,这个文化新军的锋芒所向,从思想到形式(文字等),无不起了极大的革命。其声势之浩大,威力之猛烈,简直是所向无敌的。其动员之广大,超过中国任何历史时代。"见《新民主主义论》,收入《毛泽东选集》第2卷,人民出版社1967年版,第658页。毛泽东尤其指出三十年代国民党实行两种反革命"围剿":军事"围剿"和文化"围剿"。但结果是:"两种'围剿'都惨败了。作为军事'围剿'的结果的东西,是红军的北上抗日;作为文化'围剿'的结果的东西,是一九三五年'一二·九'青年革命运动的爆发。而作为这两种'围剿'之共同结果的东西,则是全国人民的觉悟。这三者都是积极的结果。其中最奇怪的,是共产党在国民党统治区域内的一切文化机关中处于毫无抵抗力的地位,为什么文化'围剿'也一败涂地了?这还不可以深长思之吗?"(同上书,第662—663页。)毛泽东是新文化运动中走出来的知识分子,在革命实践中他开创了农村武装斗争的道路,但他个人对五四新文化运动的成就(包括作为价值取向的广场意识)念念不忘。前一段话肯定了新文化运动在各个领域取得的伟大成绩;后一段话里,他把中共农村武装斗争与城市的左翼文化斗争相提并论。他承认在国统区共产党没有什么"抵抗力",反文化"围剿"斗争的胜利,主要还是依靠鲁迅为首的左翼知识分子反抗国民党政府的斗争。而推动这个斗争的精神力量,就是新文学的现实战斗精神,集中体现了知识分子的广场型价值取向。

主要工作方式——宣传政治主张、演讲鼓动民众、办报办刊、组建政党、入阁参政等等，是不一样的。晚清到民初，文学写作本来属于民间社会的产业，它与都市文化市场联系在一起，慢慢被掺入知识分子的宣传意识、参政意识和批判意识，这才形成兼蓄并包的专业价值。作家们的政治意识是其多元价值中的一元，并不是唯一。文学艺术的三大功能：认识、教育和审美。认识功能追求"真"，作家要对形形色色遮蔽社会真相的现象进行批判；教育功能追求"善"，作家要对人性中"恶"的因素给以揭露，只有"至真"与"至善"两种境界在创作中都得到充分彰显，"至美"的境界才能够完整呈现出来。所以，批判功能，尤其是对社会现实与人性之恶的批判，是文学艺术的题中之义。一个作家，自觉为知识分子，他的写作本身就包含了批判意识，即批判权力、批判社会、批判民众陋习，以求改造社会、推动社会进步。很难说这是越界现象。

正因为新文学的价值取向是多元兼得：既有政治批判功能，又有艺术审美功能，有时候两者同时起着作用，有时候又会各自发挥作用，所以文学艺术包蕴

## 从广场到岗位

极其丰富的内涵。鲁迅怀着启蒙的理想,做出弃医从文的人生选择是对的,医学的专业价值取向只有一种,就是治病救人,没有也不应该有掺杂对病人好恶的主观情绪;但文学艺术则不同,它与其他人文领域一样,在真善美原则上有人性底线和主观态度。作家既要创造美好完整的艺术境界,他所呈现的艺术完美性,又无法排除爱憎好恶的主体感情。从民国初期军阀混战到1927年国民党武力统一中国,五四新文化的广场之路越走越狭隘。随着李大钊被绞杀,邵飘萍、林白水被公开杀害,稍后的史量才、杨杏佛被特务暗杀,以及大批青年知识分子被屠杀(包括左联五烈士),连小心翼翼的新月书店都遭封杀,就靠着权力者的杀杀杀、禁禁禁,现代知识分子在广场上苦苦追求的政治民主之路被摧毁殆尽。然而,唯独文学艺术以及人文知识分子专业如思想、人文、社会科学领域却异常活跃,左翼文化在二十世纪三十年代发展得如火如荼、旺盛高扬。如鲁迅所说,石在,火种是不会绝的。[1]新文学发展中的现实战斗精神在文学艺术领

---

[1] 鲁迅:《且介亭杂文二集·"题未定"草(六至九)》,收入《鲁迅全集》第6卷,人民文学出版社2005年版,第449页。

域得以充分展示，就是因为其价值取向是混合的：进一步是广场上的斗争，左翼文艺运动就是文化领域的"广场"，鲁迅为其盟主和精神领袖；退一步还有民间岗位为支撑，作家们借助上海这个现代化城市中大量活跃着的出版社、书店、杂志社、影院、舞台、学校等等，用优秀的文艺创作履行新文学的使命。广场与岗位，构成新文学和新文化运动的双重标准。

还是以鲁迅为例，我们可以进一步了解新文学价值取向的特殊性。众所周知，鲁迅选择从文事业一开始就有明确的启蒙目的，旨在改造民众麻木的精神状态。鲁迅为启蒙而写作的目的，与五四新文化运动提倡"民主"与"科学"两大旗帜不谋而合，与"为人生"的文学主张也是不谋而合。在鲁迅的文学事业里，不仅他参与的许多社会活动和社会批判体现了强烈的广场意识，而且他的文学创作（小说和散文、散文诗）也产生了强烈的广场效应:《狂人日记》对旧礼教、旧传统"吃人"实质的批判,《阿Q正传》对国民的"沉默的魂灵"的揭露和挖掘,《野草》对于绝望的反抗，都起到了振聋发聩的启蒙作用。鲁迅犀利的思想批判是通过完美的艺术形式呈现出来的。新文学读者可以

## 从广场到岗位

从鲁迅塑造的优秀艺术典型（狂人、阿Q、祥林嫂等等）中吸取思想批判的力量，而不是从教条的思想说教中获得启发。鲁迅用现代汉语创造的思想力量与艺术力量的完美结合，成为白话文学的高标。文学写作是一种专业岗位，鲁迅的创作显然高于清末民初所流行的通俗小说，也要高于同时代的一般白话小说和抒情散文，他的创作不但具有饱满的思想艺术（文学创作所必需的标准），也具有启蒙教育等广场型知识分子追求的价值效应（超越文学本身的要求，达到精神的新高度）。我们很难界定鲁迅的文学创作哪一部分是广场启蒙还是文学审美，它是通过整体的艺术审美综合产生教化与审美双重作用的。因此，我们把鲁迅的专业岗位设定为文学创作，那么鲁迅通过他的专业岗位，依然在发挥包含广场意识在内的文学作用。换句话说，鲁迅不仅仅在社会责任和专业精神两个方面体现了知识分子的二元的目标，而且他在自己的专业岗位领域也完成了自我超越，达到了一种集双重标准为一体的标杆性的高度。——关于这一点，我们在后面还将会重点谈到。

需要补充说明的是，现代知识分子在社会转型中所呈现的三种价值取向,是同时对现实中的人们发生作用的。虽然有的代表了传统士大夫阶层的价值观,有的是来自西方的、充满战斗性的价值观,也有的是标志着未来知识分子正常生活形态的价值观,然而发生在传统士人向现代知识分子转型过程中,三种价值取向是不分时间先后混淆在一起,同时在产生社会效应的。在晚清到五四的时期,广场意识起到了最重要的作用,五四新文化运动及其精神传统,正是广场意识的直接的承载体。当时的文人群体中,既有陈独秀、李大钊、瞿秋白那样的坚定不移的知识分子政治实践者,也有胡适、丁文江、傅斯年等把广场意识与庙堂意识结合起来的尝试者,更多的是体现为鲁迅、胡风等,以及更广泛的先锋作家、左翼作家在实践中发挥的现实战斗精神,他们的实践行为是把广场意识与专业岗位紧密结合起来,在社会活动与专业岗位的双重领域里,努力达到对社会进步事业的关注和参与。纵观鲁迅一生的价值追求,广场意识始终是他主要的取向,他的政治追求都具有鲜明的广场型知识分子的特点。但是鲁迅不像陈独秀、李大钊那样直接投入政治运动和政党活动,而是通过他最擅长也是最

## 从广场到岗位

有力的专业岗位：文学写作。他的一生的政治欲望和理想追求，都是严格坚守在文学的岗位上。最典型的例子：1930年5月7日，中共领袖李立三约鲁迅谈话，希望鲁迅发表一个拥护中共政治主张的宣言，被鲁迅拒绝。①不久李立三因推行"左"倾冒险主义路线而下台，他的错误受到清算。一般学者认为这是鲁迅对中共党内"左"倾机会主义路线的警惕。其实鲁迅未必对中共党内的斗争了解得那么清楚，也未必是专对李立三的错误路线采取不合作态度，如果结合鲁迅对

---

① 据有关学者考证，1930年5月7日李立三约鲁迅见面，是要求鲁迅发表宣言支持李立三炮制的、后来被中共党史称为"左"倾冒险主义路线的代表性文件《新的革命高潮与一省或几省的首先胜利》，鲁迅没有同意。见周健强：《夏衍谈左联后期》，《新文学史料》1991年第4期。据在场者冯雪峰回忆："李立三约鲁迅谈话的目的，据我了解，是希望鲁迅公开发个一篇宣言，表示拥护当时立三路线的各项政治主张。李立三在谈话中曾经提到法国作家巴比塞，因为巴比塞不久前曾经发表过宣言（《告知识阶级书》? 待查），意思是希望鲁迅也这样做。鲁迅没有同意，他认为中国革命是不能不长期的，艰巨的，必须'韧战'，持久战。他表示不赞成赤膊打仗，说在当时那样的时候还应多采用'壕沟战'、'散兵战'、'袭击战'等战术。……当晚回到鲁迅家中的时候，记得鲁迅还说过这样意思的话：'我们两人（指他和李立三）各人谈各人的。要我像巴比塞那样发表一个宣言，那是容易的；但那样一来，我就很难在中国活动，只得到外国去住起来当'寓公'。个人倒是舒服的，但对中国革命有什么益处！我留在中国，还能打一两枪，继续战斗。'"见《关于李立三约鲁迅谈话的经过》，收入《雪峰文集》第4卷，人民文学出版社1985年版，第537—538页。冯雪峰是在晚年回忆那次约见的，具体引用的鲁迅的话未必准确。但大概意思可以了解。

政党的一贯的疏离态度（包括鲁迅在留日时期对光复会、大革命时期对国民党的疏离态度），鲁迅是不会直接介入政治领域斗争的。这是因为在鲁迅的意识里，广场意识与岗位意识始终是紧密结合在一起的，鲁迅一生中，广场意识发挥着强烈作用，但每当遇到人生道路选择的关键时刻，总是会受到岗位意识的制约，被迅速拉回到知识分子的专业岗位。

我们再来分析另一位新文学重要作家巴金的价值取向。巴金属于五四新文学的第二代作家，巴金不是鲁迅精神模板的复制，而是鲁迅精神在以后复杂得多的社会环境下的实践和传承。正如前文标题"从鲁迅到巴金"——我关注的是"到"即"抵达"的过程：鲁迅精神是如何影响到巴金，又是如何在巴金的文学实践中体现出来的。巴金早年信仰过无政府主义，他接受了新文化运动的影响，直接投身于社会运动。1927年，他去法国留学，仍然是以无政府主义者的身份参与到国际无政府主义运动中，翻译和写作了大量无政府主义运动的报告文学与理论作品。1929年初，巴金回国，向文坛奉献出他创作的中篇小说《灭亡》，这是一本描述无政府主义者"革命"与"灭亡"的作品。在国民党

## 从广场到岗位

白色恐怖下，国内的无政府主义运动已经消失，昔日的无政府主义上层人士投靠了新的庙堂；大部分年轻的信仰者追随匡互生转入民间社会，在南方数省（福建、广东等地）从事教育、实业等，设立了自己的民间岗位，在局部的社会改革中践行理想。巴金则选择了用文学写作来宣传他的政治理想和对社会旧势力的批判。从价值取向上看，巴金是一个典型的广场型知识分子，他通过文学写作来表达政治情绪。这就是他经常表述的："我有感情必须发泄，有爱憎必须倾吐。否则我这颗年青的心就会枯死。"[①]很显然，文学创作不是巴金的人生价值取向，而是一种宣泄感情的工具。他非常不满意自己做这样的选择，多次发出"灵魂的呼号"，抱怨自己言行不一致，多次表示要尽快结束写作生活，投入到实际的社会工作中去。1935年，他的有同样信仰的朋友吴朗西、柳静夫妇在上海创办文化生活出版社，他被邀担任总编辑，通过出版工作实践自己理想。大约从这个时候起，巴金才真正确定了岗位意识。他在文化生活出版社工作十多年，出版了大量的文学丛

---

[①] 巴金：《谈〈灭亡〉》，载《文艺月报》1958年4月号，第57页。收入《巴金全集》第20卷，人民文学出版社1993年版，第380页。

书和社会科学书籍,既实践了自己的理想,为文学事业做出重要贡献,也逐渐改变自己的创作风格,完成了《秋》《憩园》《第四病室》《寒夜》等现实主义杰作。更重要的是,巴金担任文化生活出版社总编辑期间有幸结识鲁迅,成为晚年鲁迅身边的亲密合作者,也是受鲁迅亲炙的"文学新生代"的杰出代表。

2005年10月17日巴金逝世。我曾连续写过三篇同题系列短文[①],来讨论"从鲁迅到巴金"这个命题。在我看来,巴金在创作上继承了鲁迅深刻批判国民性的先锋精神,他的早期创作弥散着来自《工人绥惠略夫》《灰色马》等虚无主义和绝望战斗的精神,与鲁迅的《狂人日记》《药》等传递出来的信息一脉相承。在二十世纪三十年代的上海,新文学的文化市场已经成熟,先锋文学作品经过现代媒体的包装、宣传而成为畅销书。新文学的先锋精神一方面有所减弱,另一方面却又为数量众多的读者所接受,产生了更为普及的

---

[①] 这三篇文章分别为:《从鲁迅到巴金:新文学传统在先锋与大众之间——试论巴金在现代文学史上的意义》,初刊于《文学评论》2006年第1期;《从鲁迅到巴金:新文学精神的接力与传承——试论巴金在现代文学史上的意义》,初刊于《文艺报》2005年10月25日;《从鲁迅到巴金:〈随想录〉的渊源及其解读——试论巴金在现代文学史上的意义》,初刊于《文学报》2005年10月27日。

## 从广场到岗位

广场效应。巴金的《激流》(第一部《家》)正是利用了现代传媒形式(报刊连载小说),使"礼教吃人"这一先锋概念得到普遍传播。从五四先锋文学诞生到三十年代新文学获得"大众"、占领读者市场的发展轨迹中,巴金的贡献不可忽视。但巴金并不认同自己的写作价值,倒是在担任文化生活出版社的编辑时,他才找到了广场以外的另一个岗位。这一点,与鲁迅对他的影响不无关系。鲁迅从来就不是一个孤军奋战的独行侠,他在反抗黑暗环境的一生中,总是在寻找社会上最有活力也最激进的革命力量作为自己的同盟军。他早年参与光复会的反清活动,中年加盟《新青年》提倡新文化运动,后来又南下参加国民革命、担纲左翼作家联盟的盟主……尽管他本人的前卫思想已经超越了那些革命团体的宗旨,但他仍然愿意建立统一战线,共同担负战斗责任。在鲁迅生命的最后一年多的时间里,他与周扬等左联领导人发生冲突,左联也濒于解散(不久真的解散了)的时候,他敏锐地发现了他的身边正活跃着一批值得信任的文学青年。这批青年中有胡风、聂绀弩、萧军、萧红、叶紫等左翼青年作家,有来自文化生活出版社的巴金和吴朗西,

## 第三单元 广场

有帮助他编《译文》的黄源，有先编《自由谈》、后编《中流》的黎烈文，有良友图书公司的文学编辑赵家璧，有编辑《作家》杂志的孟十还，等等。他们年纪相仿，政治态度也相仿，对黑暗环境具有强烈的反抗意识。他们从各地流浪到上海，聚集在一起，自觉追随鲁迅先生。他们身上没有一般流浪型知识人群的毛病，如浪漫成性、不负责任、偏激好斗、狂妄自大、唯我独尊、热衷窝里斗等等，而是对文学事业充满信心，认真向上，真诚待人，对鲁迅先生满怀着敬意，愿为先生做任何事情。对于这批青年作家和媒体人，我称之为"文学的新生代"，其中最有活动能量和凝聚力的当推胡风和巴金。鲁迅去世后，自诩懂得鲁迅、以鲁迅传人自居的人很多，但真正能在抗战烽火中坚持、弘扬鲁迅精神的，也正是这批青年作家中的佼佼者。胡风作为文学理论家和编辑，在《七月》的周围团结了一大批才华卓越的文学青年，构建起著名的"七月派"文学；巴金则通过文化生活出版社的编辑工作，支撑起抗战后中国文学事业的"半边江山"。鲁迅与巴金私人直接交往的时间并不多，但是从鲁迅到巴金，其间明显存在着精神上和价值上的传承关系。

## 从广场到岗位

巴金一生行为主要受到广场意识的价值鼓舞,包括早年参与无政府主义运动、反对国民党政权的行为,也包括1949年以后他自觉或不自觉地参与各种政治活动,以及他晚年写作《随想录》,其内在驱动力都与广场型价值取向密切相关。我在前面说过,广场型价值取向与庙堂型价值取向具有某种同构性,一是表现在广场意识是把对旧庙堂的批判作为出发点,二是表现在广场意识也包含了对新庙堂建设的期待。这两方面在五四一代的知识分子身上都表现得很充分。相比一般的左翼知识分子,巴金似乎对西方国家形态及其本质的理解更加深刻一点,对马克思主义国家学说和早期苏维埃的实践也有更多的了解,但是他在中年以后的政治生活中也清楚地显现出这种同构性的制约力量。晚年巴金试图从"广场—庙堂"的同构中脱身出来,回到知识分子的专业岗位,他希望能像沈从文一样,在民间的专业岗位上多做一些具体实在的工作。他在晚年为自己设定了许多写作计划——翻译世界名著和创作长篇小说,包括以他的夫人萧珊为主人公原型的小说,但结果都没有完成,唯独成就了五卷思想批判的随笔集《随想录》。这部随笔集的意义,

第三单元　广场

不仅仅是人们一般所理解的对历史特殊时期惨痛教训的反思，它还包括了对二十世纪八十年代思想解放运动全过程的参与和思考，探索知识分子在现实环境中可能担当的历史使命和社会责任，以及知识分子广场意识在当下的可能性；同时，《随想录》还深深植入了作家关于个人信仰的深层次的思考与忏悔。在巴金晚年的价值取向里我们依然能看到作家以五四精神传统为主导，践行知识分子的广场型价值取向。这一点，直到巴金的生命最后时刻，也依然如此。①

---

①　2005年10月17日巴金先生去世，《新民周刊》要我提供一些巴金先生的资料。我从笔记本上找出1990年初与巴金先生的谈话内容，当时我撰写的《人格的发展——巴金传》出版不久，巴金阅读该书后，针对书里提到的一些问题做了回答。我在本节讨论晚年巴金的价值取向，主要依据以下巴金的两段话：

巴金："我常说自己是一个充满矛盾的人。我对自己所走的道路，一直不满意。我在年轻的时候，常常想搞社会革命，希望对人类有比较大的好处。但有时想想，还是做一个作家，用笔写出自己心里的感情。我说过我不是个文学家，也不懂艺术，这是说真话。我拿起笔写东西，就是因为对社会不满，肚子里有感情要倾吐，有爱憎要发泄。我才写东西，但是有一点我没想到，我成为一个作家也许比较符合我的性格，所以是意外的顺利。"

陈思和："您一直说自己是个业余作者，这'业余'是什么意思？"

巴金："我写文章也是有矛盾的，有时也很痛苦，过去有人批判我没有在小说里为读者指出一条道路。其实我自己也想给读者指出道路的，只是没有办法，指不出道路，所以很痛苦。我在解放后的大批判面前投降过。所以，现在我走成这个样子，并不是我的本意。我希望搞实际事业，对人类更有好处。（思和插话："那么，按您的个性，假如您参加了实际的革命活动，您的结果可能会怎样呢？"巴金笑了。）所以，我说我充满矛盾呢，知识分子么。"（《巴老如此说》，载上海《新民周刊》2005年第42期。）

## 从广场到岗位

"从鲁迅到胡风"和"从鲁迅到巴金"是新文学史上两条同一坐标线上同向运行的线。前一条线是一条直线,运行到1955年中断,见证广场实践的受挫;后一条线继续做同向但有部分曲线的运动,仍然是传承鲁迅所实践的知识分子的广场使命。巴金的道路就是鲁迅道路在新的环境下的曲折行进。这与另一种知识分子的道路不一样,像沈从文,后半生就远离广场型道路,转行成为一个文物工作者,最终完成了《中国古代服饰研究》这本大书,成为一个岗位型知识分子的榜样。巴金晚年说他很羡慕沈从文,能在自己的岗位上默默地做出工作成绩。但是巴金在晚年仍然依循内心的冲动,关注着历史教训和社会进步,一棒一条痕、一掴一掌血地写出了五卷灵魂呼喊的大书《随想录》。

# 第四单元　反思

## 十、知识分子与intellectual

现代知识分子广场型价值取向的形成，可能对古代儒家士人的精神因素有所传承，也可能吸取了古代士大夫忠于职守的耿直气质，但从本质上说，知识分子广场意识来自西方的知识分子（intellectual）传统，是批判的而不是谏诤的，是走向民主而不是走向专制的，是为民众服务而不是为君主奉献的。所以在广场型价值取向的鼓舞下，现代知识分子在五四新文化运动中所呈现的革命风貌，是历史上从来没有过的，前无古人也后无来者，这与古代太学生闹事不可同日而语。但是，中国知识分子的道路及其形成的精神传统，与西方知识分子（intellectual）概念的形成，也有

**从广场到岗位**

很不一样的地方,尤其是从二十世纪中国知识分子实践的道路而言,其苦涩的精神果实自不待言,以至于有的学者认为"知识分子"这个词从一开始就不应该对译西方intellectual概念。如方维规先生,他特意用"智识者"一词来对译intellectual,以示与中国人一般理解的"知识分子"的区别。他说:

> 关于中国"知识分子"亦即知识阶级的成员或者真正的"智识者",我们也许只能做历史的考察。对一个农村人口占绝对多数的、存在大量文盲的国家来说,至少在20世纪上半叶的中国民众眼里,一个知文识字的小学教师便也成了"知识阶级"的一分子。这即是中国产生和运用"知识分子"概念的语境。虽然(尤其是民间俗称的)"知识分子"似乎也有一些精英化的味道,却让知识阶层的成员与真正的智识者之间的区别荡然无存。也许这就是我们今天不应该用"知识分子"翻译intellectual或者反过来用intellectual翻译"知识分子"的主要原因。显然,表示水准、洞察力和造诣的intellectual在汉语中至今没有概

念范畴上的公认表达。换言之,《现代汉语词典》"知识分子"定义本身并没有错;然而,假如把它翻译成intellectual 或者把intellectual翻译成大众所理解的"知识分子",那便是错误。把"知识分子"与intellectual对应,只能是方枘圆凿。①

方维规从译介学的角度提出这样的意见是正确的。《现代汉语词典》"知识分子"条目所列的定义就是"具有较高文化水平、从事脑力劳动的人。如科学家、教师、医生、记者、工程师"等,这与西方人理解中的来自左拉、罗曼·罗兰、萨特的法国知识分子传统或来自俄罗斯早期贵族革命者如十二月党人传统的intellectual的含义,自然大相径庭。但如果用我所提出的"世界性因素"的概念来理解,这并非是不能沟通的问题。因为各国的知识分子历史及其实践中形成的传统,都是"知识分子"这一世界性因素的多种面向形态,不可能有一个原教旨的中心意义,而独尊

---

① 方维规:《"Intellectual"的中国版本》,《中国社会科学》2006年第5期,第191—204页。本书多处引方维规的话,都是出自这个文本。

## 从广场到岗位

一家别无分店。方维规在论文里也意识到这一点,他引用维特根斯坦的话,说"一个词的确切意义只能在具体的语境里才能呈现出来",所以,"语言实践有自己的规律,约定俗成的东西是不容易改变的;更因为'知识分子'概念有自己的产生原因和发展史,有它自己的涵义"。当一个概念在不同语境下的世界各国旅行,它一定会产生出许许多多看上去是南辕北辙、郢书燕说的歧义和误解,需要我们在比较研究中发现语词概念的多元性和丰富性。"知识分子"这个概念在各个现代国家发展中自有源头、自成源流,其流变过程中,不同语境下一定会吸纳越来越丰富、越来越复杂的内涵,甚至出现自相矛盾、自我解构也不奇怪,各个国家地区都在不同语境和历史中诠释知识分子的涵义。这就是我们从事比较文学研究须有世界性因素的眼光之理由。

回顾从晚清到五四时期由士人阶层转化而来的现代知识分子的早期历史,不管它是否符合西方intellectual的原义,也不管它是否直接从法国或者俄罗斯的intellectual传统中引进并自觉模仿,它肯定在知识分子的生命结胎中掺入了西方intellectual的基因,成为世界性的intellectual生命本体中的一支血脉。在新文化运动中产生的知识群体，是从思想运动发轫、崛起的，虽然没有直接引进西方知识分子定义，但他们效仿的对象，正是来自法国启蒙运动和俄罗斯民粹运动的知识分子，是以他们为榜样来塑造自身的形象。陈独秀作为知识分子的领袖，在《新青年》上大声宣告：

> 西洋人因为拥护德、赛两先生，闹了多少事，流了多少血；德、赛两先生才渐渐从黑暗中把他们救出，引到光明世界。我们现在认定只有这两位先生，可以救治中国政治上道德上学术上思想上一切的黑暗。若因为拥护这两位先生，一切政府的迫压，社会的攻击笑骂，就是断头流血，都不推辞。[1]

这篇宣言为新文化运动定了调，强化了现代知识分子的战斗品质，也就是西方知识分子定义中的"社

---

[1] 陈独秀：《本志罪案之答辩书》，载《新青年》第6卷第1号。

## 从广场到岗位

会良心"和"人类的基本价值的维护者"[①]。陈独秀的话语系统里,"人类的基本价值"就是"德莫克拉西"(民主)和"赛因斯"(科学)。这是现代社会全人类所追求的理想的价值目标。据方维规考证,中国最早用"智识阶级"翻译俄语интеллигенция的出处,是《东方杂志》第15卷第4号译自日语的文章《俄国社会主义运动之变迁》,出版时间是1918年4月15日。此词用来表述赫尔岑、巴枯宁等俄罗斯的革命知识分子。[②]方维规还指出,汉语"知识分子"概念也是来自日本,为日本社会主义者山川均首创,他在1920年、1921年的《社会主义研究》杂志上连续发表两篇文章,其中一篇是翻译列宁的《苏维埃政权的任务》。这两篇文章中,山川均用"知识分子"[③]一词来对译

---

[①] 这两个词引自上海人民出版社2013年第2版的《士与中国文化》第2页。

[②] 这段原文是:"赫善及巴枯宁皆出身贵族,然继其后之崔涅许斯克,乃为农民出身僧侣之子,此亦可注目之事也。自是以后俄国之社会运动,渐次脱离贵族,而入于'智识阶级'(intelligenzia)之手。"见《俄国社会主义运动之变迁》,君实译自日本《外交时报》,载《东方杂志》第15卷第4号。

[③] 方维规认为,"知识分子"概念没能在日本站住脚,日语习惯用"知识人"指称知识阶层的成员,然而在二十世纪二十年代中期开始被中国人广泛使用了。

第四单元　反思

俄语интеллигенция。由此可见，无论日语还是汉语，"知识分子""智识阶级"都是对应英语intelligentsia（intelligenzia）、俄语интеллигенция的概念，而且布尔什维克领导的十月革命与俄罗斯民粹革命以及十九世纪六十年代的俄罗斯贵族革命，从红色基因上说也有传承性，很难用抽刀断水的方法把它们截然区别开来。即使中国的"知识分子"的语词概念更多来自俄国十月革命后的"印贴利更追亚"（intelligantsia），也体现了intellectual传统在东方社会的演化，似乎没有必要回避。作为西方intellectual传统的基因，无论在苏联还是现代中国的知识分子传统里，依然是存在于血脉、传承于胚胎，这也无可回避。

其实，无论是从意气风发的五四时期到二十世纪三十年代，还是同仇敌忾的四十年代，还是在被迫思

## 从广场到岗位

想改造、成为"忏悔的人"①的六七十年代，中国知识分子并未自觉放弃过五四新文学现实战斗精神的传统，也没有把自己与译成英语的intellectual自觉加以区分，我要特别指出的是，在这一与中国现代化进程同步的滚滚巨流中，不仅仅像陈独秀、胡适、鲁迅、胡风、闻一多、李公朴等知识分子发挥了领袖作用，

---

① 我在《中国新文学发展中的忏悔意识》中讨论过五四时期两种"忏悔"意识，其中一种是"人的忏悔"，另一种是"忏悔的人"。后者主要来自苏俄知识分子的影响："俄国知识分子也曾经面临过一个天翻地覆的大变动时代，他们既为农奴制度下种种违背人道的野蛮现状感到愤怒，同时又为自己无力根本改变这种不合理的社会制度而深深自谴。这种强烈的社会责任感与软弱的实际能力之间的激烈冲突，为俄国知识分子带来了强烈的忏悔意识，他们中有些人把对本阶级的忏悔作为精神支柱，进一步深入到民间去接近劳动群众，宣传革命思想，如俄国的民粹派。也有些人把这种忏悔意识当作一条出路，企图唤起人的良知，靠宗教信仰或自我道德完善来解脱自身的罪孽和良心的痛苦，如列夫·托尔斯泰。俄国文学中的这类形象对中国知识分子都发生过直接的影响。但更重要的还是来自当时刚刚形成的苏俄文学。在那些作品中，知识分子与工人、农民之间的差距被进一步夸大了。在民粹派文学中，知识分子是革命的先驱，是群众革命的鼓动者；描写'忏悔的贵族'文学中，知识分子是群众革命的同情者；而在苏俄初期的文学中，知识分子常常被表现为群众革命的反对者或革命队伍里的动摇者，如阿列克谢·托尔斯泰的《苦难的历程》（The Road to Calvary，by Aleksey Tolstoy）中的卡嘉与达莎（Katya and Dasha）、法捷耶夫的《毁灭》（The Rout，by Alexander Fadeyev）中的美谛克（Metchik）等。这些形象在中国新文学创作中的影响相当深远。"见《陈思和文集：新文学整体观》，广东人民出版社2018年版，第139—140页。文字上略做过修订。特别需要指出：方维规在其论文里着重强调中国语言里对"知识分子"的理解，掺入了俄国十月革命后定义知识分子的因素，是很有见地的观点，主要是针对"忏悔的人"这个范畴。

还有成千上万的青年知识分子——大学生和中学生、教师、店员、记者、艺术家和各类流浪型知识分子都被卷入了洪流，五十年代以后，更有大批的科学家、技术人员都参与了中国现代化建设，其中也有许多人因为捍卫真理、捍卫理想和原则，而遭受残酷斗争、无情打击，成为牺牲者。中国知识分子的历史与法国知识分子的历史不一样（各国历史本来就不一样），但同样可歌可泣。

大约是二十世纪八十年代中期开始，人们对知识分子的定义有了更加深入的关注，于是乎对intellectual西方定义的追溯和强调，成为知识分子自我反省的思想资源。我没有梳理这方面的文献资料，也没有去寻找思想界从什么时候开始用intellectual的原义来清理汉语"知识分子"概念的错误，并强调怎样一类人才能够具备intellectual的资格。我个人的阅读中获得对知识分子作intellectual的西方理解，是从阅读《士与中国文化》等一系列关于知识分子论题的

## 从广场到岗位

著述开始的[①]。《士与中国文化》这样介绍西方"知识分子"(intellectual)的定义:

> 今天西方人常常称知识分子为"社会的良心",认为他们是人类的基本价值(如理性、自由、公平等)的维护者。知识分子一方面根据这些基本价值来批判社会上一切不合理的现象,另一方面则努力推动这些价值的充分实现。这里所用的"知识分子"一词在西方是具有特殊涵义的,并不是泛指一切有"知识"的人。这种特殊涵义的"知识分子"首先也必须是以某种知识技能为专业的人;他可以是教师、新闻工作者、律师、艺术家、文学家、工程师、科学家或任何其他行业的脑力工作者。但是

---

[①] 我在1988年4月第一次去香港中文大学英文系做访问学者,在大学书店里买到《中国思想传统的现代诠释》(台湾联经出版社,1987年版),读后就被吸引住了。后来陆续阅读了《士与中国文化》等著作。书中反复论述中国古代士大夫的精神传统非常接近西方知识分子的精神特征,以此来沟通中、西方知识分子的精神传统。从两者价值取向上看,我不很赞同,我更愿意强调中国现代知识分子的精神来源是西方启蒙运动以后逐渐形成的intellectual的传统。中国古代文学中确实也存在着批判现实的传统,伟大的文学经典都有过表现。但这只是古代士大夫阶级忧患意识的反映,从其价值取向而言,仍然属于传统的庙堂意识。

第四单元 反思

如果他的全部兴趣始终限于职业范围之内,那么他仍然没有具备"知识分子"的充足条件。根据西方学术界的一般理解,所谓"知识分子",除了献身于专业工作以外,同时还必须深切地关怀着国家、社会,以至世界上一切有关公共利害之事,而且这种关怀又必须是超越于个人(包括个人所属小团体)的私利之上的。所以有人指出,"知识分子"事实上具有一种宗教承当的精神。[①]

我之所以在众多的有关知识分子的定义中单单挑出《士与中国文化》的论点作为引用,是因为觉得其中关于知识分子的理解比较全面,论述也能顾及中国语境的存在。但该书观点很明确:"今天的西方人常常称知识分子为⋯⋯"书中对知识分子的定义做如此表述,并提到这一定义直接来自西方学界主流对

---

[①] 引文见上海人民出版社2013年第2版的《士与中国文化》第2页。关于知识分子定义论述颇多。我读到有关intellectual的定义来源,应该是在二十世纪八十年代末,当时思想领域已经普遍认同,汉语的知识分子概念不等于西方intellectual的原意。《士与中国文化》关于知识分子定义的阐述,也是来自西方的说法。

## 从广场到岗位

"intellectual"概念的阐释。[①]《士与中国文化》里强调了两个关键词:"社会的良心"和"人类的基本价值(如理性、自由、公平等)",也有我们约定俗成的理解;可似乎更强调后者的价值标准:"知识分子一方面根据这些基本价值来批判社会上一切不合理的现象,另一方面则努力推动这些基本价值的充分实现。"这些具体的知识分子的标准都曾经深获我心。但是——所有的思想观点的转变,似乎都是发生在出现"但是"以后——当我结合到中国早期知识分子的实践经验,或者是联系到整个二十世纪中国知识分子的实践道路及其教训,我不能不认识到,《士与中国文化》里介绍的来自西方的知识分子定义,就中国经验而言,还是过于简单、狭隘了。

人类有些语词的创造,是在具体环境中发生的,

---

[①] 我最近阅读《法国知识分子史》,书中对法国知识分子的"通用定义"是:"知识分子不仅仅属于数量上以各种方式迅速增长着的脑力劳动者,而且还是社会公共生活的参与者。他们首先是以某种知识技能为专业的人,如教师、作家、记者、律师、艺术家、工程师、科学家等。在专业工作以外,他们同时还深切地关怀着国家、社会乃至世界的各种公共利益,而且这种关怀是超越于个人及其所属小团体的私利之上的。"见吕一民、朱晓罕:《法国知识分子史》,浙江大学出版社2019年版,第1—2页。这个定义与《士与中国文化》中的定义基本上是一致的,有些语言表述都是一致的。

第四单元　反思

具有鲜明的针对性。Intellectual一词的出现，起初就是法国德雷福斯事件的产物[①]，但随后它的意义逐渐扩大、演变，包含越来越多的内容。如果执着于德雷福斯事件的原义，恐怕连俄罗斯十二月党人以及后来的民粹运动都无法涵盖，更不要说涵盖二十世纪波澜壮阔的知识分子的运动。我这么说，就是想说明人们创造语词的原义可能都是简单明了、有针对性的，但语词的生命力在于它在以后的运用中能否涵盖越来越复杂和越来越暧昧的内涵，语词的生命力是与它的内涵

---

①　据《法国知识分子史》介绍，1898年1月13日，左拉致法国总统富尔的公开信发表在激进的共和派政治家乔治·克莱孟梭主办的《震旦报》上，以"我控诉"为通栏标题。《我控诉》引起了社会上强烈反响，《震旦报》又连续发表两篇简短的抗议信征集签名，于是签名者日复一日地增加，多达数百人，参加签名者主要由大学师生、持有高等教育文凭的人组成。其中还有许多著名的作家、艺术家、学者、科学家、律师、医生、建筑师等。1月23日，克莱孟梭针对此事发表看法，他写道："来自各个地方的所有知识分子为了一种看法而会集在一起，难道这不是一种征兆吗？"他为了突出"知识分子"这个词，故意把形容词intellectual作为名词使用，并用斜体加以凸显。"知识分子（intellectual）"一词由此诞生。到2月1日，保守派阵营的主要代表作家、民族主义者巴雷斯在另一份日报上著文，题为《知识分子的抗议》，借用了克莱孟梭创造的新词intellectual，他用嘲笑的口吻说："总之，那些绰号叫'知识分子'的人，除了犹太人和新教徒外，大部分是一些蠢头蠢脑的家伙。其次是外国人，最后还有若干好的法国人。"巴雷斯的话充满了嘲讽的意味。但是抗议者们并不理会，他们坦然接受了这个称号，骄傲地以"intellectual"自居，于是这个词流行开来。因此，法国学者普遍认为：intellectual一词的诞生，意味着法国社会具有现代意义的知识分子的崛起。

## 从广场到岗位

有没有较大的包容性联系在一起的。语词概念发生变化很正常。

其实,知识分子这个概念即使在西方社会也是歧义丛生。譬如说,理性,当然是人类的基本价值之一,也是知识分子必须遵从的思想原则。我经常在想,不管东、西方意识形态如何分歧,知识分子遵照理性判断事物,总是可以普遍接受的。理性不是一种被教条化了的、统一的思想原则,而是依据思想者信奉的理论学说,通过实际的调查研究,通过合理的逻辑推导,才能获得确定性的结论。左拉在德雷福斯事件中的行为,为知识分子树立了表率。这是思想者经过独立思考的结果,思想者可以为之负责。理性的对立面不是反理性或非理性,而是狂热和盲目。狂热和盲目是二十世纪世界史上最为可怕的思维形态。因为它不需要独立思考,只需要迷信;不需要斗争勇气,只需要人多势众,以起哄造势压人;它也不需要陈述充分理由,只需要喷子式的谩骂;它更不需要探索真相,只需要有个教主指点江山,提出一些似是而非、被吹捧成"真理"的口号。在二十世纪,东、西方两大阵营都发生过"狂热造时势""盲目出领袖"的惨痛教训。令人深思的是,每当历史上这样的至暗时刻发生,本应该最具有理性精神的知识分子反而失语,理性声音或者被禁,或者被淹没,明智的人们只能眼睁睁地看着人类朝着灾难的深渊肆无忌惮地冲下去,冲下去……就像陀思妥耶夫斯基在《群魔》的扉页引用《路加福音》:一群猪在毫不知情的状况下,被魔鬼所驱使,突然冲下悬崖……[1]我们在这群猪的命运中可以联想到人的世界在二十世纪屡屡犯下的错误。

需要理性,需要独立思考,反对狂热和盲目,这是现代民族国家在发展道路上必须遵守的普遍规律,也是知识分子之所以为知识分子的理由。理性推导的结果不一定正确,也不一定要获得公众(大多数)的认同,但它是可以被清楚地陈述出来,它的正确与否

---

[1] 陀思妥耶夫斯基在《群魔》的扉页上引用《路加福音》第8章的一段话:"刚巧在不远之处,正有一大群猪在饲食。群鬼就要求耶稣准许它们进到猪群里,耶稣答应了。群鬼就离开了那人,投入猪群去。那群猪忽然冲下悬崖,掉进湖里统统淹死了。"[陀思妥耶夫斯基:《群魔》(上),南江译,人民文学出版社1983年版,扉页。]陀氏用这个故事来形容当时俄罗斯混乱的道德与社会状况。这个"魔鬼附体"的比喻让人联想到历史上某些令人疯狂的阶段。在这些阶段里,"魔鬼"作为一种客体的意象,控制、迷醉了主体理性,同时它又是通过主体的疯狂行为来完成一种灾难的创举。这群猪受魔鬼制约而冲下悬崖的疯狂意象就是狂热与盲目。

**从广场到岗位**

都可以让人们看得明白，可以进行彼此间的讨论、证明或者证伪。这才是知识分子应该坚持的思想原则。但是，在实际操作层面上，人类理性往往最容易被狂热与盲目、被热血沸腾所淹没，知识分子也往往成为这社会狂热中喊得最凶的人。典型的例子就是第一次世界大战，威廉二世的军国主义获得了德国一大批知识精英的支持，正是这些知识精英的声音煽起了全民族的战争狂热。"爱国主义"这个概念，一般情况下也能成为共同价值（无政府主义者除外），但是在野心勃勃的威廉皇帝的利用下，却成了毁灭德意志的催命符。在法国，尚且还有社会主义者饶勒斯那样的人，用生命代价呼吁反战（他最后被人暗杀）。而在德国，连社会民主党也投下了支持德皇的一票。更不要说当时的整个欧洲了：站在各国政府一边的许多英、法知识分子，同样在"爱国主义"的刺激下加入政府的战争叫嚣。狂热与盲目下的爱国主义、沙文主义都成了天经地义、不证自明的真理，而当时坚决反对帝国主义战争的，除了在俄罗斯利用战争策划武装夺取政权的布尔什维克，只有一个真正的超越党派利益的知识分子——《约翰·克里斯朵夫》的作者罗曼·罗

第四单元　反思

兰。他竟敢冒天下之大不韪，公开发表《超乎混战之上》——反对战争、呼吁和平的宣言。四年的世界大战给欧洲人民带来了巨大灾难，那么多以伏尔泰、卢梭、雨果、左拉为旗帜的欧洲知识精英都威信扫地，令人为之蒙羞，他们自我标榜的理性、独立性都到哪里去了呢？①

第一次世界大战涌现了少数像饶勒斯、罗曼·罗兰那样特立独行的知识分子样板，但是也为我们识别知识分子的特性增加了难度。因为大批鼓吹"爱国主义"的作家、诗人、艺术家、期刊编辑、大学

---

① 关于欧洲知识分子在第一次世界大战期间的沙文主义、爱国主义表现，朱利安·班达所著《知识分子的背叛》一书有深刻的批判："不过到了当代，我们却发现思想家们不再让自己的爱国主义服从自己的判断力，竟宣称（如巴雷斯）'即使祖国错了，也一定要把它说成有理的'，并且宣判那些坚持精神自由或言论自由的同胞们是祖国的叛徒。大家不会忘记，在上次大战期间，许多法国'思想家'攻击勒南对法国历史的自由判断。还有，不久前，一批据说是倡导精神生活的年轻人揭竿而起，反对他们的老师（雅可比）教导他们一种不拒绝批评权利的爱国主义。我们还知道，在1914年，一位德国博士在德国蹂躏比利时以及犯下其他暴行之后宣称：'我们没有什么好道歉的。'我想，像巴雷斯、邓南遮和吉卜林之流，如果他们的祖国有着与德国相似的处境，那么，巴雷斯会为法国、邓南遮会为意大利、吉卜林会为英国说出同样的话，而且，吉卜林在英国侵略布尔人的战争中的表现就是如此。还有威廉·詹姆斯，当他的同胞们侵占了古巴岛时，也是为美国辩护。"（佘碧平译，上海人民出版社2005年版，第83—84页。）

## 从广场到岗位

教师、政客以及成千上万被煽动去充当炮灰的青年学生,他们也都是那个时代的知识分子,"介入政治社会生活","关怀国家、社会,以至世界上一切有关公共利害之事","超越于个人的私利之上",等等,作为知识分子(intellectual)的标准和特性,他们一点也不缺。在以后的东、西方两大阵营冷战期间,知识界也经常出现因不同信仰和选择而发生激烈争论、互相批判,著名的萨特与加缪之间的论争就是一例,毫无疑义,这两位作家都是法国知识分子的表率。在冷战的阴影笼罩下,知识分子并不是先知先觉,也没有超然于党派之上,他们只是在自己的专业岗位以外,对世界的政治、社会等领域能够发表自己见解并影响他人的那么一群人。在左拉的时代,知识分子只是仗义执言,为一桩国家当局制造的冤案打官司,反击的是当时甚嚣尘上的反犹太主义思潮;在俄罗斯十二月党人的时代,一批贵族青年接受西方民主思想,奋起反对沙皇专制,推动社会的改革和进步。在知识分子(intellectual)形成的早期阶段,因为斗争是非甚明,知识分子就是代表了社会进步的力量。然而,随着社会历史发展,知识分子队伍的成分也日渐复杂起来，这种明确的推动社会进步的使命开始模糊不清了。就在甚嚣尘上的世界大战的硝烟中，我们固然尊罗曼·罗兰为知识分子的表率，但是，我们又怎么可能否定大多数支持战争的作家，如德国的托马斯·曼和豪普特曼、法国的巴雷斯、英国的吉卜林、意大利的邓南遮，同样也是"知识分子"呢？

我举这个例子，就是要说明，在现代社会做一个真正的知识分子并不容易。启蒙时代之前，大多数欧洲人都还在中世纪的宗教蒙昧中生活，缺乏理性之光的照耀，就像柏拉图描绘的洞穴人一样。那个时候，少数先觉者高擎真理火炬去照亮民众，反抗黑暗专制，争取民主权利。知识分子有了这份特殊的荣耀，在启蒙的社会金字塔塔尖上，他们才是无冕之王。但在现代社会，由于各种意识形态的渗透，产生了不同政治倾向的知识分子，以及属于普遍性的公共知识分子和在专业岗位上做出了杰出贡献的专家型知识分子，等等。在这种情况下，要努力追溯到"知识分子"的源头，以原来的定义来甄别哪一类人是知识分子、哪一类人不是知识分子，可能并不是一个明智的

**从广场到岗位**

做法。①

我们再回到中国的五四时代。当时儒家的一套治国意识形态已经破产,民众在封建专制统治下浑浑噩噩,像鲁迅所描绘的,人们在铁屋子里昏睡着快要闷死。那时候知识分子顺势奋起,他们不完全是从传统士人阶层转型过来,大多数是早期的留学生,他们放眼看世界的某一部分——日本维新、英法革命、美国民主、俄国马克思主义等等,他们急于把所看到的那部分东西搬到中国来,当作新的治国之"道",以此来启蒙、唤醒民众。知识分子的"广场"就是这么搭

---

① 我再举一个例子说明这个问题:《法国知识分子史》作者引用了《法国知识分子辞典》编者在序言里的一段话:"某位诺贝尔物理学或医学生理学奖得主没有被本辞典收录,并非因为我们忽视了他对科学和人类福祉的贡献,而是因为他总是拒绝离开实验室走上街头,拒绝签署请愿书,拒绝对社会主义的未来、宗教的衰落和亚洲强人政治等问题发表看法。"见吕一民、朱晓罕:《法国知识分子史》,第2页。我不了解,这本《法国知识分子辞典》[ Jacques Julliard et Michel Winock ( sous les directions de ), *Dictionnaire des Intellectuels Français*, Paris: Seuil 2009. ] 在欧洲是否具有权威性。但作为"德雷福斯事件"以及 intellectual 一词的发源地与作为伏尔泰、左拉、萨特的故乡的法国,法国学界对于知识分子介入社会的绝对强调,是可以理解的,正如法国史学家雷米里费尔所说的,在法国"不存在不介入政治社会生活的知识分子"。(见《法国知识分子史》,第4页。)即使是这样,我们也不难看到,《法国知识分子辞典》对"知识分子"内涵的解释极具西方意识形态化。这只是西方意识形态的极端看法,并不能涵盖世界各国知识分子的普遍性。

建起来的。既然是百家争鸣，喧嚣与骚动也是免不了的，知识分子借此塑造了自身的形象，也形成了自己的精神特征和价值取向。但是，无论东方还是西方，"启蒙时代"都是人类文明发展的特定时期，也是知识分子短暂的黄金时代，随着现代文明与教育的普及，世界传媒的发达，被启蒙的民众也一样能够放眼看世界。知识分子学到的东西，受过教育的民众也知道，只是他们立场和专业不同。当这样的时代——可以说这是一种"后启蒙"时代——出现，尤其是在知识分子为坚持理性苦战狂热之际，思想界又出现了反理性、非理性等学说对理性的解构。这个时候，现代知识分子又将何为？于是问题又派生到：在今天的社会环境下，知识分子又将承担怎样的社会角色，以及如何来承担？——关于这个问题，我将在本书最后进行探讨。接下来，我继续讨论五四时期知识分子在实践中形成的两个标准，以及它们之间的关系的演变。

## 十一、知识分子的两个标准

虽然说，中国早期知识分子的形成，没有直接模仿西方的intellectual的定义，但是从广场型知识分子的形成及其斗争方式、价值取向来说，是极为相似的。我们从前面所引用的《士与中国文化》的说法中可以看到："根据西方学术界的一般理解，所谓'知识分子'，除了献身于专业工作以外，同时还必须深切地关怀着国家、社会，以至世界上一切有关公共利害之事，而且这种关怀又必须是超越于个人（包括个人所属小团体）的私利之上的。"这里包含了两个标准：一是献身于专业工作，二是还必须有更高层面的现实关怀。这两个标准之间是有不同权重的。从字面上看，第一条标准是基本前提，似乎用不着加以证明的，然而，"这种特殊涵义的'知识分子'首先也必须是以某种知识技能为专业的人；……如果他的全部兴趣始终限于职业范围之内，那么他仍然没有具备'知识分子'的充足条件"。这句话可以看作是前面那个定义的补充：既要强调知识分子必须具有批判社会的能力，代表"社会的良心"，即人类的基本价值的维护者，同时也要强调知识分子"首先也必须是"以某种知识技能为专业的人。这句话似乎在界定：只有两个"必须"都做到的人，才能算是一个具有充足条件的知识分子"intellectual"。我接下来讨论中国语境下知识分子的"两个标准"。

这其实是一项很难做到的要求。如前面所说,古代士人的学统、道统与庙堂本来是相一致的。士人学习的是"道",庙堂的依据也是"道",古代儒家所传承的道统,就是古代人文传统,是为了治理国家,学以致用。所以,士人群体就是统治者为了治国平天下而培养的后备人才大军,士人的专业(儒学)与岗位(做官)、价值取向(庙堂)都是相一致的,要做到修身齐家治国平天下并不难。但是在现代社会,知识分子面对庞杂的人文社会科学以及理工医农等自然科学,无法由个人包揽天下一切知识。知识有专攻,社会按照发展需要设置各种专业知识的部门,由专业人士来主管和参与这些部门的实际工作。每一个专业领域的延续、发展,都需要若干部门,诸如教育、研发、应用等部门的有序合作,尤其涉及到许多知识内涵博大精深的专业领域,更需要大量专业人才在具体岗位上耗费一辈子的精力。这些专业人士被称为专家。专家的价值,体现于他在本专业领域做出的贡献:他能否引领本专业的发展方向,以本专业的优异成果来推动人类社会进步。这样的专业人士,他可能

## 从广场到岗位

在社会的精准分工之下,被局限在专门的专业范围以内,他在本专业领域可能做出了重要贡献,但对专业周边的社会现象关注甚少,或者不关心。像这样的专业人士,我们从价值取向来界定,他们属于岗位型的知识分子,也就是专业知识分子(专家)。

岗位型知识分子与广场型知识分子是两种价值取向所决定的知识人群。广场型的知识分子主要来源于传统士人阶层转换而来的文人,他们的知识范围主要偏重于人文传承,所以他们更多地偏重于对社会进步的直接的介入;而岗位型的知识分子情况复杂一点,他们的工作与社会并不构成直接的介入关系,而是需要通过他们的劳动产品,间接地推动社会的进步。两者是不可能用同样的形态来服务于社会进步的。但两者有时候确实可以同时发挥作用。譬如说,广场型的知识分子有时候也需要专业的权威性来服务于他们的广场斗争。陈独秀在那篇《本志罪案之答辩书》的宣言里,通篇斥责社会保守势力对《新青年》自由言论的压迫和"围剿",他与庙堂始终处于紧张对立之中,但有一处他却讲到了知识分子的专业。他为主张"废除汉字"的钱玄同辩护说:"钱先生是中国文字音韵学的专家,岂不知道语言文字自然进化的道理?"钱玄同当时也是一位典型的广场型知识分子,他曾发表许多偏激主张,包括废除汉字改用罗马拼音,都是为了配合新文化运动的需要,其激进程度,连陈独秀都不敢公然力挺。但钱玄同又是著名的文字音韵学专家、章太炎的弟子,以他的专家身份提出改革主张,虽然在形式上属于偏激的广场型,仍然底气十足。陈独秀为他辩护,也特意强调了这一点:"我以为只有这一个理由可以反对钱先生。"[①]这意思就是说,只有在专业立场上反对钱玄同的观点,才算是有理由的。以陈独秀为领袖的《新青年》知识分子阵营尽管肆意批判一切旧伦理、旧艺术、旧宗教、旧政治(特权人治)、旧文学等等,表现出骋驰在广场上的战士姿态,但他们实际的身份,依然是以专业领域的知识者(甚至学术权威)为前提的。像钱玄同那样的专家,本来可以在自己的研究岗位上提出文字改革的建议,以适应社会的进步;可是他一旦参与了《新青年》集团的斗争,就把自己的专业知识直接服务于批判封建传统文化的

---

① 陈独秀:《本志罪案之答辩书》,载《新青年》第6卷第1号。

## 从广场到岗位

斗争，去推动社会进步，他就成了一个比较符合"双重标准"的知识分子的形象。他既是岗位的，也是广场的。

但是我们也注意到：五四时期，能够称得上真正专业人士的知识分子，大约都集中在人文、法政等学科，或者是旧学领域，准确地说，是旧学领域的反叛者，他们本能地意识到背负着传统因袭势力的可怕，压迫愈重，斗争愈烈。至于专攻新兴社会科学、理工医农自然科学的人中间，真正学成归国、确立了专业岗位的知识人士，积极投入社会运动的例子并不多（直到抗战爆发以后，情况才有些不一样）。所以，专业人士的广场意识相对薄弱。但是在另外一面，随着五四新文化运动的普及开去，广场型知识分子的社会影响越来越重要。经过袁世凯、张勋两次复辟帝制的失败，以及世界大战的影响，无论国内还是世界的形势所致，中国知识分子维护民主政治体制的信心有所增强，参政议政意识也更加迫切。巴黎和会引发的中国学生爱国运动就是一个证明，《新青年》逐年发表文章的倾向性，也越来越明显地表现出这样的导向。同时产生的新文学运动，以《狂人日记》为标志，显现出激烈批判社会、否定传统的先锋特征。先锋文学的主要特征就在于批判"为艺术而艺术""唯美主义"等自律的文学,强调文学的社会批判功能。先锋文学需要与更激进的社会思潮互为呼应,需要参与人员的互为流动,这就吸引了大批青年参与其中,壮大其声势和力量。一大批文学爱好者、青年作家、诗人、艺术家和戏剧运动者,海归、大学生、失学而聚集在学府周围的求知者,北漂的流浪青年、社会运动的参与者和支持者,等等,在他们没有找到具体的工作岗位之前,都云集在新文化领域的虚拟广场上,构成了一个

## 从广场到岗位

庞杂的流浪型知识人群[①]。他们既是启蒙的受教者,又是新文化运动的参与者,也是现代知识分子广场意识的实践者。五四运动以后,这批青年就成为广场型知识分子的主体。

---

[①] 关于"流浪型知识人群",是我在研究新文化运动中提出的一个概念,阐述如下:"新文学的知识分子队伍主要是由两类人组成:一类是流浪型的知识分子,一类是岗位型的知识分子。前者往往没有固定的工作和居住的城市,他们以笔为旗,聚集在现代都市里,厕身社会底层,吸收各类流行信息与观念,观察各种社会阴暗与罪恶,他们才气横溢又备受压抑,思想激进又意气用事,他们的创作里喷发出一股巨大的怨恨力量,冲击平庸社会的常识常态;而后者,因为有确定的工作岗位而比较务实,他们对现实也充满清醒的批判意识,但不偏激,也不怨天尤人,而是强调在实际工作中努力,在平凡工作中一步一步积累起推动社会进步的力量。在二十世纪二三十年代,像鲁迅、郭沫若、郁达夫、巴金、胡风、丁玲以及大大小小的左翼作家差不多都属于前者;而胡适、周作人、郑振铎、叶圣陶、朱自清、夏丏尊、老舍以及后来的沈从文等均属于后者。在五四新文学的先锋意识逐渐向大众的市场意识转换的过渡中,两者所扮演的角色是不一样的。前者敏锐、浮躁、激进,受到的压力也相应比较大,这往往使他们的事业追求有好的开端却无善的终结,不免陷于失败的悲惨处境;而后者因为有比较稳定的生活保障,容易获得社会信誉,对文学主流的发展能够产生影响,荣誉多于前者。巴金早期显然是属于流浪型的知识分子,但随着文化生活出版社的成立和出任总编辑,他的社会地位和社会影响也逐渐确立起来,对社会和主流文学开始产生比较稳定的影响。"见陈思和:《从鲁迅到巴金:新文学精神的接力与传承——试论巴金在现代文学史上的意义(二)》,初刊于《文艺报》2005年10月25日,收入《陈思和文集:巴金的魅力》,广东人民出版社2018年版,第394—400页。引文略有改动。我在本书讨论这个问题时稍稍改变了原来概念的含义,把原来特指一部分新文学作家的对象扩大为新文化运动中各类活跃分子。为了阅读者理解的方便,我暂且称之为"知识人群"。

这部分数量庞大的知识人群,除了少数特别优秀的新文化领袖(如新文学最杰出的作家和诗人等)以外,大部分人都接受过中等以上的教育,有些还有出国留学的经历(但不一定有完整的学历),在文化教育不普及、知识水平普遍低下的社会环境里,他们属于有文化知识的人,也具有一定程度的专业知识。但是他们大部分人都没有固定的专业岗位,找不到工作,或者是他们并不热心自己的专业,更大可能是他们受到社会流行的广场型价值取向的鼓舞,把主要兴趣都集中于社会活动。他们不是专业领域的精英,但他们是社会广场上的活跃分子,也是践行新文化运动的主体。我们从中国近现代历史发展的实际出发,都不能把这批人排除在知识分子的行列之外。不仅不能排除,还应该承认,他们的价值取向左右了历史发展:随着来自新旧庙堂的压迫愈演愈烈,大批流浪型知识分子都从广场转向实际革命。当年留法勤工俭学运动中,流浪型知识人群中有一大批人转而成为中国共产党的骨干力量。本书所讨论的广场型价值取向并不适用已经参加实际革命的人群,但它确实为中国革命培养了大批人才。由此引出另一种衡量知识分子标

## 从广场到岗位

准的权重：现代知识分子的双重标准下，以批判社会、捍卫人类的基本价值为天职，以知识技能为某种特殊身份标记。两个标准的权重发生了变化。当然这是对中国近现代历史阶段的大部分知识人群而言的。

这种偏重社会批判的广场型价值取向，更接近五四新文化运动所呈现的实际情况，符合当时大多数知识分子的生存状态。我在前面曾经分析过广场型价值取向有两种形态：一种是政治家的广场意识（以陈独秀、李大钊、瞿秋白等为代表），另一种是文学家的广场意识（以鲁迅、巴金、胡风等为代表）。前者没有专业岗位，最后走向直接现实的政治斗争；而后者的广场意识则与自己的专业岗位相结合，依然坚持在广场上承担着独立的斗争使命。但是，当意识形态领域的阶级斗争越来越激烈、来自庙堂权力的压迫越来越沉重的时候，当现实斗争中革命政党势力越来越多地介入进来的时候，流浪型知识人群的价值取向就会对历史起到决定性的影响。于是，知识分子的广场意识就急剧地膨胀起来，双重标准的和谐状态就被打破了，原有的岗位意识会被遮蔽，受到有意无意的排斥。

## 第四单元 反思

还是以鲁迅为例。鲁迅是一个文学家,他站在自己的专业岗位上参与广场上的运动,是一个双重标准兼而美之的知识分子。在价值取向上,他又是坚定地偏向广场型,尤其在他的晚年,左翼文艺运动的激烈斗争使他越来越偏向广场型的价值取向,这也影响到他对具体人事的评价。我们举他对老师章太炎先生的评价为例。章太炎先生既"是革命元勋,同时是国学大师"[1]。他早期因苏报案被捕入狱,亡命日本后主编《民报》鼓吹反清,都产生过很大影响;民国后章太炎公开反对袁世凯复辟帝制而被软禁,这都具备了广场型知识分子的高贵品质。但他又如鲁迅所称道的,是"有学问的革命家"[2],也是广场与专业岗位双重取向兼而有之。但是章太炎与鲁迅晚年自我设定的价值取向相反。章太炎晚年失望于国民党另立南京政府,认为

---

[1] 许寿裳:《章太炎传》,百花文艺出版社2004年第2版,第3页。初版书名《章炳麟》,胜利出版社1946年版。许寿裳总结章氏学术成就:"以朴学立根基,以玄学致广大,批判文化,独具慧眼,凡古今政俗之消息,社会文野之情状,中印圣哲之义谛,东西学人之所说,莫不察其利病,识其流变,观其会通,穷其指归。'千载之秘,睹于一曙。'这种绝诣,在清代三百年学术史中没有第二个人,所以称之曰国学大师。"(《章太炎传》,第2页。)

[2] 鲁迅:《关于太炎先生二三事》,收入《鲁迅全集》第6卷,第566页。

## 从广场到岗位

"中华民国"已被消解,遂以革命元老的身份,自觉是民国的"遗民"。[①]他退出政治活动,归隐民间讲学,弘扬学术,成为岗位型知识分子,最终死于教席。[②]而鲁迅却一生坚持广场上的战斗立场,对社会旧势力、恶势力主张恶斗至死,毫不妥协。章太炎晚年自编文集不收入早年战斗文章,鲁迅颇不以为然,故而强调:"我以为先生的业绩,留在革命史上的,实在比在学术史上还要大。"他用文学笔法描述了自己在东京听太炎先生讲课的情景:"并非因为他是学者,却为了

---

[①] 章太炎在民国政坛上主张联省自治,反对北洋军阀武力统一,也反对国民党北伐。1927年11月27日他在致李根源信中愤慨于国民党在南京另立政府,以青天白日旗换替民国五色旗为国旗,认为这就是"背叛中华民国",他自谓"宁做民国遗老"。国民党市党部曾以"学阀"之罪名,提请南京政府通缉章太炎。见何成轩:《章太炎评传》,河南教育出版社1990年版,第314页。

[②] 1934年章太炎移居苏州,创办章氏国学讲习会,以"研究固有文化,造就国学人才"为宗旨,1935年9月正式开讲。讲习期限两年,分为四期,章太炎主讲小学、经学、史学、诸子学以及文学等,其弟子朱希祖、汪东等任讲师。各地负笈来学之士一百余人,籍贯有十九省,年龄最大的为七十三岁,最小的为十九岁。有曾任大学讲师、中学国文教师的,以大学专科学生占大多数。章太炎讲课严肃认真,每周讲课三次,每次连堂两个小时,讲完以后,由学生提出疑难,遂一一解答,如学生仍感不足,便约他们到自己寓所继续讨论,直到大家满意为止。1936年暑假,章太炎鼻咽癌日益加剧,又发作气喘病,逝世前几天已饮食不进,仍执卷临坛勉为讲论。汤夫人劝他休息,他说:"饭可不食,书仍要讲。"在教育岗位上真正做到了学而不厌,诲人不倦,鞠躬尽瘁,死而后已。见何成轩:《章太炎评传》,第334页。

第四单元　反思

他是有学问的革命家,所以直到现在,先生的音容笑貌,还在目前,而所讲的《说文解字》,却一句也记不得了。"①这些话只能权当小说家言。鲁迅只比章太炎多活了四个月,写了这篇文章以后,意犹未尽,又续写《因太炎先生而想起的二三事》,未竟而亡。一个死于教席,一个至死都不放下手里的"金不换"毛笔,高风亮节都令人唏嘘。但章、鲁两人的价值取向毕竟不同,纵然是师生之谊,仍然有许多隔膜,无法做出同情的理解。

与鲁迅批评晚年章太炎相似的情况,还发生在刘半农去世以后。当时鲁迅写了一篇短文《忆刘半农君》,对刘半农的某些行为提出批评。刘半农是《新青年》麾下的主要战将,与鲁迅同为广场型知识分子的代表。1920年,刘半农留学欧洲,先后在英、法等国攻读实验语音学,这是一门文理结合的新学科。他试图用物理声学的方法来研究中国语言四声,自制

---

① 鲁迅:《关于太炎先生二三事》,收入《鲁迅全集》第6卷,第566页。鲁迅的回忆掺杂了文学色彩,未必真实。如他说太炎先生讲《说文解字》的内容"一句也记不得了"。说得很夸张,《在钟楼上》鲁迅写到广东方言时,曾很具体地提到章太炎在日本讲课的内容。见《鲁迅全集》第4卷,第33页。

## 从广场到岗位

"音高推断尺""刘氏音鼓"等实验仪器,写出了《四声实验录》《国语运动略史》《汉语字声实验录》[①]等学术著作,其后两种著述用法语写成,作为博士论文,通过答辩获得法国国家博士学位,这是中国人首次荣获以别国国家名义授予的最高学衔。——我之所以这么琐碎地罗列细节,是想说明一个在中国没有"学历"、自学成才的学者,出国短短五年便获得如此殊荣,需要付出何等艰辛的努力。这也是一种转型。刘半农回国以后,在北京大学任教,他创建了语音乐律实验室,多次深入边地做方言调查,发表大量研究成果,成为中国实验语音学学科的奠基人。1934年7月14日,他在内蒙古做方言调查时染上回归热,以身殉职,只有四十四岁。刘半农归国后坚守在自己的专

---

[①] 刘半农的《汉语字声实验录》,被列入"巴黎大学语音学院丛书"之一。1925年4月10日(刘半农通过博士论文答辩一个月不到),《法国最高文艺学院公报》即宣布:该论文荣获1925年度康斯坦丁·伏尔内语言学专奖。(见徐瑞岳:《刘半农评传》,上海文艺出版社1990年版,第171页。)

业岗位上，为之献出生命。[1]刘半农一生的价值取向有过转变，从不自觉的民间写作者（卖稿为生）转变为五四时期的广场型斗士，经过留学西方攻读博士学位，最后确立自己的专业岗位。始于民间终于民间，从不自觉的草莽写手提升为高端的岗位型知识分子，做出了开创者的不凡成就。

我们从知识分子的三种价值取向的视角来分析刘半农，可以非常清楚地勾勒出刘半农一生道路及其业绩。但是在以前没有认识岗位型价值取向的时候，人们使用的评价维度是二元的，对五四人物的转变和选择，只能看到其在广场上斗争的价值，美誉为"战士"；而对他们转到专业岗位上从事学术工作，则轻蔑地视为"消沉""没落""倒退"云云，漠视他们在专业岗位上做出的贡献。回到鲁迅对刘半农的评价，平

---

[1] 刘半农去世后，蔡元培《故国立北京大学教授刘君碑铭》中对其后半生业绩盖棺论定："二十年，任北京大学文学院研究教授。君于是创制刘氏音鼓甲、乙两种，乙二声调推断尺，四声摹拟器，审音鉴古准，以助语音与乐律之实验；作调查中国方音音标总表，以收蓄各地方音，为蓄音库之准备；仿汉日晷仪理意，制新日晷仪；草编纂《中国大字典》计划，参加西北科学考察团，任整理在居延海发见之汉文简牍。虽未能一一完成，然君尽瘁于科学之成绩，已昭然可睹。"收入《蔡元培全集》第6卷，中华书局1984年版，第592页。题目改作《刘复碑铭》。

**从广场到岗位**

心而论，鲁迅是珍惜刘半农在五四时期那段光荣历史的，《忆刘半农君》的文字里透彻着鲁迅内心对老友的火热感情；但爱之深也责之切，他不仅为老友未能在广场上继续冲锋陷阵深感惋惜，也迁怒于社会舆论对刘半农"消极面"的宣扬。鲁迅的文章一锤定音，把刘半农一生分为两半，前半段为新文化运动的闯将，后半段就成了"复古派"。鲁迅在《趋时与复古》中排列了"由趋时到复古"的名单："康有为永定为复辟的祖师，袁皇帝要严复劝进，孙传芳大帅也来请太炎先生投壶了[①]……"[②] 这是到处被引用的名句，但即使这三位大师晚年都有"复古"之嫌，把刘半农编派到

---

[①] 1926年8月，盘踞东南地区的军阀孙传芳鼓吹复古尊儒，举办投壶仪式（古代一种游戏，参加者依次投矢壶中，负者饮酒），并制定"修订礼制会"，章太炎任会长。8月6日举行投壶典礼，章太炎因故未去参加。8月9日，章太炎在南京主持了"修订礼制会"的成立会，"晚七时复行雅歌投壶礼"。见《南京快信》，载《申报》1926年8月10日。本文转自何成轩：《章太炎评传》，第302页。《鲁迅全集》第5卷第565页载有关章太炎投壶的注释，依据6日投壶典礼的报道，称章并未参加。但实际上在9日当晚举行第二次投壶仪式，章太炎还是参加了的。问题在于这不过是一个仿古游戏，虽然有庙堂背景，即使参加一次投壶活动也不影响章氏的人品和操守。章太炎晚年批判国民党政权，呼吁抗日救亡，坚持民间办教育讲国学，并立下遗嘱："设有异族入主中夏，世世子孙不得食其官禄。"这是知识分子大节，也是章太炎先生凛然风骨的事实。

[②] 鲁迅：《趋时与复古》，收入《鲁迅全集》第5卷，人民文学出版社2005年版，第565页。

第四单元　反思

"复古派"也有些冤枉。刘半农是一个多才多艺的文人，他生性幽默，兴趣广泛，在林语堂主编的《论语》杂志上"作打油诗，弄烂古文"，只是工作余兴下的笔墨游戏，这与他抢救敦煌文献、建设语言学科、深度调查方言、批评时政、在白色恐怖下为李大钊树碑立传等辉煌业绩相比，实在是算不了什么错误，不至于受到批判。[①]但是在当时颇为流行的是二元对立的思维模式：不前进了，就是后退；不革命了，就是反革命；不在广场上战斗至死，就是向庙堂投靠……在这样的思维模式下，广场型的价值取向与左翼文艺运动发展潮流紧密交织在一起，就成为社会大趋势的主要评价标准。刘半农曾做过回应，但在广场型价值取

---

[①] 鲁迅在刘半农生前已经发表了《"感旧"以后（下）》，批评刘半农的打油诗，这可以看作老朋友之间的抬杠；刘半农于7月14日去世后，文坛学界弥漫一片悲悼气氛，鲁迅针对当时媒体舆论，一连发表三篇文章：《玩笑只当它玩笑（上）》（7月18日）、《忆刘半农君》（8月1日）、《趋时与复古》（8月13日），除了对死者一生功过盖棺论定，以正视听外，主要还是批评社会舆论对刘半农的不正确的宣传，当然也涉及到对死者的评价。周作人对此很不以为然，有诗曰："漫云一死恩仇泯，海上微闻有笑声。空向刀山长作揖，阿旁牛首太狰狞。"（《半农纪念》）林语堂也表示不满，在刘半农的挽联上用白话写："半世功名丢开，真太那个，此后谁赞阿弥陀佛；等身著作留下，倒也无啥，而今你逃狄克推多。"狄克推多为英语dictator的译音，意为"独裁官"。似有所指。

## 从广场到岗位

向主导下的社会舆论中,他的容易引起误解的回应,确实是"落伍"了。①

很显然,鲁迅与章太炎、刘半农之间没有私人恩怨,没有政治原则的冲突,甚至也不是什么误解,真正的矛盾就是来自不同的价值取向。鲁迅是一个在广场型价值取向上实践最坚定的知识分子,但他又有着明确的岗位意识作为后盾,他也是一个有学问的革命

---

① 刘半农在《半农杂文》自序里说:"所谓变迁,是说一个人受到了时代的影响所发生的自然的变化,并不是说抹杀了自己专门去追逐时代。当然,时代所走的路径亦许完全是不错的。但时代中既容留得一个我在,则我性虽与时代性稍有出入,也不妨保留,借以集成时代之伟大。否则,要是有人指鹿为马,我也从而称之为马;或者是,像从前八股时代一样,张先生写一句'圣天子高高在上',李先生就接着写一句'小百姓低低在下',这就是把所有的个人完全杀死了。时代之有无,也就成了疑问了。……所以,要是有人根据了我文章中的某某数点而斥我为'落伍',为'没落',我是乐于承受的。"见《半农杂文》(第一册),北平星云堂书店1934年版,上海书店1983年影印本,第10—11页。在《老实说了吧》中,刘半农直接批评当时的青年:"……功是不肯用的,换句话说,无论何种严重的工作,都是做不来的。旧一些的学问么,都是国渣,应当扔进毛厕;那么新一些的罢,先说外国文,德法文当然没学过,英文呢,似乎记得几句,但要整本的书看下去,可就要他的小命。至于专门的学问,那就不用提,连做敲门砖的外国文都弄不来,还要说到学问的本身么?事实是如此,而'事业'却不可不做,于是乎轰轰烈烈的事业,就做了出来了。"见《半农杂文》(第一册),第314页。刘半农说的可能是部分事实,但他作为一个海归成功人士,语气充满了不屑,他的批评主要针对的就是广场上最活跃的流浪型知识人群,由此引起了激烈的争论。鲁迅批评刘半农,也是有这个背景。

家，不至于在广场上走向极端，更不会像蔡元培、胡适那样靠近庙堂。但是他在广场与岗位两者的权重方面，明确地倒向广场意识，他本人为此也付出了代价。鲁迅晚年被纠缠在各种矛盾是非之中，有时不得不"横站"，以应付来自两面的论敌。他去世时才五十五岁，用现在的标准，算是英年早逝。心力交瘁不能不是其中重要原因。还有更重大的损失，鲁迅晚年有很多写作计划，包括两部长篇小说，都没能够完成。鲁迅是在乎自己有没有创作能力的，所以在晚年曾抱病一口气创作四篇故事新编，篇篇佳作。可惜天不假年，他没有更多的时间和精力来实现自己的写作计划。这当然是鲁迅自觉的选择，也是广场型价值取向决定了他的选择，但不能说完全没有遗憾。就是这样一个鲁迅，他才会对于沉浸在自己岗位上埋头工作不求闻达的另一种知识分子价值取向表示了不屑，为自己的老师、朋友、同人甚至兄弟都不能与他一起冲锋陷阵在五四精神的大纛之下，感到鲜明的愤怒。

由此可以理解，章太炎、刘半农、钱玄同的道路，也包括提倡"美文""闭户读书"的周作人的道路，都发生过价值取向的转向，由五四新文化运动的广场

### 从广场到岗位

型知识分子向着岗位型知识分子的转换。这也是一个代际转型,五四新文化运动初期的一批知识分子,到了二十年代陆续发生分化。陈独秀、李大钊等广场型知识分子继续前进,大步踏向实际的政治领域,参与了建党、革命等政治活动;胡适、傅斯年等则是一脚踏向政治领域,另一脚还是留在广场,由广场型知识分子朝着新庙堂靠拢。而更多的知识分子本来就有自己的专业岗位,是以专业知识分子的身份参与广场斗争,此刻他们重新估定和确认自己专业岗位的价值,自觉完成了由广场向专业岗位的转换。这又是一次分化,决定着知识分子的两个标准——广场型的价值取向与岗位型的价值取向也不得不分道扬镳了。

但在这个时候,新文化运动的广场上仍然不缺少生力军,一批又一批在五四精神鼓舞下迅速成长起来的新型流浪型知识人群不断地涌向广场,他们以五四先锋姿态大胆否定前人业绩,认为时代已经进步到新的阶段,前辈们已经落伍,后浪必将取代前浪。这种代际的转换显然与二十年代南方革命势力的增长和左翼文化思潮的兴盛直接有关。大革命失败后国共军事

第四单元　反思

较量的战场转移至农村山区，大批流浪型知识人群又溃散到大城市，在文化领域继续推动政治斗争和文化斗争，依然是广场型价值取向在起着主要作用。这在政治斗争领域的主要成果就是1935年底"一二·九"学生运动[①]，在文化斗争领域的主要成果就是三十年代的左翼文艺运动。接着就迎来了全面抗战的热潮，大批青年知识分子奔赴前线正面战场和后方根据地，形成了延安文艺运动和国统区民主运动，广场型的价值取向继续成为知识分子行动的主要标杆，而诗人、学者、民主斗士闻一多，成为鲁迅以后的又一个广场型知识分子的杰出代表。

认识了这一点，我们就不难理解中国知识分子的生态状况与西方所谓的intellectual定义的差异。西方知识分子两种标准是并举的，而且献身于专业工作是首先、必须的前提，是入门条件，更高层面的现实关怀才是成为真正知识分子的标志。然而在晚清到五四

---

①　考察知识分子广场型价值取向的发展史，1935年发生的"一二·九"学生运动有承上启下的意义。之前广场意识与大革命、左翼文艺运动相结合而得到伸张，之后与全民族救亡运动相结合得以普及。广场意识压倒了知识分子的岗位意识，后者开始作为时代进步的对立面而受到批判。杨沫创作的《青春之歌》所描写的林道静与余永泽之间的分歧及其人生的不同道路，就是标志性的事件。

## 从广场到岗位

时期形成的中国知识分子状况恰恰相反,社会急剧转型使得大批流浪型知识人群加入广场上的斗争,其中并不缺乏具有公共关怀和政治介入的民主斗士,真正缺乏的倒是甘愿献身于专业岗位上的专门人才。从价值取向而言,广场意识压倒岗位意识,后者得不到正面鼓励和正确评价。所以,当西方学者强调:如果一个人的全部兴趣始终限于职业范围之内,那么他仍然没有具备知识分子的充足条件。那么,我们似乎可以反过来问:一个人的全部兴趣都在关怀世界上有关公共利害之事,而在自己的专业岗位上却没有作为,一无是处,也许他可以成为革命家或者社会活动家,但算不算一个充足条件的知识分子呢?

在中国的特殊语境里,由于社会环境的严峻和现代性发展的迟缓,五四新文化留给知识分子的精神遗产出现了倾向性导向。在政治功利主义鼓舞下,广场型的价值取向压倒岗位型价值取向,成为鼓励知识分子的主要价值标准。其结果是,诸如"前进"/"倒退"、"为人生"/"为艺术"、"左翼"/"右翼"、"政治标准"/"艺术标准"、"现实主义"/"非现实主义"等等二元对立的元素都构成了不恰当的夸大(前者)与遮蔽(后者）。正是由于对前者的不适当的夸张，才导致了对后者的消极性的遮蔽，作为遮蔽的副产品，相继出现了知识分子精神上的自我忏悔和自我改造，这是一种倒退性的精神萎缩，也是方维规在《"Intellectual"的中国版本》里指出的现象：中国的"知识分子"概念来自苏俄"被阉割的'印贴利更追亚'观念"而成为一种与革命主体格格不入的"中间阶层"、与法国式的"Intellectual"却无缘的中国背景。其实这是中国特定的阶级斗争环境下造成的知识分子概念的演变，与从苏俄舶来的概念并无太大的关系。这种倾向性导向在二十世纪五六十年代登峰造极，而在八十年代初（我的求学时期）依然是主导性的意识形态。

## 十二、"整体观"到"重写文学史"

1985年，我开始撰写文学史研究的系列论文《中国新文学整体观》。这是我独立完成的第一本论著。与学生时代我和李辉合作完成的《巴金论稿》不同，写作这本论著，我没有事先规划提纲，而是面对当下文学创作的思潮现象，以问题为由头，以文学史溯源

**从广场到岗位**

为方法，通过追溯现代文学（新文学）的历史形成以及经验教训，来解读当下的文学思潮和现象。1985年，在文学创作领域已经出现了新思潮的迹象：一个是西方现代主义文艺及相关哲学思潮进入中国学界视域，另一个是当代文学创作中文化寻根思潮兴起。前一股思潮大约从1978年就陆续被译介进入中国，除了现代主义文艺中有关意识流、荒诞、黑色幽默等叙事外，哲学上主要是人道主义和存在主义的学说。萨特在西方是一个著名左翼知识分子，他的批判资本主义社会以及宣扬"存在先于本质"的思想理论，令我非常着迷。到了1982年，我毕业留校不久，国内理论界开始对外来的现代思潮进行批判，由此引起了尖锐争论。无疑，我是别无选择地站在了现代主义、人道主义和存在主义的一边，对那种虚张声势的大批判感到由衷厌恶。后一股思潮是接着西方思潮被抵制后产生的，最初由几个作家从地域文化出发，试图挖掘新的创作资源。从背景上看，寻根文学不是传统意义的乡土文学，倒与二十世纪六七十年代震动世界的拉美文学有关，尤其是1982年马尔克斯获得诺贝尔文学奖[①]，使得现代主义普遍被人们理解为不是一种单纯的西方文化，而是可以与地域的民族的文化传统相融合的现代意识形态。文化寻根思潮不仅仅出现在文学创作里，也出现在绘画艺术（如北京机场大型壁画《泼水节——生命的赞歌》、油画《父亲》）、戏剧艺术（如多声部史诗剧《野人》）、电影艺术（如《黄土地》《老井》）等等，表面上呈现的是当代文学创作朝着古老的民族文化精神倒退，深层次则反映了西方现代艺术融合民族文化根柢的新形式，由此探索新的文学创作的可能性。

这两股思潮都给我的写作带来新的思索空间。1985年我发表《中国新文学发展中的现代主义》，试图从五四时期鲁迅、郭沫若、茅盾等人对尼采著作的译介，为现代主义思潮的进步性辩护。我在大学时代养成了一种逆向思维的学习方法，对凡是主流的、教

---

① 除了加西亚·马尔克斯的《百年孤独》（黄锦炎等译，上海译文出版社1984年版），另外两部翻译作品也引起中国作家的高度重视：一本是美国黑人作家阿历克斯·哈利著的长篇小说《根》（陈尧光等译，生活·读书·新知三联书店1979年版），另一本是日本川端康成的小说《雪国》（侍桁译，译文出版社1981年版），这些著作都涉及到现代意识和民族文化之根的融合。

**从广场到岗位**

科书的学说观点都持怀疑态度,绝不迷信。人要学会独立思考①,这是思想解放运动带给人们最积极的成果。鲁迅在《狂人日记》里的一句名言——"从来如此,便对么?"②——成了我的座右铭。在研究巴金的过程中,我阅读了无政府主义和俄罗斯民粹主义的著述文献,试图为无政府主义的进步性辩护;对待西方现代主义文艺也一样,我真心喜欢西方现代主义作家的创作,自觉为之辩护。出于这样的思维习惯,我对现代文学的理解渐渐复杂起来,不再用传统的单一标

---

① "独立思考"这个名词,在中国是一个共名的概念。二十世纪八十年代中国进入改革开放历程,"独立思考"成为思想解放的同名词,被官方理论词典解释为:"邓小平倡导的、与解放思想并提的马克思主义认识论主张。指不囿于框框、条条、'本本'、传统、习惯势力的束缚,不照搬别人、别国现成的模式,一切从变化着的实际出发去思考问题,找出解决问题的办法。""1988年5月18日,邓小平专门作了'解放思想,独立思考'的谈话,他说:'我们党的十一届三中全会的基本思想是解放思想,独立思考,从自己的实际出发来制定政策。'因为在中国建设社会主义这样的事,'马克思的本本上找不出来,列宁的本本上也找不出来,每个国家都有自己的情况,各自的经历也不同,所以要独立思考。'(见《邓小平文选》第3卷,人民出版社1993年版,第260页。)其目的是找到一条具有时代特征、中国特色的社会主义建设道路。"见金炳华等编:《哲学大辞典》(修订本),上海辞书出版社2001年版,第287—288页。当时中国知识分子也同样倡导要"独立思考",如作家巴金在晚年著述《随想录》中专门讨论"独立思考"的重要性,进而提倡"讲真话",成为当时知识分子的座右铭。

② 鲁迅:《狂人日记》,见《鲁迅全集》第1卷,第451页。

准（非此即彼）来分析鲜活的文学史现象。在为现代主义辩护以后，我连续写作了《中国新文学发展中的现实主义》和《中国新文学发展中的现实战斗精神》，努力辨析批判现实主义与社会主义现实主义的区别，我的价值判断仍然来自广场型的价值取向，我确认鲁迅的现实战斗精神是新文学的基本价值取向。接下来我又写作了《中国新文学发展中的两种传统》，第一次提出了"启蒙的文学"/"文学的启蒙"的二元分界，认为后者也是启蒙的一种形式，即文学审美的启蒙，使人们从传统的农村田园理想的审美境界中解放出来，获得现代人的审美意识。我希望以此思路慢慢构成一部双重标准的文学史，使得"为艺术而艺术""现代主义文学""唯美主义文学""个性至上"等等文学元素有正面评价的空间。但我感到奇怪的是，这批文章发表后，获得较多好评的，依然是关于现实战斗精神的论述，而我自以为在文学史理论上有所突破的"两种启蒙传统"几乎没有引起关注。很显然，知识分子广场意识作为主流的价值取向在当时学术领域确实起到了重要的引领作用。我在写作《中国新文学发展中的忏悔意识》一文时，特别分析鲁迅在《狂人日记》

**从广场到岗位**

中表达了对"人吃人"本质的现代忏悔,但当时社会却普遍理解为批判"礼教吃人"的现实战斗精神,这一分析完全是有感而发的。①

当我写到《中国新文学整体观》的最后一篇《中国新文学对文化传统的认识及其演变》时,我模糊地意识到五四新文化的传统自身存在着片面性。这个念头一下子把我在写作过程中本来不自觉的零星感受都

---

① 我在《中国新文学发展中的忏悔意识》中是这样表述的:"'人的忏悔'作为现代意识的产物,虽然影响了一部分中国作家,却未能在五四时期的中国文学领域中找到合适的土壤,就像整个现代思潮虽然同其他西方文学传统一起滋养了中国新文学,但终于没有能够深深地扎下根来的结局一样。也许是社会存在决定了人们的局限。在我们所生活的这块土地上,封建意识长期压抑了个性的自由发展,人们对自身价值的认识普遍缺乏深度。当五四反封建的思想稍稍冲破了一些精神束缚,个性刚刚开始施展其魅力的时候,人们是多么珍爱这自觉了的个性,他们颂扬它、维护它,唯恐它稍纵即逝,变成一场美丽的春梦。正如伟大的文艺复兴带来了欧洲人性的大解放一样,五四时代的中国处处洋溢着个性主义与人道主义的热力,充满了英雄与英雄崇拜,《女神》式的自我扩张一下子成为时代的最强音。人们不可能,也无法设想人性还有恶俗的一面,还有其真正意义上的局限以及对人自身局限的忏悔。《狂人日记》一发表,立刻就引起了社会上的强烈反响,但是鲁迅对人的至善至美性的深刻怀疑并没有引起人们的重视,而小说的另一种意义——对社会弊害的揭发,则受到了热烈的赞同和声援。作为人类进化中野蛮期的残余的象征——'吃人'的意象,成为对封建礼教的罪恶的形象概括(吴虞的《吃人与礼教》一文正是这种时代思潮的产物)。于是,作品的批判锋芒由人的自身转向了客观现实,人的批判变成了社会的批判。"引自《陈思和文集:新文学整体观》,广东人民出版社2018年版,第138页。引文略做修改。

贯穿起来了。当时我还没有形成知识分子在现代转型期的三种价值取向的学术观点，但依稀觉得，在知识分子奋不顾身的广场战斗的精神状态下，似乎有什么不太妥当的元素在其中发酵。这种感觉随着文化寻根思潮的崛起而得到了某种支持。我这篇论文是从阿城的一篇短文《文化制约着人类》引起争议而开始写起的。阿城认为："五四运动在社会变革中有着不容否定的进步意义，但它较全面地对民族文化的虚无主义的态度，加上中国社会一直动荡，使民族文化的断裂，延续至今。"这是当代作家首次对五四新文化运动提出批判性质疑，接着还有几个作家也表示了相似的意见。在反对的意见中，有的出于维护五四传统的热情，有的出于对封建专制文化的厌恶，也有的出于对现代化如何发展的思考，诸说种种。我虽然站在阿城一边，但作为一个深深浸淫在五四精神教育中的青年学者，对这样反思五四传统仍然感到不习惯。我试图在两者之间走一条平衡的钢丝，把阿城所说的"民族文化的断裂"解释为文学审美的感悟被中断。我认为：作家面对美学形态的传统民族文化现象时，是不考虑历史内容的。同样面对万里长城和霍去病墓石刻，历

## 从广场到岗位

史学家可能首先想到它在时间上的价值，政治社会学家可能关心的是论证奴隶的智慧与血泪，而对文学家来说，他惊叹长城之雄、石刻之奇，是纯粹从雄与奇的美学特征感悟其审美意义，所以，文学家崇拜长城汉墓，决非崇拜秦始皇的酷政与大汉帝国的迷梦。很显然，我在为寻根作家们辩护的同时，依然维护五四精神传统，包括新文学运动对封建历史以及形形色色文化传统的批判。但是从此时起，我对于五四作家们扫荡旧文化的批判态度，以及启蒙者居高临下的批判思维，开始有了模糊的怀疑。论文的最后一部分，我特意分析了文化寻根小说的代表作：张承志的《北方的河》与阿城的《棋王》，把五四新文学与传统文化的关系，最后落实到寻根文学，使现代文学传统与当下文学创作衔接起来。

我在那篇论文里粗略分析了五四初期三次有关中西文化的论争：第一次是五四前夕《新青年》主编陈独秀与《东方杂志》主编杜亚泉围绕着物质文明与精神文明的论争；第二次是二十年代初"科学"与"玄学"的论争；第三次是二十年代中期围绕泰戈尔访华引起的评价"东方文化"论争。当时参与论争的双方

第四单元　反思

均为著名大家，论战的观点是非，我自然没有资格做出评价，但对于争论中表现出的一些思维形态上的偏颇，我觉得是值得警惕的。其一，在五四初期，很多知识分子都从历史进化观点出发，把中西文化看作是社会发展的两个不同阶段的文化，即落后文化与先进文化。他们把中国引进西方物质文明的必然性与中国将全盘西化、走西方文化道路等同起来，于是得出西方文化必胜的结论。如陈独秀批判杜亚泉等人的复古言论，使用的就是社会斗争的口号：维护共和原则，反对君主复辟。[1]这就反映了这种片面的思维特征。其二，五四时期中西文化论战中表现出来的又一种思维

---

[1]　如陈独秀在《再质问〈东方杂志〉记者》中宣布："记者（陈独秀自谓——引者）信仰共和政体之人也，见人有鼓吹君政时代不合共和之旧思想，若康有为、辜鸿铭等，尝辞而辟之，虑其谬说流行于社会，使我呱呱堕地之共和，根本摇动也。前以《东方杂志》载有足使共和政体根本摇动之论文，一时情急，遂自忘固陋，意向'东方'记者提出质问。"载《新青年》第6卷第2号，第148页，1919年2月15日。这很明显是从政治斗争着眼的。《东方杂志》历史悠久，在思想文化界具有较大影响，又是中国近代第一家自觉探讨中西文化异同、渊源及比较的学术刊物。既为学术讨论，总有不同的声音。所载之文，虽然确有一些从政治角度为复辟制造舆论，也有不少是从学术上探讨中西文化异同的，学术观点不无可取之处。但是陈独秀从实际的政治斗争出发，把它与当时政治上的复辟思潮联系起来，指责它是张勋的"同志"，它就丧失了学术雄辩能力。杜亚泉也不得不辞职。关于杜亚泉的评价，后来九十年代王元化先生给予颇多正面论述，可供参考。

## 从广场到岗位

形态，是机械的"中西文化优劣比较论"，它用一种笼统的贴标签方法，归纳中西文化的特征。譬如，有人认为西方文化是"物质文明"，东方文化是"精神文明"；有人认为西方文化是"动的文明"，东方文化是"静的文明"；也有人认为西方文化产生于"意欲向前的精神"，东方文化产生于"意欲自为调和持中的要求"；等等。这种思维方法导致的结果，只能是以己之长比彼之短，借以达到维护传统文化的目的。[①]梁启超、张君劢都是持这样的观点。联系到八十年代

---

① 如梁启超考察欧洲各国，看到了西方社会的弊病，他很动感情地向国人诉说："宗教和旧哲学，既已被科学打得个旗靡辙乱，这位'科学先生'便自当仁不让起来，要凭他的试验发明个宇宙新大原理。却是那大原理且不消说，敢是各科的小原理也是日新月异，今日认为真理，明日已成谬见。新权威到底树立不来，旧权威却是不可恢复了，所以全社会人心，都陷入怀疑沉闷畏惧之中，好像失了罗针的海船遇着风雾，不知前途怎生是好。"于是总结说："欧洲人做了一场科学万能的大梦，到如今却叫起科学破产来。"引自《科学万能之梦》，见《(二十三)欧洲心影录节录(上篇)》，《饮冰室合集》专集第五册，中华书局2015年版，第11—12页。我不能不佩服梁启超对欧洲学术界的敏锐观察与传神描绘。二十世纪初，一系列科学新成果打破了欧洲经典科学的权威体系，促使了整个西方现代意识——反传统的文化意识的生成。这是西方学术由"体系的时代"向"分析的时代"转化必然产生的困惑。但是在西方，崩溃的仅仅是工业革命时代建立起来的传统科学信条，不是科学本身的崩溃；反传统的文化意识也是在更高层次上取得了深入发展。梁启超比迷信西方文艺复兴以来资本主义文化的胡适敏锐得多，但是他接受信息时的思维形态是错误的：从西方的"科学破产"里看出了中国的"精神优胜"。

中国关于传统文化与外来文化的讨论，不难发现，这两种思维形态仍然制约着许多人的思维。有不少人从反对残存的封建意识形态出发，认为中国需要的是西方民主精神，而拒绝对传统文化再评价。把中国传统文化等同于封建思想余孽，把西方文化理解为民主精神，重复了当年陈独秀、胡适的思维形态。但也有些人对西方现代文化的影响深感不安，他们就重弹民族精神"优胜"的老调，以为只要发扬民族传统，就可以安然无恙地搞好现代化建设，这实在是比梁启超、张君劢等人还倒退了一大步。

我撰写《中国新文学对文化传统的认识及其演变》是在1986年初。很多想法都处于朦胧状态，很不成熟。我对五四一代知识分子某些简单化思维形态的认识，可能更多的是来自对当下文化现象的思考，由当下联系到五四，追溯到某种"根"的存在。1986年到1989年是五四的现实战斗精神被重新高扬的时段，同时也由于寻根思潮的出现，以民族传统文化的重新被"寻"为契机，作家们（阿城、李锐、韩少功等）对五四的主流精神也提出了不同的理解。这多元并存的时代思潮，对我的学术思想及其道路的选择，产生了

**从广场到岗位**

重要影响。

在我研究文学史的思路渐渐发生变化的那几年,有两本书对我产生过影响的。一本是林毓生的《中国意识的危机》[1],另一本是李长之的《迎中国的文艺复兴》[2]。前一本书虽然在1986年就有了中译本,起初没有引起我的注意,后来王元化不同意林毓生对五四新文化运动的批评而挑起论争[3],我先读了王元化的文章才去找林毓生的书,时间要靠后一些。李长之的书则是在复旦大学图书馆阅读的,说当时给了我醍醐灌顶之感也不过分。这本二十世纪四十年代写成的小册子,大胆反思了五四新文学的精神传统。李长之明确地指出:"五四"不是文艺复兴运动,而是启蒙运动。他进而指出:"启蒙运动的主要特征,是理智的,实用的,破坏的,清浅的。我们试看五四时代的精神,像

---

[1] 林毓生:《中国意识的危机》,穆善培译,苏国勋、崔之元校,贵州人民出版社1986年版、1988年增订版。

[2] 李长之:《迎中国的文艺复兴》,商务印书馆1946年版。我读的是最初版本。

[3] 王元化:《为"五四"精神一辩》。此文最初收入王元化主编的《新启蒙论丛》第一本《时代与选择》(1988年10月,湖南教育出版社出版)。文章摘要发表于1988年11月28日《人民日报》,题为《论传统与反传统——从海外学者对"五四"的评论说起》。

第四单元　反思

陈独秀对于传统的文化之开火,像胡适主张要问一个'为什么'的新生活,像顾颉刚对于古典的怀疑,像鲁迅在经书中所看到的吃人礼教(《狂人日记》),这都是启蒙的色彩。明白与清楚,也正是五四时代的文化姿态。"接着他又说:"对朦胧糊涂说,明白清楚是一种好处,但就另一方面说,明白清楚却就是缺少深度。水至清则无鱼,生命的幽深处,自然有烟有雾。五四时代没有深奥的哲学。柏拉图,黑格儿,康德,谈之者少……大家不惟不谈深奥的哲学而已,而且有着反感。"[①] 李长之研究过德国哲学与文学,习惯以德国文化的特点来衡量五四时代精神,结论上自有偏颇之处,不过他对五四时代精神的分析则是深刻的。"五四"不是一场文艺复兴运动,而是启蒙运动,这可看作是对五四新文化运动本质的科学说明。

李长之对五四精神的批评,不仅直接影响到我撰写《中国新文学对文化传统的认识及其演变》一文,也引起了我对自己以往研究思路的反思。李长之所说

---

[①] 李长之:《五四运动之文化的意义及其评价》,见李长之《迎中国的文艺复兴》,商务印书馆1946年版,第14—22页,此段话见第16页。

的"明白清楚却就是缺少深度。水至清则无鱼,生命的幽深处,自然有烟有雾。……"这几句话反复盘旋在我的脑里,以前我们学习的现代文学史,其实是一部文艺思想斗争史,在非此即彼、黑白甚明的思路下,研究者会自觉地面对"站队"的选择;然而文学史原生态的丰富、多元呈现则被抹杀,隐而不彰。所以,我理解的李长之说的"明白清楚却就是缺少深度",不是对五四新文学本身的概括,却是对研究者长时间形成的思维形态和研究方法的批评;而所谓"生命的幽深处"恰恰是我们长期缺乏关注、视而不见的新的研究空间。文学史上许多说不清道不明的幽暗深邃的空间,正是需要我们去探幽寻胜、有所发现的。我在九十年代接着做的研究,关注点放在了文学史理论领域,与这个转变直接有关,我提出的一些当代文学关键词之所以会引起学界争论,大多是被批评者认为含义不清、边界不明、态度暧昧,这其实是我在研究中的真实思想状态。我想改变以前那种坚定不移、自以为真理在手而不容他人置喙的思维模式,要承认文学史多元多彩,有许多捉摸不透、模糊暧昧、藏污纳垢的幽暗存在,只要是文学史上存在的现象,总有它的合理性，我们研究者的任务，就是要考察这种合理性在具体时空中会存在多久，让这种合理性变得更合理或者不再合理。当然这种变化是我在以后十来年的学习实践中慢慢领悟到的。当时，也就是在八十年代后期，我渐渐认识到知识分子在新文学运动中形成的广场意识与岗位意识之间的差异，以及最终的分离，这涉及到我对构成知识分子的两种标准的认知和思考。

大约是1988年以后，我对五四新文化的认识有了些许变化，试图对新文化传统做出一点反思。这项工作，一部分是由我和王晓明一起主持"重写文学史"专栏完成的，另一部分是我自己的学习和写作。关于1988年发起的"重写文学史"，我不打算在这里花费过多的笔墨，只想说明一个情况：所谓"重写"，并不像当时有人认为的，仅仅是为了提倡一种文学史标准而反对另一种标准；"重写文学史"首先是提倡"质疑"的思维方法，即对一元的政治标准的质疑，对简单化、教条化的政治标准的质疑，提倡用多元的标准来关注文学价值的丰富性。王晓明当时写了一篇论

## 从广场到岗位

文《双驾马车的倾覆——论鲁迅的小说创作》[①],影响深远,他把鲁迅小说创作中所贯穿的启蒙意识与来自内心冲动的情感因素称为一对"不甚和睦"的"双驾马车",两者在小说文本中发生强烈冲突,最终导致了鲁迅晚年放弃小说创作,转向了更加政治形态化的杂文创作。王晓明是一位思想敏感的理论工作者,他总是能够提出最前沿也是最尖锐的问题。他对于中国二十世纪作家的创作心理障碍的研究,尤其是关于鲁迅与启蒙意识的研究,可以说,直接促使"重写文学史"的提出和实践。在我们主持的"重写文学史"专栏所发表的文章里,无论是对过于清晰的启蒙意识的反思,还是对过于狂热的左翼思潮的纠偏,林林总总,都可以从知识分子广场意识的价值取向上找到某种联系。

那段时期我也开始关注这一问题。1988年,我连续发表了两篇论文:《当代文学观念中的战争文化心理》和《胡风文学理论遗产》。前一篇论文是我继《中

---

① 王晓明:《双驾马车的倾覆——论鲁迅的小说创作》,最初发表于《钟山》1989年第5期。后收入论文集《潜流与漩涡——论二十世纪中国小说家的创作心理障碍》,中国社会科学出版社1991年版,第24—68页。

国新文学整体观》后准备接下来做系列研究的第一篇，取了一个副标题——"当代文化与文学论纲之一"，其系列之二、之三，即是两篇研究民间的论文；后一篇则是专门为"重写文学史"栏目写的。当时国家为胡风文艺思想平反不久[①]，我想通过重新梳理胡风文艺思想，检讨胡风作为左翼阵营最重要的文艺理论家在思维上的局限，这种局限反映了整个左翼文艺理论阵营自身的局限。其表现为：用过多的政策性研究取代理论本体的深入阐述；以党派甚至是宗派的批评原则高于历史的审美的原则；至于胡风本身理论批评的缺陷，则更多地表现为他的文学理论含有的开放性和现代性，与其在批评实践中表现出来的狭隘性之间所构成的反差。胡风既是特立独行的批评家，又是左翼阵营的一员，无论他本人的愿望还是政治斗争的需要，都

---

① 胡风冤案经过三次平反。1980年9月底第一次政治平反（中发〔1980〕76号），但在胡风的政治历史和文艺思想方面，还留有不适当的评价。1985年6月8日胡风去世，为了避免悼词中的不妥提法引起纠纷，直到1985年11月，公安部发文（〔85〕公二字第50号），纠正了76号文件中的一部分不实之词，并修改了悼词。这是第二次平反。1986年1月15日，胡风追悼会举行。1988年6月中共中央政治局常委会讨论通过《中央办公厅关于为胡风同志进一步平反的补充通知》（中办发〔1988〕6号），为胡风的"五把刀子论"、"宗派主义"以及文艺思想做了彻底平反。这是第三次平反。

## 从广场到岗位

使他以政党的利益代言者为己任,以为自己的理论活动代表了左翼阵营内部正确的一方,对整个时代的文学具有指导性意义。这种广场的责任感就像荆棘编织的冠,重重地压着他走上殉道的路。胡风理论上的悲剧,正是由这种知识分子的人生价值观所决定的。①

第二年(1989年)五月,中国社会科学院筹办纪念五四运动七十周年的学术研讨会,我写了论文《"五四"与当代——对一种学术萎缩现象的断想》。但我没有去参加会议,只是提交了论文。我运用李长之关于"'五四'不是一场文艺复兴,而是启蒙运动"的观点,比较了五四新文化运动与欧洲文艺复兴运动的差别,并就"启蒙"的特征,讨论了五四新文化运动中知识分子的两种思维定势:"一是政治为本,二是主义为大。"前一种思维定势是在五四新文化走向与革命实践结合的过程中逐渐形成的,它的基本特征是不相信文化发展需要有一个稳定的繁荣局面和渐进的积累过程,把文化变革视为政治革命的先导或舆论准

---

① 陈思和:《胡风文学理论遗产》,初刊于《上海文论》1988年第6期。收入《思和文存》第1卷,黄山书社2013年版,第211—239页。这篇论文原打算写三个部分,发表的仅仅是第一部分,收入《思和文存》时改名为《胡风对现实主义理论建设的贡献》。

备，认为最深刻的社会变革只能是政权的更迭。后一种思维定势是从方法论上补充了前一种"政治为本"的情结，其特征在于盲目照搬西方各种主义，以概念术语来救中国，而没有注意社会问题的具体性与实践性。我们假定文化的发展与进步是渐进的、具体的、积累的，那么我们吸取外来思想学说就如同引进外来科学技术一样，要有某种针对性和具体性，解决具体问题，而不是迷信一种包治百病的良方，在根本上实现"救中国"，这只能给学术研究带来盲目性。为了克服下这两种思维定势，我尝试性地提出了知识分子的两种责任：

> 一个知识分子应该分清自己的社会责任与学术责任。社会责任驱使我们对社会上发生的每一件事表明自己的态度，以人类的良心来抨击不义，促使社会进步；学术责任则要求我们在本职工作上成为佼佼者，坚持学术高于政治、文化大于社会的原则，维护学术的独立性与科学性，这是并存不悖的两种使命。如果一味强调知识分子的社会责任，要求知识分子必须通过他的职

## 从广场到岗位

业，他的具体研究去表达他的政治见解，只能造成知识分子人格的不完全，于当代学术的发展亦无益。①

知识分子的社会责任和学术责任的提出，没有引起学界的反响，在当时的情况下也不可能引起关注。紧接着中国进入了另一个具有转折性的阶段，现实中知识分子广场意识受到挫败，广场型的价值取向同时也受到了遏制；而知识分子岗位意识却急剧上升，专业岗位的价值取向被动地普及开去。历史在这里似乎又一次螺旋式地回到了原点。这是二十世纪九十年代知识界普遍感受到的真实。我的研究重点也相应地从"两种责任"的提出，很快过渡到知识分子转型期三种价值取向的讨论，是顺理成章的。

---

① 陈思和:《"五四"与当代——对一种学术萎缩现象的断想》，初刊于《复旦学报》1989年第3期。收入《陈思和文集：告别橙色梦》，第411页。

# 第五单元　岗位

## 十三、知识分子岗位意识确立

我在1993年提出知识分子转型期的"三种价值取向"时，我的立场已经偏向知识分子的岗位型价值取向。当然不是说，知识分子的广场意识已经过时了，或者说，五四的精神遗产已经失去了它的现实价值，而是时代对知识分子提出了更为严峻的要求，要求知识分子更加全面深入地去发掘五四精神遗产的内在的丰富性和可能性，沿着这个思路去探索现代知识分子的道路并且走下去。那几年里我有选择地重读一遍鲁迅和周作人的相关著作，从周氏兄弟的文字里体味绝望中的个体的生命意义与力量。我的脑子里反复盘旋着鲁迅的声音："总而言之，现在倘再发那些四平八稳的'救

## 从广场到岗位

救孩子'似的议论,连我自己听去,也觉得空空洞洞了。"① 这是时代的转折带来文化的转型,知识分子从高高在上的启蒙向着藏污纳垢的社会实践勇敢地迈出一步。鲁迅的道路仍然是一条广场型的道路,这样一种思想的敏锐度和短兵相接的肉搏战,伴随了鲁迅晚年生命历程,他至死也没有与他所生存于兹的社会实行丝毫的和解。这个时刻的周作人也在转型,他的转型提供了一种新的范式,即知识分子的岗位型价值取向的自觉。

回到前面举过的例子。章太炎晚年失望于国民党以南京政权取代民国政府,他毅然退出政治活动,归隐民间讲学,弘扬学术,转而成为一个岗位型知识分子。那是1927年以后的事。而在之前有一段时期,章太炎在孙传芳时代确实热衷过政治活动,曾多次发表通电反对北伐革命。这连一向温和冲淡的周作人也看不过了,发表《谢本师》批评老师。周作人在东京留学时与鲁迅一起受业于章氏,此刻体现了"吾爱吾师,吾更爱真理"的意思。周作人用的是当年章太炎批评老师俞曲园时写的同名文章《谢本师》的题目,

---

① 鲁迅:《答有恒先生》,见《鲁迅全集》第3卷,人民文学出版社2005年版,第477页。

认为:"先生好作不大高明的政治活动,我也知道先生太轻学问而重经济(经济特科之经济,非Economics之谓),自己以为政治是其专长,学问文艺只是失意时的消遣;这种意见固然不对,但这是出于中国谬见之遗传,有好些学者都是如此,也不能单怪先生。总之先生回国以来不再讲学,这实在是很可惜的,因为先生倘若肯移了在上海发电报的工夫与心思来著书,一定可以完成一两部大著,嘉惠中国的后学。"[1]章太炎从事政治活动的动机与价值取向均与广场、岗位无关,属于庙堂意识在作怪,所谓"出于中国谬见之遗传",指的就是传统文人的价值取向。[2]但很快随着北

---

[1] 周作人:《谢本师》,初刊于《语丝》1926年8月28日第94期。

[2] 中国古代读书人的文行出处,是在庙堂与民间之间轮回,即所谓"朝为田舍郎,暮登天子堂",读书人耕读为生,达则兼济天下,贫则独善其身,而后者的"贫"也就是归隐民间讲学著书,目标仍然是为前者的"达"服务。周作人这里批评的"自己以为政治是其专长,学问文艺只是失意时的消遣"的"中国谬见之遗传",就是指传统文人的庙堂型价值取向。在现代转型过程中,知识分子的社会实践形成了庙堂、广场和岗位三种价值取向,传统庙堂与民间之间的封闭式循环被打断,民间不再是庙堂后备人才的蓄水池,学术专业之独立价值才借助于岗位这一维度呈现出来。这一点,周作人作为一个自觉的现代知识分子认识很深刻。他在起草文学研究会的成立宣言中就有相似的意思:"将文艺当作高兴时的游戏或失意时的消遣的时候,现在已经过去了。我们相信文学是一种工作,而且又是于人生很切要的一种工作;治文学的人也当以这事为他终身的事业,正同劳农一样。"《文学研究会宣言》,刊《小说月报》第12卷第1号,1921年1月10日出刊。这就明确提出文学是一种工作,工作是建筑在岗位之上的。

## 从广场到岗位

伐胜利,章太炎又回到了弘扬国学的专业岗位。这且不去说它,我感兴趣的是:周作人是站在知识分子岗位意识上批评章太炎,与鲁迅站在广场意识上批评章太炎,正好形成鲜明对照。

鲁迅批评章太炎是"身衣学术的华衮,粹然成为儒宗"[①],批评他不再随时代前进;周作人则建议章太炎与其热衷政治表态,还不如回到专业岗位,继续讲学或者著书立说,嘉惠后学。周氏兄弟的不同立场反映了当时知识分子精英的两种价值取向,即鲁迅坚持的广场意识和周作人坚持的岗位意识的分歧。周作人后来在沦陷时期出任过伪职(教育督办),影响后人对其功过评价。研究者难免以偏概全,不能辩证把握,连同他在五四时期的业绩也一并抹杀。这是不公平的。周作人于现代文学史和现代知识分子史的贡献,还不止于散文小品的创作,也不止于希腊文和日文的翻译,他的贡献更在于提供一种价值取向的范式。这种范式的利弊我还要做进一步辨析,但因为他的理论倡导和自觉实践,使得严复、张元济、章太炎

---

① 鲁迅:《关于太炎先生二三事》,见《鲁迅全集》第6卷,第567页。

第五单元 岗位

以来的知识分子岗位的实践道路得以真正成形。为什么这么说？严复、张元济、章太炎等人（包括稍后的王国维）都是从传统士人阶层转型而来，他们在转型过程中功在有效实践了民间的专业岗位，无论学术、翻译、现代出版还是民间讲学，都推动了现代知识分子价值观的形成。但他们本人却属于传统士人阶层，无法与庙堂完全隔断关系，政治上还留有保守的、迎合庙堂的一面。而包括周作人在内的《新青年》同人基本上是属于广场型知识分子，他们与废黜的清政府没有感情，对北洋军阀政府深感厌恶，甚至对马上夺天下的国民党政权也不屑一顾，他们与新旧庙堂是对峙的。所以，晚清时期他们是激进的革命派，共和初期他们都是以言论争自由的广场型知识分子，反对尊孔也反对复辟；到了北洋军阀的后期以及国民党执政初期，国家的民主体制已经遭到破坏，北洋军阀靠武力镇压来维持统治，国民党新政权更是在血泊中建立起来的，连没有丝毫奴颜媚骨的鲁迅都承认："我是在二七年被血吓得目瞪口呆，离开广东的。"[①]遑论一大

---

① 鲁迅：《〈三闲集〉序言》，收入《鲁迅全集》第4卷，人民文学出版社2005年版，第4页。

## 从广场到岗位

批从广场上撤下来的知识人群。这个时候，流浪型和岗位型的知识人群再次分化，大批流浪型知识人群在坚持广场斗争中逐步走向了现实政治斗争；而一批在专业上已经做出成绩的学者、专家和文人，最后归宿就是自觉留守在专业岗位上继续做出自己的贡献。这不仅仅是表现在文学领域，其实社科文化领域更为典型。陈望道、施存统、李达、陈豹隐等著名革命知识分子，也是走了这么一条由广场到岗位的转型之路。

对知识分子的岗位意识表述得最完整、最自觉的是周作人。在五四时期，周作人也是广场型的知识分子，但是与《新青年》同人相比，他与鲁迅都属于比较外围的圈子，鲁迅偏重小说与杂文创作，周作人偏重理论建树和翻译。"人的文学"之提出，可以说是五四新文学的纲领性的理论主张。但是，到了二十年代初，别的五四健将还沉浸在光荣与梦想的胜利喜悦中，周作人却已经在反省知识分子的广场型价值取向了。在短文《胜业》里，他说："野和尚登高座妄谈般若，还不如在僧房里译述几章法句，更为有益。"接着，他呼吁各人要"自修胜业"。"胜业"是佛教用语，周作人把它借用过来，指每个人自己须有的专业。他

第五单元　岗位

宣布说:"我的胜业,是在于停止制造(高谈阔论的话)而实做行贩。别人的思想,总比我的高明;别人的文章,总比我的美妙:我如弃暗投明,岂不是最胜的胜业么?"[1]他所说的"行贩"指的就是翻译。周作人精通多种语言,对古希腊语、拉丁语、英语、日语都有很深的造诣,由语言通向欧洲和日本的古典文化学,以及东、西方社会的民俗学。他随随便便地说出自己能够胜任的工作是"行贩"即翻译的时候,已经梳理出好几种伟大的知识体系。与刘半农成为中国实验语音学学科的奠基人一样,周作人是中国民俗学学科的先驱、欧洲古典学的研究专家。但他与刘半农不一样的地方是,刘半农做了大量工作并没有陈述自己的价值取向,而周作人则在他刚刚确定自己的"胜业"并准备付诸实践的时候,就公开竖起旗帜,宣布自己可以做什么,不可以(或者不想)做什么。周作人对于自己一生所追求的专业,早在二十年代初就自觉规划好了的,并且贯穿了他的一生。所以说,他是一个

---

[1]　周作人:《胜业》,初载1921年7月30日《晨报副刊》,后收入《谈虎集》。此引文引自《谈虎集》,上海书店1987年根据北新书局1936年6月第五版影印本印刷,第73—74页。

## 从广场到岗位

有充分自觉的岗位型知识分子。

周作人又是一流的散文家,他的大部分学术成果,除了翻译,都是通过他的小品文写作传递出来的。这也是他事先规划好的。发表《胜业》之前,他连续发表了《个性的文学》和《美文》两篇短文,强调现代小品文的美文特性。美文是指英国式的随笔,早已有爱默生、兰姆、霍桑等人树立了榜样,"读好的论文,如读散文诗,因为他实在是诗与散文中间的桥。中国古文里的序,记与说等,也可以说是美文的一类"[1]。他把"个性的文学"界定为:"(1)创作不宜完全抹煞自己去模仿别人,(2)个性的表现是自然的,(3)个性是个人唯一的所有,而又与人类有根本上的共通点,(4)个性就是在可以保存范围内的国粹,有个性的新文学便是这国民所有的真的国粹的文学。"[2]

---

[1] 周作人:《美文》,初载1921年6月8日《晨报副刊》,后收入《谈虎集》,第41页。

[2] 周作人:《个性的文学》,初载1921年1月出版的《新青年》第8卷第5号。后收入《谈龙集》,引文引自上海书店1987年根据开明书店1930年第四版影印本,第252—253页。

第五单元　岗位

这与他之前鼓吹平民文学、模仿文学有很大的不同。[1]五四初期，周作人在《人的文学》《平民文学》《日本近三十年小说之发达》等文章中，按着新文化运动的步调，强调文学的人性、平民性，以及学习日本明治维新以后模仿西方的文学，为的是配合文学革命的主张，批判封建专制的传统文化。这一立场，周作人始终没有变化，但是在《个性的文学》《美文》中，他有意强调中国传统文学中的某些抒发性灵的因素，强调中国作家的个性是唯一值得保存的国粹，并且强调文学要有个性，不能抹杀自己一味去模仿别人，甚至强调要将英国式的随笔文体与中国古文中的小品文体结合起来，形成自己的散文特色，很显然，周作人后来一生坚持的写作，都是与这样一些自我设置的写作目标有关。周作人是一个成熟的岗位意识者，他对自己

---

[1] 《新青年》阵营中另一个先驱者胡适也曾发表过《论短篇小说》《谈新诗》等文章来设定新文学的短篇小说和新诗的形式和创作目标，对当时的新文学建设也起过作用。但胡适不能算一个自觉的岗位型知识分子，他的兴趣广泛，主旨仍在广场与庙堂之间。他虽然在小说、新诗的形式理论方面提出过重要见解，但他本人创作乏力，建树不够。而周作人在散文小品理论设定以后，身体力行，创作出大量优秀作品，成功地把自己研究的专业成果融汇其中，创造出新文学散文小品创作的典范。作为一个岗位型的知识分子，他的目标就是自觉成为本行业的真正意义上的专家，成为本行业的标杆。这一点，周作人是做到的。

## 从广场到岗位

追求的知识专业和表达专业成果的形态，都有明确的目标。

《个性的文学》、《美文》和《胜业》三篇文章发表时间接近，唯视其为一体，有些问题才能解释得清楚：从所谓"野和尚登高座妄谈般若，还不如在僧房里译述几章法句，更为有益"等意思去捉摸，大致可以感觉到，周作人在1921年初已经有意识地与五四新文学运动的"广场"拉开距离了，他似乎意识到，再做一个包打天下、舍我其谁的广场型知识分子已经力不从心了。在即将展开的二十年代前期，随着新文化运动的胜利，现代知识分子进入了一个辉煌时代，新文化运动几乎不费一兵一卒，没有动用庙堂的一分权力，而是仅仅依靠了一份刊物、三尺讲台，有效地传播了新思想、新文化，甚至改变国运。这是一个创造神话的时代，也是一个梦想随时可以破灭的时代，令人振奋的兴盛隐藏着瞬间崩溃的危机。以《新青年》阵营为核心的知识分子团体成员，轻而易举暴得大名，成为社会名流，受到万人瞩目；同时又面临分化：陈独秀、李大钊等已经从新文化的广场迈向政治领域，大有问鼎中原之势；胡适也跃跃欲试，试图参与庙堂进行政治实验；鲁迅自言"两间余一卒，荷戟独彷徨"，独自在思想文化、文学创作、翻译新知、学术研究、社会批判、培养新人等多种领域尝试着继续实践知识分子的广场使命；而周作人（还有钱玄同、刘半农等）则明确了自己的专业方向，确定了属于自己的工作岗位。周作人在《胜业》中举例："俗语云：'虾蟆垫床脚'。夫虾蟆虽丑，尚有蟾酥可取，若垫在床脚下，虾蟆之力更不及一片破瓦。"[①]他自觉把知识分子的社会功能缩小到自己的专业范围，以抵制社会上错误地把知识分子看作是无所不能的流量明星的导向，这对于广场上自我膨胀的知识分子，不失为一帖清苦良药。学界一般认为周作人提倡美文是转向消极人生的开始，此说并不符合事实。二十年代的周作人没有因为设立了专业岗位而放弃知识分子的批判责任，在贯穿《语丝》时期的思想文化斗争中，周作人与鲁迅一直是在场的，其激进的程度有时还甚于乃兄。

如果说，周作人在二十年代初期提出"胜业"是

---

① 周作人：《胜业》，收入《谈虎集》，第73页。

**从广场到岗位**

对知识分子自我膨胀的警戒,那么,1928年底发表《闭户读书论》,才是知识分子普遍低迷的情绪状态下提出的自我保护主张。"闭门读书"容易被人们望文生义,理解为"两耳不闻窗外事"的消极态度,其实这是一篇激愤之作,是对国民党政权白色恐怖还击、抗议的力作,只是运用了迂回的叙事方式,让人难以把握其复杂的思想感情。作者先是把读者置放在滋生巨大苦闷的时代环境之下:"除非你是在做官,你对于现时的中国一定会有好些不满或是不平。这些不满和不平积在你的心里,正如噎膈患者肚里的'痞块'一样,你如没有法子把它除掉,总有一天会断送你的性命。那么,有什么法子可以除掉这个痞块呢?我可以答说,没有好法子。"然后他举了很多例子,说明无论用什么办法都消除不了心中块垒,都会导致丧失性命。那么就提倡闭户读书吧。读什么书呢?他提倡读史书。周作人是一个历史循环论者,在他看来中国社会难以进步,不断在重复以前曾经发生过的悲剧,使得历史上的"群鬼"再生。他由此感到恐怖,同时又感到了一种"快感",因为他用自己的"火眼金睛"看出了现实社会中某些事物真相,只不过是历史上的故伎重演而已。他总结说:"浅学者流妄生分别,或以二十世纪,或以北伐成功,或以农军起事划分时期,以为从此是另一世界,将大有改变,与以前绝对不同,仿佛是旧人霎时死绝,新人自天落下,自地涌出,或从空桑中跳出来,完全是两种生物的样子:此正是不学之过也。"[1]周作人的深刻之处,是看到了历史的可延续性和可复制性。[2]书读得多的人,思考愈深刻,理性也愈强大,不容易轻信鬼话。但是对历史和现状的关系看得太明白,也容易生出悲观,最后导向虚无。周作人就是这么一个知识分子。《闭户读书论》无论从思想批判还是从叙事手法来看,都属于现代文学的上乘名篇,体现了五四新文学的现实战斗精神,叙事手法虽然晦涩一点,也没有晦涩到读不出其

---

[1] 周作人:《闭户读书论》,收入《知堂文集》,天马书店1933年版,第30—32页。

[2] 周作人的历史循环论在多处文章都有表述。如《历史》里说:"假如有人要演崇弘时代的戏,不必请戏子去扮,许多脚色都可以从社会里去请来,叫他们自己演。我恐怕也是明末什么社里的一个人……"见止庵校订:《永日集》,"周作人自编文集"系列,河北教育出版社2002年版,第134页。又如,《命运(闲话拾遗十八)》里说:"几年前我有过一句不很乐观的话,便是说历史的用处并非如巴枯宁所说,叫我们以前事为鉴戒,不要再这样;乃是在于告诉我们,现在又要这样了。"载《语丝》1927年4月9日第126期。

## 从广场到岗位

中文字的战斗性和批判性。由此要紧说的是，坚持岗位价值取向的周作人就如同刘半农、钱玄同一样，并没有真正放弃广场型的价值取向，不过是在岗位价值方面更加突出了自己。

在一般的理解中，知识分子从广场回到学术岗位，就意味着回避激烈的阶级斗争，是对广场意识的背叛，或者说，态度消沉了，放弃了五四战斗传统。这种认识是片面的。周作人三十年代以后散文小品创作达到了炉火纯青的程度，又透过成熟的语言文字，表述了他研究民俗学的深刻见解，再加上翻译古希腊罗马时代和日本古代的文学经典，这是周作人在专业岗位上树起的三大高标。1933年周作人自编《知堂文集》出版，他有意删去五四时期写的许多批判社会的文章，但仍然保留了《闭户读书论》《三礼赞》等反讽性的批判文章，更多的是从文化批判的角度来展示他的思想成果。确实，与鲁迅相比，周作人在三十年代战斗性的杂文写得少了，当然客观上也是有原因的。国民党政府统一中国以后，确立了反五四传统的文化专制体制，知识分子的言论自由受到高度钳制与压迫。以鲁迅为代表的左翼文艺团体活跃在上海，利用了租界、半租界的复杂地域政治，努力扩大言论自由空间，但即使这样，左翼运动仍然是处于不正常的半地下状态。周作人是一个生活稳定的岗位型知识分子，他对于活跃在上海的流浪型知识人群抱有成见，就如他所批评的"野和尚登高座妄谈般若"，道不同不相为谋。从二十世纪三十年代的文化格局来看，京沪两地风格迥异：北京的文化空气相对沉闷和平静，适合于岗位型知识分子居住和工作；上海租界、半租界华洋杂糅，人口流动频繁，则更合适流浪型知识人

## 从广场到岗位

群的活动。[①]周作人放弃写作战斗性杂文,不说明他放弃广场意识,只是在更高层面上履行知识分子的批判精神。他对国民党政权非常厌恶,对尊孔复辟的逆流坚决回击,对亡友李大钊的遗孤细心呵护,而自己,则默默沉潜在自己选择的岗位上。

---

[①] 有意思的是,周氏兄弟三十年代分别居住京沪两地,都不喜欢对方的居住城市。据1929年8月30日周作人致胡适信,周劝告胡适:"去冬兄来北平,我们有些人都劝兄回北平来,回大学仍做一个教授,当系主任,教书做书。……我想劝兄以别说闲话,而且离开上海。最好的办法是到北平来。说闲话不但是有危险,并且妨碍你的工作,这与'在上海'一样有妨碍于你的工作,——请恕我老实地说。我总觉得兄的工作在于教书做书(也即是对于国家,对于后世的义务)——完成那《中国哲学史》《文学史》,以及别的考据工作。……而做这个工作是非回北平来不可,如在上海(即使不再说闲话惹祸祟),是未必能成功的。"(见中国社会科学院近代史研究所中华民国史组编:《胡适往来书信选》上册,中华书局1979年版,第538—539页。)这段话充分表明了周作人的岗位意识里,岗位价值取向与地域文化环境的选择是联系在一起的,其实,不仅胡适,连鲁迅也一样,在上海终究是无法完成计划中的宏大著述。然而,据周建人回忆,鲁迅定居上海也时时想到周作人:"特别当《语丝》在北京被禁止,北新书局被封门的时候,他焦急万分,对我说过,也给别人写信,讲过这样的话:'他之在北,自不如来南之安全,但我对于此事,殊不敢赞一辞,因我觉八道湾之天威莫测,正不下于张作霖,倘一搭嘴,也许罪戾反而极重,好在他自有他之好友,当能相助耳。"从长远看,鲁迅的眼光也是锐利的,可以设想,如果周作人肯移居到上海来,以他对国民党政权的反感立场,如在左翼势力的影响下,他至少不会沉沦下去,抗战爆发也不至于陷在沦陷区。据周建人的回忆:"全国解放后不久,有一次,在教科书编审委员会上突然面对面地碰到周作人,我们都不由自主地停下脚步。他苍老了,当然,我也如此。只见他颇为凄凉地说:'你曾写信劝我到上海。'……"见周建人:《鲁迅和周作人》,载《新文学史料》1983年第4期。可见,周作人对此也是有所领悟的。

## 十四、知识分子岗位的超越性

从知识分子的两种责任——社会责任与学术责任，到知识分子的双重标准——广场意识与岗位意识，我一直在思考现代知识分子的双重标准的完美统一，即知识分子怎样做才能够既在专业岗位上成为高标，又能履行知识分子良知的使命。从晚清到五四时期，知识分子在现代转型的初期，并没有明确的价值取向，但他们从传统庙堂分离出来，开始不自觉地在社会上创立新的工作岗位，同时也开始用议政的形式去关心和介入政治生活。在五四时期，《新青年》阵营发起新文化运动，"打倒孔家店"和"提倡白话文"是相辅相成的，前者是一种广场行为，后者则是专业行为。鲁迅是在五四时期创作了最优美的白话小说、白话散文和散文诗，并且成为研究中国小说史的开山。周作人也是在五四时期创作了思想尖锐、理论深刻的杂文和论文。但是到了二十年代后半期，随着北伐与统一，越演越烈的阶级斗争不仅导致了社会撕裂和知识分子分化，知识分子的价值取向也随之分化，庙堂、广场和岗位成为分道扬镳的三块指路牌。

**从广场到岗位**

方维规认为中国知识分子的概念来自苏俄也是有理由的。五四前后的中国与十九世纪俄国的情况有点相似，两者都处于社会发生断裂式的急剧变化中，如列夫·托尔斯泰描绘的："在我们俄国，一切都颠倒了过来，一切都刚刚开始建立。"[①]这是指俄国农奴制度崩溃，现代资本主义经济迅速崛起，"一切都刚刚开始建立"的势态为一批接受西方新思想的知识分子提供了用武之地。可惜，无论中俄，这样一个充满希望的历史阶段非常短暂，严酷的现实是社会新形态并没有按照历史发展规律的顺序展开，却是连带着社会新形态自身具有的深刻矛盾，推动了更为激进的社会革命提前到来。历史教科书描写的民主共和制度辉煌的一面——《人权宣言》宣告的人权、法治、自由、分权、平等和保护私有财产等基本原则，都没有能够完美落地。辛亥革命以后，虽然封建王朝被推翻，但先驱们期待的民主制度不曾到来，现代化的步伐进退维谷，社会动荡却继续延宕下去，知识分子继续聚集在广场上，这样的处境刺激着激进主义者急于用暴力来

---

① 列夫·托尔斯泰著，草婴译：《安娜·卡列尼娜》，译林出版社2014年版，第1045页。

第五单元　岗位

最后解决历史的节点[1]，武器的批判比批判的武器更为管用。如前所说，知识分子广场意识急剧膨胀的情况下，作为知识分子依据的另一面，岗位意识必然萎缩，被认为是意志衰退、消极逃避，更为严厉的则被视为背叛。陈独秀呼吁青年知识分子要立志"出了研究室就入监狱，出了监狱就入研究室"的双重价值取向[2]，在严酷现实中难以为继，更多的例子是出了监狱直接赴刑场（陈独秀的两个儿子就是如此命运）；或

---

[1]　在俄国，如以赛亚·伯林所指出的："这些早期俄国知识分子创造了某种最后注定在全世界产生社会与政治后果的东西。以俄国革命为这股运动最大的一个效果，我想是公平之论。贯穿十九世纪与二十世纪初期，而在一九一七年达到最后高潮的那种言论与行动，其道德基调就是由这些反叛的早期俄国知识分子奠定。"见伯林著，彭淮栋译：《俄国思想家》，译林出版社2011年版，第139页。在中国，如毛泽东所说的："五四运动是在思想上和干部上准备了一九二一年中国共产党的成立，又准备了五卅运动和北伐战争。"见《毛泽东选集》第2卷，第660页。俄国沙皇对民粹运动的残酷镇压，导致了愈演愈烈的政治反抗，最后的结果是二月革命和十月革命的发生；中国国民党的大屠杀导致十年土地革命爆发，即"围剿"与反"围剿"的斗争。"启蒙—觉悟，镇压—革命"是广场型价值取向导致的必然结果，也是现代后发展国家常见的一条挽救国运的捷径，但需要付出极其惨重的代价。

[2]　陈独秀：《研究室与监狱》，初刊于《每周评论》1919年6月8日"随感录"专栏。收入《独秀文存》第2卷，亚东图书馆1922年11月版，第50页。全文如下："世界文明发源地有二：一是科学研究室，一是监狱。我们青年要立志出了研究室就入监狱，出了监狱就入研究室，这才是人生最高尚优美的生活。从这两处发生的文明，才是真文明，才是有生命有价值的文明。"

## 从广场到岗位

者反过来,进了研究室再也出不来,也回不到广场(闻一多是例外,但他很快就被国民党特务暗杀)。监狱与研究室的分裂,就是知识分子的广场意识与岗位意识的分裂,理想中的知识分子双重标准无法贯彻下去。这是当时的中国(也包括中国革命的样板——俄国)的严酷现实决定的,没有一点浪漫幻想存在的可能性。

面对这样的现实处境,我们讨论的知识分子岗位型价值取向,还有必要作一些补充:周作人发现知识分子岗位型价值取向是在1921年(以《胜业》为标记),他真正宣布退出广场,自觉坚守民间专业岗位,是在1928年(以《闭户读书论》为标记)。周作人在1921年到1928年期间,认真履行了知识分子双重标准的实践:一方面,奠定了东西方古典学和民俗学的学科,建构了翻译西方经典以及散文小品写作等"胜业";另一方面,用写作尖锐批判形形色色的社会阴暗面。他是在1927年国民党建立了独裁政权以后,才祭起"闭户读书"的旗,应被视作知识分子在白色恐怖下的消极反抗。广场斗争应该是理性运动,主要方式是言论和书写;当武器的批判占了绝对上风、理

## 第五单元　岗位

性丧失与狂热泛滥的时候，言论和书写都很难被准确表达和准确理解，因此知识分子广场型政治热情退而转移至专业岗位，也是理性选择的结果。但这需要前提，首先是选择者有自己的专业岗位，而且能安心于此，或者真心喜欢自己的专业；其次需要有相适应的生态环境。

总的看来，知识分子转型期形成的三种价值取向中岗位型价值取向最晚形成。岗位型价值取向是在现代转型的社会变化中，传统庙堂型价值取向被废止（这里指的是传统仕途的断裂）的过程中产生的。严复、张元济、蔡元培、章太炎等第一代实践者，他们的价值取向在庙堂、岗位两个维度上都是不彻底的；但是在他们的努力和示范下，社会转型过程中涌现出许多民间专业岗位，也就是新兴的社会职业场所，他们实践并培育了第一代民间的社会职业机构，如报社媒体、书店（出版社）、编译所、学校（讲习所）、法律事务所，以及各种类型的研究所……还有更加接近服务社会的行业，如制造业、建筑业、矿产业、医院、公共卫生以及各类专门性的行业，这些行业的盛兴和发展，不仅需要有资金投入，更需要有专业知识

**从广场到岗位**

和专业技术作为支撑,知识者在那里可以找到合适自己专业的岗位。知识者在新兴行业里从事研究、科学实验和著书立说,奠定了中国现代化事业的最初规模,这也是知识分子岗位型价值取向的现实基础和社会导向。知识分子在推行现代化进程的实践中,无可回避地要面对政治体制的改革,必然会与现存的旧体制发生激烈冲突,既得利益集团一定会全力以赴摧毁改革。这不以人们的意志为转移。当政治环境恶劣到任何言论和书写都无意义、政治理想和政治热情都被瓦解的时候,知识分子唯有转而在专业岗位上投入所有热情和生命能量。周作人、刘半农等五四一代知识分子遭遇的,就是这样一个环境下形成的岗位型价值取向。这个时候,不仅社会上拥有相对成熟的专业岗位,知识分子也开始形成相对自觉的价值取向。我们从整个历史过程来看,第一次从庙堂意识分化出来的岗位意识,不可避免地含有庙堂意识的成分;第二次从广场意识分化而来的岗位意识,也同样含有广场意识的内涵:知识分子对专业岗位投入的热情和生命能量仍然涵盖了潜在的广场意识。知识分子持有的双重标准到了无法坚持的时候,就会转换为一元性的价值标准。但是这种一元性的价值标准依然混合了双重标准的内涵，只是通过更隐蔽的形式，有深度地展示出来。

因此，我们在讨论"知识分子岗位意识"或者"岗位型知识分子"这类概念时，前提已经承认了知识分子应具备的专业内外双重标准，只是从价值取向上来区分，他究竟属于哪一类型的知识分子。缺乏专业的广场型知识分子和缺乏社会热情的岗位型知识分子都是不完整的知识分子，已经被排除在我们讨论的问题范围以外。我们现在讨论的岗位型知识分子，主要讨论其究竟是在专业岗位之外还是之内履行知识分子的社会关怀的使命。但是我想强调的是，知识分子与手工业劳动者或者技术工人的相似之处，在于他们都是凭专业知识（或专业技术）劳动谋生。知识分子不仅通过脑力劳动换取生活资料，而且他的劳动本身（即知识本身）先验地包含了人文特质，能够对接受者精神成长方面起到作用，引导他们去关心超越个人性的社会公共事务。这样一种双重叠加的价值取向，比较符合我理想中的现代知识分子的岗位型价值取向。我在《试论知识分子在现代社会转型期的三种价值取向》

## 从广场到岗位

中试图对知识分子的"岗位"下过一个类似的定义。我所说的"岗位"包含两种含义。第一种含义是知识分子的谋生职业，即可以寄托知识分子理想的专业工作，如人文社会科学领域的学术研究、编辑出版、媒体传播、教书育人、文学艺术、舞台影视、法律经济等等，也包括非人文社会科学的社会岗位，如医学、公共卫生以及科学技术的开发。在商品社会里，任何工作都无法摆脱谋生的意义，这毋需讳言。但知识分子的岗位之所以不同于一般工作（譬如鞋匠做鞋、司机开车等），是因为知识分子的工作本身寄寓了人文理想，如公正理性、道德信念、人性的全面展示等等，这些都是知识分子必须实践并加以维护的，这不是抽象的、虚幻的因素，而是融化于普普通通的工作实践之中。

这种人文理想，既是来自于知识分子的专业岗位，也是专业岗位之上的升华，它超越岗位的专业范围，进而达到批判社会的层面。这里我使用一个关键词："岗位的超越性"。一般来说，知识分子的身份首先来自他拥有的专业知识，然后强调除了献身专业岗位外，还要对专业岗位以外的社会事业表示关注。这是一分为二的过程。而"超越",则是指知识者坚守在自己专业岗位上,不仅献身专业,成为行业的佼佼者,还要在专业领域里坚持知识分子的人文精神,履行对权力以及一切社会负面现象的抵制。这样一种以专家身份对权力与社会负面现象的抵制,与他在专业岗位上的创造具有同一性,属于合二为一的过程,我称之为"超越性"。具有超越性的岗位才是属于知识分子的岗位。它在现代社会发展中将发挥越来越重要的作用,也越来越含有斗争性。

知识分子的岗位意识包含超越性,这就意味着专业岗位上知识分子面对社会现实他绝不是乡愿,他同样是不妥协的批判者,只是这种批判性并非从广泛的抽象的思想原则出发,而是针对了本专业领域的具体的反科学以及其他形形色色的负面现象。知识分子既是专家也是批判者。这种超越性与广场意识有相似的地方,两者都有鲜明的原则立场和斗争性,不同的是,它的斗争范围建立在知识专业的岗位之上。五四时期,知识分子的岗位意识尚处萌芽状态,具体实例乏善可陈。胡适在当时发表了一篇极有影响的论

## 从广场到岗位

文《易卜生主义》①，介绍了挪威剧作家易卜生的戏剧《国民公敌》②，主人公斯多克芒（一译斯铎曼）正是易卜生塑造的岗位型知识分子，这个艺术典型对中国知识分子的成长产生过深刻影响。斯多克芒是北欧一个南方小城的浴场医生，浴场是在他的建议下修建起来的，结果给小城带来了繁荣，市长正在打算进一步修建新浴场，以谋求提高市民收入。可是有一天，斯多克芒医生发现了浴场的水里有细菌，会带来一种有害于人体健康的流行病毒。经过研究，他又发现是因为水管安装的位置太低，受到了环境的污染。本来这件事很容易处理，医生打报告要求改建水管。但是这样做就会影响浴场收入，还需要花费一大笔资金，更要紧的是，浴场歇业，没有游客，整个小城经济都会受到损失。于是，在市长唆使下市民们（包括医生的朋友、房东、亲戚……几乎所有人）都反对医生的建

---

① 胡适：《易卜生主义》，初刊《新青年》第4卷第6号，1918年6月15日。

② 易卜生，陶履恭译：《国民公敌》，最早译本在《新青年》1918年第4卷第6号的"易卜生专号"开始连载，当时的译名为《国民之敌》。1921年，潘家洵（1896—1989）翻译出版的《易卜生集》第二册，也收录了此剧的新译本，译名为《国民公敌》。

议。最后的结局是，斯多克芒被解雇、他的孩子被迫退学、妻儿继承权被剥夺、他的文章没有地方发表，正常的生活全被干扰了，斯多克芒成为一个"国民公敌"。但他没有屈服，也没有离开小城，坚持孤独一人与整个小城的市民进行斗争。

这个作品在启蒙时代被人解读为个人（启蒙者）与大众的斗争。斯多克芒是一个尼采式的个人英雄，一个伟大的启蒙者；但我更愿意从知识分子价值取向的角度来解读，这部戏很好地诠释了知识分子岗位的自我超越。斯多克芒对政治不感兴趣，也不是一个广场型知识分子。他只是一个普通的浴场医生，因为发现病毒，预先发出了警告，就遭受到政府与市民的双重反对，以及群众暴力的迫害。斯多克芒的主要对立面是他的哥哥彼得，他集市长、警察局局长和浴场委员会主席于一身，既代表国家机器和权力，也代表了资本的人格化；另一个对立面是广大普通市民，他们既是广场上被启蒙的"大多数"，也是群众暴力事件的参与者。斯多克芒医生的岗位设置在民间，注定要与这么一批人打交道，既要抗衡来自权力的压迫，还要面对社会人心的阴暗：自私、愚昧、贪婪、懦弱和

## 从广场到岗位

暴力。斯多克芒医生面临的斗争,难道不是有关社会公共利害的事务吗?他进行斗争的意义,不正是在维护人类的基本价值(如理性)吗?也许在国家板荡、变革之际,广场上的知识分子能独领时代风骚,但在和平建设的社会环境里,像斯多克芒医生那样战斗在自己岗位上的知识分子更加值得我们的关注和尊敬。易卜生没有在结尾部分把斯多克芒写成心力交瘁的失败者,而是让他在自己的岗位上越战越勇,斯多克芒甚至喊出了:"世界上最有力量的人正是最孤立的人!"[1] 易卜生强调的是西方知识分子的个人主义传统,但他似乎没有意识到,斯多克芒之所以有力量,是他拥有现代科学知识和专业精神,只要他不妥协,最终胜利一定是属于他的。知识就是力量。

这个剧本的主要矛盾是在斯多克芒兄弟之间展开的。兄长身兼数职,他的着眼点就是城市的经济发展、政党权力以及资本利益,综合起来是代表了国家利益,他的行为反映了权力的异化;弟弟却很简单,只是一个忠于职守的医生,他服务于公共卫生,要对

---

[1] 本书使用潘家洵译本,收入《易卜生文集》第5卷,人民文学出版社1995年版,第400页。剧名又改译为《人民公敌》。

自己的专业负责，进而对社会负责。同样面对一份改建水管的建议，兄长顾虑的是方方面面的集团利益（也包括他个人在权力系统中的利益），而弟弟失去的是个人（包括家庭）的利益，挽救的是整个小城民众的健康。如果这个故事能够移植到当代中国的背景之下，则表现为知识分子岗位意识与庙堂权力资本的冲突。

确立知识分子岗位意识，对于知识专业及其超越性的强调是必不可少的。关于这一点我们过去较少注意到。方维规的论文《"Intellectual"的中国版本》中特意例举西方辞书有关intellectual的定义，他是用"智识者"的中译名来取代"知识分子"：

> 虽然西方对"智识者"（intellectual）概念的定义不完全相同，各有自己的侧重面，但是，它基本上指的是一种类型的人（群），这些人因为他们的"才智"（intellect）亦即他们的"理性"（reason）而产生影响，常常获得超出一般人的社会荣誉。或者说，在判断一个人是否属于智识

## 从广场到岗位

者的时候,主要不是看他的受教育程度(虽然必要的、全面的或比较高的教育程度往往是一个不可忽略的尺度),而是取决于他的脑力劳动和精神活动的性质。他具有(不是内行或专家意义上的,而是博学或哲学意义上的)超越现实、给人启迪的开创精神;不管他是积极的参与者还是冷眼旁观者,他的目光是批判性的;或者,他也可以是一个与社会通行的行为方式或观念保持很大距离的人。这种说法是德国《迈尔百科全书》[①]对智识者的定义,是一种强调智识者主导精神潮流的"精英"观念。在整个定义中,当今那种在论述智识者的时候似乎必然提及的批判精神、对公共领域的关怀和对政治事务的介入显得相当淡薄。这大概是辞书定义的特点:就事论事,就词论词。[②]

---

[①] *Meyers Enzyklopädisches Lexikon*, 9. Auflage, Lexikonverlag: Mannheim/Wien/Zürich 1971/1981.

[②] 方维规:《"Intellectual"的中国版本》,《中国社会科学》2006年第5期,第192页。

第五单元　岗位

方维规在论文里也认同这一点：

> 西方就概念论概念的辞书中或一般人对智识者的理解，很少把那种在一个（人文）学科具有真知灼见、以生产观念和思想为职业的一流学者排除在智识者之外，不管他是否具有公共关怀和政治介入。以《迈尔百科全书》中的"他也可以是一个与社会通行的行为方式或观念保持很大距离的人"为例，我们是很难把陈寅恪那样的大学者排除在智识者之外的，他那种自由之思想、独立之精神无疑是智识者的典范。①

方维规的解读无可挑剔。在现代中国的文化语境里，如果西方的 intellectual 连陈寅恪这样的大学者都不能涵盖，那我们就没有必要在这里讨论这个概念了。由此也可以认识到西方各国有关 intellectual 概念的定义确实不完全一样，至少方先生在这里引用的德国《迈尔百科全书》与前面提到的《法国知识分子辞

---

① 方维规：《"Intellectual"的中国版本》，《中国社会科学》2006年第5期，第193页。

## 从广场到岗位

典》，对intellectual所理解的侧重面也是不一样的。

既然是从专业岗位的角度来讨论这个问题，所谓知识分子特征，当然首先是肯定其人在专业领域的博学与权威。"博学"是指主体内在学问的丰富性和人文性；"权威"是指其在社会行业里的公信力，也就是在"博学或哲学意义上"的超越。一个有文化的人生活在具体的社会环境里，以知识渊博以及服务他人的热忱，获得周围和行业人群的尊敬，进而获得公众社会的公信力。从传统农耕社会的文化人（乡村教师）到现代国家专业领域的权威（大学教授、科学家、社会名流、文化明星等），都是以这样的形式逐渐建立起知识者在周边社会的话语权。这种权威性仅止于行业，但每个行业都不是在真空里发展的，许多行业是在社会中生存，直接为社会人群服务的。在行业的专业规范上，这种权威性拥有自己的行业标准与独立的话语权，以维护知识专业的客观价值。由此而定的价值取向的确立和实践，从严复、张元济的时代就开始了，但直到1928年前后发生的一个著名事件，知识分子的岗位型价值取向才被两位学术大师用生命宣言的形式张扬开来。

1927年6月2日，在北伐军接近北京的时候，国学大师王国维投湖自尽。社会上对其死因众说纷纭，莫衷一是。[1]王国维也是近代中国从传统士人转型为现代知识分子的代表性人物。他早期接触西方现代哲学和美学，并在学习过程中把康德、叔本华的哲学思想引进中国文学研究领域，写出了《〈红楼梦〉评论》《人间词话》等重要论著，成为中国现代美学的奠基者；他后期转向史学与古文字学研究，从地下出土的甲骨文探索殷商政治制度史，以卜辞补正史书记载的错误，成为新史学的"开山"[2]。王国维是一个从思想到方法都接受了西方现代思潮影响的学者，对中国现代学术事业贡献甚巨，真正攀上了"博学"与"权威"两大高峰。在《论哲学家与美术家之天职》一文中，

---

[1] 关于王国维自杀原因，概而言之，当时有北伐军将攻陷北京、殉清、罗振玉逼债、殉纲纪文化、丧儿家变等说法，都缺乏有说服力的依据，后学界也有人归咎于叔本华悲观思想的诱导，理由也不充足。我读有关传记材料，1927年6月1日下午，王国维自杀前一天，还参加清华国学研究院的学生毕业典礼和师生叙别会。散会后王国维随陈寅恪回到南院陈家，两人还畅谈到傍晚，并无异象。第二天上午王国维先把学校事务以及学生成绩评阅都处理完毕，然后到学校办公室拟写遗嘱，向办事员借五元钱，才雇了人力车到颐和园投湖自尽。这一切似乎都是在高度理性下完成的。用现在的医学知识看，王国维有点像是抑郁症患者。至于上述各种原因，可能是抑郁症的起因。

[2] 郭沫若语。原话是："就和王国维是新史学的开山一样，鲁迅是新文艺的开山。"见《王国维与鲁迅》，收入《郭沫若全集》文学编第20卷，人民文学出版社1992年版，第301页。

## 从广场到岗位

他力陈中国美学不发达之原因，在于政治功利主义导致艺术独立审美价值的丧失。他深有感情地描述：

> 今夫人积年月之研究，而一旦豁然悟宇宙、人生之真理，或以胸中惝恍、不可捉摸之意境，一旦表诸文字、绘画、雕刻之上，此固彼天赋之能力之发展，而此时之快乐，决非南面王之所能易者也。[①]

在"文以载道"的传统文学观念下，士人一向认为：个性唯寄植于庙堂政治价值方能得以高扬，文学创作只是作家政治抱负的宣泄形式。"致君尧舜上，再使风俗淳"，才是文学的至善至美境界，从孔子的"诗可以观"至梁启超的"欲新民，先新一国之小说"，是一脉相承的文艺观。然而王国维的美学思想大背于此，在他看来，人之个性在外界种种束缚下无以实现，只能通过自己独立的精神活动自娱。这虽然是白日梦，但在毫无个性自由可言的中国社会环境中，士

---

[①] 周锡山编校：《王国维文学美学论著集》，北岳文艺出版社1987年版，第36页。

第五单元　岗位

人唯求诸艺术这块自由意志的领地。王国维把真理的发现、独立审美的快乐，都夸张到与人世间的"南面王"相提并论，自觉确立了"以学术为志业"的岗位型价值取向。在这一点上，王国维高于周作人。周作人提倡的"闭户读书"含有独善其身的消极态度，而王国维树立了岗位意识的最高境界（"决非南面王之所能易者也"），有兼济天下的含义。所以周作人遇到强大的政治压力会屈服，遁入虚无，而王国维则宁可以死抗争。尽管在理性层面上，王国维所选择的，依然是庙堂型的价值取向。①

王国维去世两年后，1929年6月2日，清华国学研究院师生集资建造"海宁王静安先生纪念碑"，耸立在清华大学校园内，另一位国学大师陈寅恪慨然书

---

① 1923年春，王国维经蒙古贵族升允推荐，充任紫禁城内逊帝溥仪的南书房行走。自此以后，王国维把自己命运与逊帝溥仪捆绑在一起，以维护弱者自居，与民国初期野心家们的政治舞台相对立。以王国维接受西方学术的程度，思想绝不至于保守，但他这么做的主观动机，远较那些奔走于新贵门下谄媚者高尚清白得多。我曾经探讨过这个问题，溥仪小朝廷在王国维的潜在意识中，很可能作为磨炼自己的操守、德行和意志及证明自我价值的象征体。参见陈思和：《王国维鲁迅比较论——本世纪初西方现代思潮在中国的影响》，初刊《复旦学报（社会科学版）》1987年第3期。收入编年体文集《鸡鸣风雨》，学林出版社1994年版，第111—136页。

## 从广场到岗位

下著名碑铭，宣言如下：

> 士之读书治学，盖将以脱心志于俗谛之桎梏，真理因得以发扬。思想而不自由，毋宁死耳。斯古今仁圣所同殉之精义，夫岂庸鄙之敢望。先生以一死见其独立自由之意志，非所论于一人之恩怨、一姓之兴亡。呜呼！树兹石于讲舍，系哀思而不忘。表哲人之奇节，诉真宰之茫茫。来世不可知者也，先生之著述，或有时而不章。先生之学说，或有时而可商。惟此独立之精神，自由之思想，历千万祀，与天壤而同久，共三光而永光。[①]

这是中国现代知识分子精神史上一份不朽的宣言。当时的情况是，国民党建立了以蒋介石为核心的独裁政权。清华学校已经改为"国立清华大学"（校名由国民党政府行政院院长谭延闿书写），由五四广场走向庙堂的罗家伦任清华大学校长。罗家伦1928年暑

---

① 陈寅恪：《清华大学王观堂先生纪念碑铭》，收入《金明馆丛稿二编》，上海古籍出版社1980年版，第218页。

## 第五单元 岗位

假到任,在大学里推行所谓"学术化、民主化、纪律化、军事化"的改革,其骨子里是推行国民党的党化教育。新文化运动中高涨的知识分子广场意识受到压制,独立自由的士风被边缘化,就是在这个时刻,身在新文化运动场外的知识分子陈寅恪挺身而出,用宣言的方式,重申王国维不跟风、不媚俗、特立独行的精神立场。[1]陈寅恪从王国维的精神遗产中提炼出来的,不是具体的学术成果,更不是具体的政治态度,而是"摆脱俗谛、发扬真理、思想自由、精神独立"十六字诀。这煌煌十六个大字,前八字是知识分子对岗位的坚守,后八字是知识分子对岗位的超越;前八字体现了知识分子拒绝俗谛(不仅指世俗的名利诱惑,还包括各种社会流行风潮学说)、探索真理的学术勇气,后八字是知识分子在思想、精神上对专业岗位的超越,人格上没有丝毫的奴颜媚骨,真正做到了不媚权,不唯上,洞若观火,清浊自分。由十六个字再进

---

[1] 据吴宓1927年6月29日日记记载,王国维去世不到一月,陈寅恪与吴宓同时做出重要决定:"与寅恪相约不入(国民)党。他日党化教育弥漫全国,为保全个人思想精神之自由,只有舍弃学校,另谋生活。艰难固穷,安之而已。"见吴宓:《吴宓日记》第三册,生活·读书·新知三联书店1998年版,第363页。

从广场到岗位

而凝聚成"独立之精神,自由之思想"十个大字,不仅铭刻在清华校园,也铭刻在全中国知识分子的心灵深处,道出了知识分子岗位意识的最高境界。①

## 十五、知识分子岗位的民间性

我在本书开场白里说过,我描绘知识分子转型期的三种价值取向——庙堂型、广场型和民间岗位型,用的都是文学修辞,具有象征性的含义,并非指具体的空间概念,不能简单理解为庙堂、广场、民间三个平行的价值空间。与庙堂型、广场型相平行的价值取向是岗位型价值取向。庙堂型是以能否成功获得政治权力来衡量人生价值,广场型是通过社会活动直接推

---

① 1949年,陈寅恪拒绝许多友人要他去台湾、香港的建议,留在广州中山大学任教,同时也拒绝了朋友邀他进京做官。1953年11月21日,他接到时任中国科学院院长郭沫若、副院长李四光签署的联名信,要他出山担任新组建的中国科学院哲学社会科学部第二历史研究所所长。陈寅恪口述回信作复,提出两个条件:"一、允许中古史研究所不宗奉马列主义,并不政治学习;二、请毛公或刘公给一允许证明书,以作挡箭牌。"并向学生汪籛出示他写的《清华大学王观堂先生纪念碑铭》,重申了"独立之精神,自由之思想"的原则,他声明自己决不反对现政权,但在明知这两个条件不可能兑现的情况下,仍然要强调"为学术争自由"。他私下对学生黄萱说:"我自从作王国维纪念碑文时,即持学术自由之宗旨,历二十余年而不变。"见吴定宇:《学人魂——陈寅恪传》,上海文艺出版社1996年版,第184页。所引材料见中山大学档案馆。

动社会政治进步来衡量人生价值，而岗位型的人生价值取向则是以置身本行业中能否达到最优秀为标准的。从人生价值的影响范围来说，庙堂型和广场型的站位相对高，鼓励个人直接服务于国家最高权力或者国家的未来前途，而岗位型的范围在本行业，似有局限，常常会被人误以为理想境界不高。但是知识分子专业的繁复性和超越性决定了岗位的多元和超越，它是以多元形态直接连接社会大地，与千百万社会人群正常的、高质量的生活紧密关联。如果我们把三种价值取向勾勒为一个金字塔三角图形，庙堂型旨向在塔尖，广场型旨向在斜线，而岗位型旨向则在底线，它是社会结构的基础。理想的社会状况是：知识分子以专业知识技术领导各行业的广大从业人员接受培训、教育、指导，通过规划共同来推动行业的发展，进而推动国家现代化事业的发展。岗位型价值取向实际上是最广泛，也是最具体地为社会的进步做出贡献。

我们通常是从以下三个标准来考量知识分子岗位型价值观。首先，知识者确立与自己专业相关的工作岗位，岗位型知识人群，具体就是指那些有专业岗位的脑力劳动者，指不仅拥有工作岗位，而且热爱、愿

## 从广场到岗位

意投入自己所有的人。①其次,这个岗位是属于民间的(指属于社会的,服务型的),而不是国家设置的权力机构,岗位上的履职者是专业技术人员而不是官员。其三,专业岗位必须遵从行业(专业)的自身规范,并在行业规范上设定技术岗位的等级,每种行业都应该具备顶级标准——用恩格斯的话说,要有"各

---

① 布鲁斯·罗宾斯(B. Robbins)主编的《知识分子:美学、政治与学术》论文集序言认为,"'知识分子'这一术语在'德雷福斯事件'时期便被广泛地使用,并具有政治和职业两层色彩"。见布鲁斯·罗宾斯主编,王文斌等译:《知识分子:美学、政治与学术》,江苏人民出版社2002年版,第8页。方维规肯定这个观点,他进一步认为"这种界定似乎符合'智识者'(intellectual)这个现代概念产生以来的大概状况:智识者既有自己的职业,也有超乎职业的社会影响"。他还指出:"'职业内职业外'之说言之有理,但不能绝对化。在'智识者'(intellectual)这个现代概念产生以来的一百多年里,没有职业却不愧为智识者大有人在,一个原先有职业的智识者由于种种原因(如坐牢、流放或者失去劳动能力等)而失业者亦不乏其人,社会不会因为其'无业'而剥夺其智识者地位。"(见方维规:《"Intellectual"的中国版本》。)方维规的观点有必要认真考虑。一般来说,有专业的工作岗位是知识分子的前提,但也不能排除,流浪型知识分子也是知识分子的一个种类,而且其中的佼佼者是最接近革命理想的知识分子。方维规赞同罗宾斯用"政治""职业"双重标准来定义知识分子,在我所理解的价值取向而言,"政治"(非庙堂性的政治活动)集中反映了知识分子的广场意识;而"职业",如用专业岗位意识来取代,似乎更加合适。

第五单元　岗位

自领域的奥林帕斯山上的宙斯"[1]。根据这三条标准,依次出现的关键词是:岗位、民间和专业。岗位是主语,民间和专业都是岗位的修饰词。岗位的民间性,体现为现代知识分子的岗位是以社会职业形态独立展开并服务于社会的普遍属性;岗位的专业性,则是指岗位的特殊属性,是以行业规范为标准,而非以官家指令为标准。知识分子岗位的民间性和专业性的同一性,可以理解为知识分子岗位的精神独立与非庙堂性特征。岗位、民间与专业是一个三位一体不可分割的完整体系。

民间是知识分子岗位型价值形态必不可少的一个维度,它保障了知识分子岗位与社会及社会人群的密切联系,保证知识分子的专业工作与民族根本利益的

---

[1] 恩格斯著,中共中央马克思恩格斯列宁斯大林著作编译局编译:《路德维希·费尔巴哈和德国古典哲学的终结》,收入《马克思恩格斯选集》第4卷,人民出版社1972年版,第214页。恩格斯的原话是这样说的:"黑格尔是一个德国人而且和他的同时代人歌德一样拖着一根庸人的辫子。歌德和黑格尔各在自己的领域中都是奥林帕斯山上的宙斯,但是两人都没有完成脱去德国的庸人气味。"黑格尔和歌德都是德国的伟大知识菁英,恩格斯所说的他们各自领域,当然是指黑格尔在哲学、歌德在文学领域所创造的伟大成就,这是他们的专业岗位,而不是指他们在国家政治领域(庙堂)的所作所为,在后者,恩格斯毫不留情地指出他们还是"拖着一根庸人的辫子"。

## 从广场到岗位

关联。譬如一个小学或者幼儿教育工作者,他的每天日常工作就是陪伴着孩子成长,看似与国计民生重大决策没有直接关系,但是当一批又一批的孩子以健康的身体与智力活泼地走出学校或幼儿园,在未来三十年以后,他们就自然成为社会主体力量。也就是说,一个小学教师或幼教人员的专业工作(如智力开发是否健全、身体素质是否健康、从小培养的生活习惯是否良好、在孩子心田里有否播下人文精神种子等等),可能直接影响到未来三十年后国家民族的面貌与质量,这就是知识分子岗位的价值所在。这样的重任,当然不是一般社区、家庭或者老外婆可以担当和完成的,它必须由符合行业规范的儿童教育工作者用专业知识来领导社区、小学和幼儿教育单位,与广大从业人员共同来追求崇高的目标。我所举的这个例子可能微不足道,但它与知识分子从事高端科技工作的意义,在逻辑上是一致的。强调岗位的民间性,就是强调岗位在社会的独立地位,这是现代意义上的民间,它与传统社会庙堂—民间二元循环的封闭社会结构有着本质的不同。

我在《试论知识分子在现代社会转型期的三种价

值取向》中引入民间的概念，起初是为了讨论古代士人价值取向的两个维度，民间是对应庙堂的别一空间。庙堂以外都是民间，但民间仍然处于庙堂意识形态的覆盖之下。庙堂文化属于大传统的范畴，与国家意识形态的建构联系在一起，归类于统治阶级的精英文化；民间文化属于小传统范畴，它在本质上是与沉潜于社会底层的原始生命力联系在一起的、相对粗鄙化的自然形态。但在人类社会进入文明阶段后，自然形态的民间逐渐被国家意识形态全覆盖；但虽然如此，它依然是存在的，仿佛地底下的生命种子，只要有适合的环境气候，它就会以各种生命变形的方式展示出来。认识到这一点很重要：古代社会的民间不是一种与庙堂对峙的价值取向。在传统庙堂—民间的二元循环的封闭社会结构里，士人的价值取向只有一个：庙堂。士人除了进入庙堂为官宦，没有其他能够得到社会尊重的价值标准。所谓隐逸文化，包括更接近民间的江湖文化，都没有产生新的价值取向，至多在一定程度上对主流的庙堂价值取向发生一点稀释、消解作用。所以我们只能在庙堂价值标准下考量这些现象的价值。而且，在传统的国家体制相对成熟的形

## 从广场到岗位

态下,民间没有完整独立的空间,民间与庙堂的文化关系不是断然分裂、非此即彼的两大空间。从庙堂立场看,民间是被统治、被渗透的社会形态,是庙堂愿景所折射的社会形态;而从民间立场看,这种被覆盖形态也不是全然被动的,庙堂的覆盖过程也是一种被民间接纳与改造的过程。民间生命力蓬蓬勃勃,善于吸收一切外在于它的物质及非物质,有能力把吸收物经过消化转为内在生命的有机部分,这就是我经常使用的一个词:藏污纳垢。我指出过民间的定义之一是:"在国家权力控制相对薄弱的领域产生的,保存了相对自由活泼的形式,能够比较真实地表达出民间社会生活的面貌和下层人民的情感世界;虽然在国家权力面前民间总是以弱势的形态出现,总是在一定限度内接纳国家权力对它的渗透。'任何一个时代的统治思想始终不过是统治阶级的思想'[1],正是这种状况深刻的说明。"[2]

---

[1] 马克思、恩格斯著,中共中央马克思恩格斯列宁斯大林著作编译局编译:《共产党宣言》,收入《马克思恩格斯选集》第1卷,第270页。

[2] 陈思和:《民间的浮沉:从抗战到"文革"文学史的一个解释》,收入《陈思和文集:新文学整体观》,第271页。

第五单元　岗位

在成熟的封建专制社会，民间完整独立的思想体系几乎不存在，即使存在这类因素，也早就被庙堂意识形态所覆盖，或被镇压灭迹，或被收编改造。但是民间的生命形态和生命力是存在的，即使不以思想形式展示，也会用其他碎片似的文化形式散落在底层人们最为普遍的劳动生活、宗教信仰、男女性事、节庆仪式以及各种日常生活的细节等领域，用变形的方式保存下来和给予展示。[①]系统发现、研究和表现民间生命形态的学科领域，有民俗学、人类学和文学艺术。我是沿着这样的思路，在文学研究中着重讨论民间因素的意义，探讨文学创作是如何通过碎片化的民间因

---

[①] 我可以举一个例子，古典小说《水浒传》典型地表现出这个特征：它讲述的是"民间起兵"的故事，有真实历史为背景，但具体情节是虚构的。民间起兵属于庙堂轮回的一种形式，并不产生新的生产关系，也没有新的价值取向。我们从故事叙述中可以看到：水浒英雄的意识形态基本就是庙堂意识形态对民间渗透的结果：只反贪官不反皇帝、天下轮流坐、九天玄女娘娘、替天行道……这些内容看上去似被打上了民间造反的烙印，实质上都属于统治阶级的思想意识通过民间这个异化空间折射出来的镜像，从忠君报国到改朝换代再到接受招安，都是在庙堂—民间这个封闭式的历史循环轨道上运转。但是，小说在人物艺术形象的创造上，水浒英雄身上散发出来的元气淋漓的生命元素，属于被压抑的民间世界的特征。由这些无法无天、肉山酒海、杀人如麻、义薄云天的人物行为中，慢慢聚集起江湖义气为核心的民间意识形态，但很快就被庙堂所利用所控制，最后被窒息。我觉得这部古典小说的伟大之处，就是作者以高超的艺术力量再现了古代社会自然形态的民间活力曾经存在以及被庙堂吞噬的悲剧。

## 从广场到岗位

素来展示民间的审美形态——有点扯远了,这是我关于民间研究的又一个话题,我将在另外一本小册子里给予阐述。[①]现在回到本书讨论的题目:庙堂与民间合二为一才会构成中国古代社会生活的完整世界。在互相依存又承担着不同功能的两者关系建构中,古代士人起到了重要作用。我在分析孔子开创的古代士人传统时说过:士人"以道统、学统与君主的政统相博弈。合则留,兼济天下;不合则去,独善其身。当不了官,还是可以回到民间从事学问与私家教育,躬耕自己的园地"[②]。从春秋战国时代诸子百家到明清之际黄宗羲、王船山、顾炎武等士人,走的都是庙堂—民间循环相通的道路。但是,很显然,士大夫行走中的民间,只是相对庙堂而言的在野(空间)姿态,与自然形态的民间世界没有直接关系。

---

[①] 本书在起初的写作计划中,原题为《从知识分子的民间岗位到文学的审美范畴》,我打算讨论有关民间的两个问题:知识分子的岗位意识和文学创作的审美范畴。因为我在这两个问题的最初表述中,分别使用过"民间"的概念。但是在写作过程中,我逐渐改变了原先计划,决定把关于知识分子价值取向的问题与民间审美范畴的问题分作两本小册子讨论。关于前一个问题的就是这本《从广场到岗位》;关于后一个问题的将是我下一本准备写作的《论民间》。

[②] 参见本书第四部分:《读〈追问录〉》。

第五单元　岗位

当晚清社会开始进入现代转型之际，最后一代士人毅然转向民间社会，以他们的社会实践来建立专业岗位，建立起各种新的社会职业。这就改变了传统的民间性质，才开始现代意义的民间。从第一代实践者的价值取向看，他们仍然依循古代士人的传统在行事。无论是严复、张元济、蔡元培等自觉建构民间职业岗位，还是像章太炎那样游走在广场议政和民间讲学之间，他们的价值取向都与庙堂保持了千丝万缕的关系，依然带有古代士人的庙堂—民间二元循环的痕迹。唯有他们的知识专业增加了新因素，即来自西方的思想学术成果在社会上直接产生作用，从而疏离了为庙堂服务的古老传统。而待到第二代如周作人、陈寅恪等现代知识分子的形成，才明确了民间的岗位意识。周作人提倡的"闭户读书"和陈寅恪提倡的"独立之精神，自由之思想"，都含有拒绝庙堂的自觉立场，知识分子的专业知识具有了"南面王不易也"的独立价值。这才是确立现代知识分子岗位意识的精义所在。我们从现代知识分子精神史的角度来看这个过程，那么，知识分子岗位型价值取向的最初实践，是从严复翻译西方名著与张元济主持商务印书馆编译所

## 从广场到岗位

为起点,而民间岗位意识的自觉张扬,则是在1928年前后,即国民党名义上完成中国统一以后。

现代知识分子岗位意识的产生与成熟,也折射出另一个问题:古代社会庙堂、民间合二为一的结构已被颠覆。首先是传统庙堂被革命推翻,依附在君主专制体制下的庙堂—民间二元循环结构崩溃。辛亥革命以后,民国各界政府无力完成民主共和体制建设,导致政局动荡,战争频发,社会出现了"王纲解纽"的形态,政权对社会的制约相对松弛,民间在社会具有了相对的独立性。同时,世界大战又带来了中国民族资本的发展契机,社会上新的职业岗位如春潮般涌现,这可以理解为民间社会在体制松绑以后获得了自主发展,知识分子专业岗位设置在民间社会,直接服务社会,也促使民间自然生命力的蓬勃发展。其次,传统庙堂与民间松绑之际,知识分子广场意识便迅速搜入其间。虽然戊戌变法是一场传统庙堂争斗的重现,但维新思想已经掺杂了大量来自西方的新内容。康有为、梁启超都属于庙堂型的士人阶层,他们始终把政治理想建筑在开明君主身上,希望服务于大一统的君主专制,但是他们都接触、学习西学,并能学以致用。在变法前，他们通过民间办报、讲学、组织学会等形式来宣传维新思想，初步形成广场议政的雏形。变法失败后，梁启超在海外通过办报大肆宣传新思想，鼓吹以新小说等通俗文艺来普及新思想，起到启蒙的"新民"效应，其背后也有广场型的价值取向在发生作用。梁启超的启蒙宣传影响了一大批青年才俊，直接推动了下一代知识分子的广场意识高涨。五四新文化运动是知识分子广场意识最辉煌的时期，广场对庙堂的短兵相接的批判，构成了新旧两种势力的新战场，但也促使了一大批不屑从政做官又不愿意参与政治斗争的知识分子回到民间，在职业岗位上从事专业工作。

我们对照转型时期知识分子三种价值取向的消长变化，大致可以看到：但凡广场意识受到挫败之际，岗位意识就会进入一个新的高涨时期。戊戌变法失败是一次，1927年大屠杀以后又是一次，现代知识分子的民间岗位与庙堂实现了分离，形成独立的价值取向和价值标准。——庙堂崩坏与广场介入固然是其中的两大原因，但更为重要的原因是现代知识分子创造了客观环境，可以把专业岗位建立在民间的社会之上，

**从广场到岗位**

直接为社会人群服务，由此产生自身的价值。岗位意识的民间性特征就是在这个意义上被充分凸显出来，民间性成为知识分子岗位型价值取向的客观保障。知识分子的价值观建立在专业与行业之上，而大部分的专业与行业又是建立在民间的社会之上。知识分子从事的专业岗位都有其自身的技术等级和价值标准；知识分子（即专家）的价值标志与他是否拥有行政权力或者拥有政治身份没有直接的连带关系，两者不能也不应该混淆起来，也不允许彼此随意置换与取代。唯有这样，才能真正形成"恺撒的归恺撒，上帝的归上帝"的界限原则。现代知识分子转型期间的三种价值取向彼此独立地成为现代社会的三块指路牌，构成了二十世纪前半叶知识分子在混乱中的思想分野和实践道路。

对于知识分子岗位的民间性特征，我们不能简单地把它理解为古代士人的不食周粟，也不能狭隘地理解为现代社会中只有私有化、民营化或者外资企业等非官方组织才可能具备民间性，这种狭义的民间概

第五单元　岗位

念，唯有在非常特殊的环境[①]下才有绝对的意义。然而在正常的社会生活里，广义的民间不是与庙堂相对抗的概念，而是一种相平行的空间，民间的底线就是非庙堂性，即不在政治权力系统里谋取价值，坚持知识分子岗位独立的专业的价值取向。知识分子岗位的民间性，更多地体现为知识分子的精神立场，指的是知识者忠于专业的独立精神和非庙堂性，知识者的劳动过程自然可以与庙堂、广场发生广泛联系，但不是服务政治或利益集团，更不是参与统治集团的权力体系。举一个现成的例子。五四时期的北京大学原有京师大学堂的背景，在民国初期，它具有国家意志是无可讳言的，蔡元培是民国政府任命的北京大学校长。但是在北大任教的教授们，忠于专业知识和职业操守，认真培养学生和研究学问，依然具有民间性特征，能与庙堂保持相对的独立。蔡元培制定的兼容并包的办学原则，就是尊重学术自由发展规律，不是一家独大，也不是两家争鸣。陈独秀主编的《新青年》

---

[①] 我这里指的"非常特殊的环境"，如中日战争时期的沦陷区，任何具有占领者背景的学术机构都不应该成为知识分子的岗位，只有在这样的特殊境遇下，民间才有绝对的非官方的意义。周作人在这个问题上失足，就是与他混淆了狭义与广义的民间岗位意义有关。

## 从广场到岗位

在北大提倡新思想，提倡白话文，其影响的广泛性远非上海时期可比，原因也就是具有了北京大学作为国家最高学府的背景，但这不妨碍《新青年》是民间知识分子办刊，也不妨碍北大教授自由选择人生价值取向。在国家最高学府担任教授职务的学者，依然可以拥有民间岗位型的价值取向，虽然他们领取的是国家薪水，但与旧庙堂的翰林院有本质区别。北大的一部分知识分子提倡新思想，发起新文化运动，发动学生游行以干预国家外交事务，足以产生与国家权力相抗衡的进步力量，推动了现代中国的思想启蒙运动，形成知识分子广场型的价值取向；同时另一部分知识分子在各自专业领域埋首学问、整理国故、实验语言文字改革、开拓新学科、建立各类专门学问的研究机构等等，形成了岗位型的价值取向。事实上，知识分子的广场型、岗位型价值取向都可能发生在具有国家背景的高等学府之中，而不仅仅限于独立的民间社会运动。工作岗位即使不设在民间，岗位上的专家依然可以选择民间岗位的立场和价值取向。

在现代社会，知识分子的专业岗位不可能纯然属于民间，尤其是一些比较高端的科学研究领域，一定

第五单元　岗位

是国家整体发展的一个部分。如民国第一个十年中,地质学家丁文江主持地质研究所(1913—1914年)和地质调查所(1916—1921年),之前他还担任过职务的民国政府工商部矿政司地质科,这些机构都是国家政府行政部门,丁文江在这些专业岗位上培养了中国第一代优秀的地质学家,对国家地质资源做了全面调查,功在国家,利在民族,为国家现代化矿业发展奠定了基础,显然这些科学工作是无法通过民间来完成的。又如1928年国民党政府组建中央研究院,蔡元培出任院长,傅斯年是研究院的创院元勋,他在中山大学语言历史研究所的基础上,筹建中央研究院历史语言研究所,把一个大学附设的学术机构提升为全国性的学术机构,所聘研究专家都是一时之选。[①]二十世纪

---

[①] 中央研究院历史语言研究所经过整合,分三个组:历史组、语言组、考古组。历史组组长陈寅恪,语言组组长赵元任,考古组组长李济。受聘专家还有董作宾、李方桂、徐中舒等著名学者,同时,史语所非常注意培养年轻学者,并为他们创造了良好的工作条件。如夏鼐、张政烺、胡厚宣、梁思永、郭宝钧、石璋如、陈乐素、陈述、劳干、严耕望、全汉昇、凌纯声、丁声树等,年轻时都在史语所工作过,他们后来成为蜚声中外的学问家,与史语所的良好学术风气的传承不无关系。在这个意义上,傅斯年领导的中研院史语所对中华民族学术事业发展做出了极大贡献。参见岳玉玺、李泉、马亮宽:《傅斯年——大气磅礴的一代学人》,天津人民出版社1994年版,第130—131页。

245

**从广场到岗位**

三十年代，史语所在傅斯年领导下，历史组整理清朝内阁大库档案、出版明清史料文献，考古组对安阳殷墟文物的抢救、整理、调查等等，都做出了极为重大的学术贡献。人文领域的学术研究，有些方面可以通过学者个人的天才劳动来完成，但有许多人文学科的重大工程、重大项目，却必须依靠学者团队以及国家资源的投入才能完成。正如傅斯年所指出的：

> 历史学和语言学发展到现在，已经不容易由个人作孤立的研究了，他既靠图书馆或学会供给他材料，靠团体为他寻材料，并且须得在一个研究的环境中，才能大家互相补其所不能，互相引会，互相订正，于是乎孤立的制作渐渐的难，渐渐的无意谓，集众的工作渐渐的成一切工作的样式了。[1]

傅斯年这段话对于我们理解现代学术特点很重

---

[1] 中央研究院历史语言研究所筹备处：《中央研究院历史语言研究所工作之旨趣》，初刊《国立中央研究院历史语言研究所集刊》第一本第一分，1928年10月。参见傅斯年著，欧阳哲生主编：《傅斯年全集》第三卷，湖南教育出版社2003年版，第11—12页。

要。在现代民族国家的发展中，如果是实行正常的民主体制、从事和平建设的时期，文化学术工作当是建设国家软实力的必要组成部分，必须设置大量的学术机构，投入国家资源从事学术研究，营造出人文学者和科学工作者单靠私人力量无法完成的学术环境和研究条件。现代知识分子的专业岗位虽然是以设置在民间社会、直接服务于社会人群为标志，它可以通过市场需要和社会公益来调节资源流通，但对于高端的人文科学和自然科学，包括国家教育事业，主要还是依靠国家的资源投入。除了傅斯年所列举的上述种种方面以外，最重要的是国家有责任保障科学家和学者的生活质量和尊严，保证科学家和学者在各自研究领域能够树立起真正的权威性，以及他们的正当工作权利。在这些原则的前提下，知识分子岗位型价值的意义，主要体现在知识分子以专家的社会身份服务于社会。他们的专业性体现在自己行业的绝对优秀标准，忠诚学术事业。他们的民间性体现在知识者自觉属于社会人群的一员，他的工作代表了社会广大人群的利益，而不是为了某种政治目的或者集团利益。一旦在行业领域发生各种社会力量的博弈局面，受聘于国家

## 从广场到岗位

学术机构的权威专家的民间立场和专业立场就会变得非常重要。不管是国立大学还是私立大学，不管是国家背景的科研单位还是民间社会形态的职业岗位，知识分子岗位型价值取向是具有普遍性的，其中民间性总是一个内在的指标，民间性和专业性是不变的两大特征。岗位型知识分子的自我超越，也是在民间性和专业性两个立场上才能真正实现。充分理解了这一点，我们才能够完整理解像丁文江领导的地质调查所、傅斯年领导的中央研究院史语所的学术研究工作的价值所在，他们对学术机构的领导工作依然属于知识分子的岗位职责。

但是，作为国家学术机构的领导者和管理者个人价值取向的选择，是可以二元，甚至多元并举的。知识分子民间岗位的价值观，未必是他们唯一的选择。尤其在1912年中华民国成立和1927年国民党建立全国政权两个特殊时期，新的国家形态总是吸引传统士人转型而来的知识分子重温旧梦，继续向往传统庙堂型的价值取向。丁文江就是一个典型的例子。[①] 作为

---

[①] 有关丁文江的传记资料，本书主要参考胡适：《丁文江的传记》，收入欧阳哲生主编：《胡适文集》第7卷，第365—502页。

## 第五单元　岗位

一个受过现代教育的科学家、一个长期进行田野调查的地质学家，他的专业工作与民间社会有着广泛的联系，他的价值取向本来应该更多地偏向知识分子岗位型的，但是不，丁文江的价值取向宁愿选择庙堂。他与胡适在办《努力周报》时发生过一点争论，起因是丁文江在燕京大学的讲演《少数人的责任》，直接批评胡适。[①]丁文江驳斥胡适在《新青年》时期提出"二十年不干政治，二十年不谈政治"的主张，指出这是对国家不负责任，他提倡少数知识精英（"好人"）要积极参与到政治事务中去，批评政治，干预政治，改革政治。丁文江如果仅仅宣传这些观点，其价值观仍然没有超出知识分子的广场意识，但很快他就有了行动——直接参与到孙传芳麾下去谋求"好人政府"了。1921年丁文江先是辞去地质调查所所长之职，当了北票煤矿总经理，据说是因为他家累太重，便辞职下海

---

[①] 丁文江在演讲里说："要认定了政治是我们唯一的目的，改良政治是我们唯一的义务。不要再上人家的当，说改良政治要从实业教育着手。"他所指的"人家"即是胡适。胡适在《丁文江的传记》里考证说："在朋友的谈话中，他（指丁文江）常说的是：'不要上胡适之的当，说改良政治要先从思想文艺下手！'"丁文江在演讲里强调："我们中国政治的混乱，不是因为国民程度幼稚，不是因为政客官僚腐败，不是因为武人军阀专横——是因为'少数人'没有责任心而且没有负责任的能力。"见《胡适文集》第7卷，第403—404页。

## 从广场到岗位

赚钱。这真是大专家办实业,短短五年不到,煤矿日产量提升到两千吨,足敷开支后有余,成绩不菲。但是丁文江的兴趣始终不在具体的专业岗位,他在这期间四处奔波,办《努力周报》、呼吁"好人政府",还研究军阀张作霖系的军事组织和军事活动,为自己参政做准备。1925年底前后,盘踞江浙五省的孙传芳军队击败张作霖的奉军,丁文江积极参与到孙传芳的地方政权建设。当时孙传芳在谋划把上海与江苏省分离,他自任上海淞沪商埠督办,任命丁文江为督办总署总办,全权代表他筹划"大上海"规划。淞沪商埠督办权力很大,上海交涉使、上海道尹、警察局局长等都归督办公署的领导。丁文江全力以赴,推行这个"大上海"建设计划,不过,才做了八个月便随着孙传芳的军事失败而作鸟兽散,一腔书生热血化作灰烬,为时人所诟病。[①]丁文江从政失败后,不得不回

---

① 平心而论,丁文江实施"大上海"计划还是有价值的,只是实施时间太短,来不及看到成效。胡适对此有公正评价:"在三十年后回看过去,有两件事是最值得记载的。第一是他建立了'大上海'的规模。那个'大上海',从吴淞到龙华,从浦东到沪西,在他的总办任内才第一次有统一的市行政,统一的财政,现代化的公共卫生。他是后来的'上海特别市'的创立者。第二是他从外国人手里为国家争回许多重大的权利。傅孟真说,在君争回这些权利,'不以势力,不以手段,只以公道。交出这些权利的外国人,反而能够真诚地佩服他'。"见《胡适文集》第7卷,第434页。

到专业岗位，在北京大学地质系当教授，还培养了许多优秀人才。但他的志趣仍然是在庙堂，胡适话里有话地指出："他的新志愿好像是要为国家做一个'科学化的建设'的首领，帮助国家'判断政策的轻重，鉴别专门的人才'。他放弃了他最心爱的教学生活，接受了蔡元培院长的请求，担任起中央研究院的总干事，正是因为他认清了中央研究院的使命是发展科学的研究，领导全国学术机关的合作，帮助国家设计经营科学化的建设。他在那个时期主张'新式的独裁'，也是因为他诚心的相信他所谓'新式的独裁'是同他生平的宗教信仰和科学训练都不相违背的，是可以领导全国走向'建设新中国'的路上去的。"[1]胡适言语间略带微词，明显不赞同丁文江的价值选择。丁文江是个优秀学者，但是在专业岗位上总是心有旁骛，总是向往能在庙堂发挥更大作用。1935年底，为了国家备战，他赴湖南粤汉铁路沿线勘查煤矿，不幸煤气中毒，不治身亡，时间是1936年1月5日，才四十九岁。欣慰的是他最终还是牺牲在自己的专业岗位上。

---

[1] 《胡适文集》第7卷，第478页。

## 从广场到岗位

丁文江是一个现代庙堂型的知识分子人才，可惜生不逢时，没有施展他这方面才能的机会。当然原因也不完全是客观的。丁文江热衷庙堂价值取向，急于在政治上做出政绩，往往对自己缺乏清醒认识。[①]他是一位优秀的地质工作者，可惜在科学研究上没有达到最辉煌的成就。[②]他也是一个在广场上纵横捭阖的活跃分子，发表过大量政论，但也未见得高明。[③]也就是说，丁文江向往的庙堂，没有给他多少实践的机

---

① 举一个例子：丁文江曾经在孙传芳面前提议办一所现代军官大学，培养现代军人，并自荐做校长。孙传芳听后哈哈大笑，说："丁先生，你是个大学问家，我很佩服。但是军事教育，我还懂得一点，——我还懂得一点。现在还不敢请教你。"《胡适文集》第7卷，第431页。——可见在军阀的眼里，丁文江完全是在书生谈兵。

② 胡适在丁文江传记里说到丁文江离开后的地质调查所："在纯粹的科学研究方面，这个机关不但建立了中国地质学和古生物学，并且领导了史前考古学的研究，成为新石器时代和旧石器时代研究的中心。北京附近周口店一区的系统的发掘，后来在民国十六年（1927年）以下，陆续发现'北京原人'四十多具的遗骨，也是地质调查所领导提倡的科学大成绩……"《胡适文集》第7卷，第398—399页。可惜的是，地质调查所领导这些重大科学发现的那段时期，丁文江却在帮助军阀推行"大上海"计划，徒劳而无功。

③ 丁文江在二十世纪三十年代初与胡适等办《独立评论》，发表许多政论。他于1933年去苏联旅行考察，他不赞成苏联共产主义，但对斯大林式的专制体制却颇有赞赏，认为苏联实行无产阶级专政也是一种实验，回国后一再鼓吹"新式的独裁"。他宣布他的信仰是"为全种万世而牺牲个体一时"的宗教，与苏联推行的无产阶级专政体制是相一致的。幸好他的"新式的独裁"理论在国内没有引起很大反响，否则的话，当时如被蒋介石独裁政权所利用，丁文江的污点就大了。

会，而在他可以做出许多成绩的专业岗位上，也没有成就他本来可以达到的贡献。根本原因就是在丁文江的价值观里，没有民间这一维度的位置，他向往的始终是庙堂，试图通过政治权力来实现自己的人生抱负，他曾经试图创办新式军事学校，鼓吹"新式的独裁"，规划"大上海"建设计划，以专家身份去勘查煤矿，都是把庙堂利益视为最高利益。这是庙堂型价值观所决定的。他自觉为国家献身的精神是值得敬佩的，也不必考究他投靠的是旧军阀还是新军阀，但终究是一个悲剧。与丁文江经历相似却持有不同价值观的例子是傅斯年，傅斯年也是一个游走在广场、庙堂间的知识分子，但是他的价值观是坚定不移的，就是一个广场型知识分子。他虽然参与庙堂的各种组织活动，但始终在履行知识分子的民主立场，对北洋军阀政府深恶痛绝，对国民党政府坚持严厉批评。同时他又是一个岗位型知识分子，利用国家资源领导了重大学术研究工程，他有能力转换庙堂资源为知识分子的专业岗位服务，而不是被权力异化。傅斯年的岗位型价值取向里，那种坚持独立精神、非庙堂性的批评立场，都体现了知识分子岗位型价值观所包含的民间

## 从广场到岗位

性。民间性能使知识分子在庙堂面前保持清醒的距离和批判性的认识,而不会在权力的腐蚀下与之同流合污。

在现代社会如何完整理解民间的意义,我自己也是在不断探索中。1993年我把民间概念与知识分子的专业岗位的价值取向联系在一起,有意对其进行深入的探索,其中也寄托了自己对未来社会发展的期望。我所期待的理想社会,是现代民主制度健全,社会各行各业的运行必须依靠大量专业人士与普通市民来共同参与决策,政府机构只是承担某种管理和监督功能。市民是城市的真正主人,社会各阶层人群共同参与社会的建设,而专业人士是真正的权威。就知识分子的自身建设而言,庙堂的价值取向应逐渐淡化,民间的专业的岗位型价值取向要成为社会认同的主流价值取向。这样的社会才能比较健全地朝着现代、民主、文明的社会形态发展。

# 结　语

## 十六、知识分子岗位的当代性

1993年我写作《试论知识分子在现代社会转型期的三种价值取向》，讨论的是晚清到民国时期的"现代社会转型期"的知识分子价值取向，但当时我面对的却是自己对于前途的迷茫和选择，指向是当下的。因此，1993年我思考知识分子的价值取向，既有当代性，也有实践性，从知识分子形成时期的"源头"中辨析三种价值取向，以知识分子的实践经验与教训来检验其在当下社会的意义。至今三十年已经过去，中国乃至世界都发生了变化，国家权力依然是国家权力，世界霸权依然是世界霸权，但社会意识形态发生了巨大变化，社会人群的思想感情方式也发生了巨大

## 从广场到岗位

变化。全球化经济、互联网、数码时代、人工智能以及虚虚实实建构起来的元宇宙，云遮雾障般弥漫在天地之间，加深了人们对世界认知的难度。知识分子个人所坚持的"独立之精神，自由之思想"更加艰难。当然，不选择也是一种态度，如今青年中流行的"佛系""躺平"等现象，正反映了当下社会的消极抵制情绪。我在三十年后重新捡拾起这个题目，虽然谈的依然是晚清到民国时期的陈年旧事，但我的思考里也融入了自己近三十年来社会实践的切实体会。我对于知识分子的责任担当是自觉的，对于知识分子岗位的理解和实践也是一贯的，三十年来对此有了更加深切的感受，尤其是对其艰难性的感受。

在这次写作的过程中，我的思路越来越偏离原来的设想，基本放弃了对传统士人庙堂意识的讨论，用更多篇幅来讨论知识分子的广场意识与岗位意识。理由也很简单：我所讨论的主要对象，是指晚清到民国时期的知识分子价值取向，其中庙堂型的价值取向，作为传统体制下的士人价值取向，随着废除科举制度、推翻帝国、大批青年出国学习新的专业知识等一系列变化，应该逐渐被废弃和淘汰。尤其在现代社

结　语

会，如果是健全的民主体制，国家公务员以及行政管理系统，属于社会职能部门的岗位，而不是高居社会之上的"庙堂"。两者有本质的区别。[①]五四新文化运动以后，知识分子最先接受世界新知识、新思想的洗礼，成为具有新价值取向的新人，代表了最鲜活的社会进步力量。他们在长期追求民主政治理想中凝聚起来的广场意识，以及在专业训练下服务于社会人群的岗位意识，在他们的社会实践中发挥越来越大的价值导向作用，应该成为多数青年人蓬勃发展的主流价值

---

①　1959年10月26日，新上任的中华人民共和国国家主席刘少奇（1898—1969）接见全国劳动模范、北京淘粪工人时传祥（1915—1975），刘少奇发表著名讲话："你淘大粪是人民的勤务员，我当主席也是人民的勤务员，这只是革命分工不同。"那个时候，刘少奇当选国家主席才半年（4月18日当选），我理解他是有意识地找到这个机会公布自己的"庙堂观"，他把国家领导人的工作与淘粪工作并置在"人民的勤务员"的价值层面上视为同列。这是对传统的庙堂意识最尖锐、最彻底的颠覆。这不能理解为新的庙堂意识，而是共产主义者对旧庙堂意识的彻底否认与批判，彻底把庙堂改造为工作岗位。这是值得我们认真探讨的一个社会主义体制下官员属性的理论问题。但是，由于社会主义社会是一个长期的过渡时期，需要借助旧国家机器形式来实行自己的统治和发展，传统封建时代的意识形态，包括士人的庙堂意识及其价值取向，不可能销声匿迹，还会长时间地隐蔽在现实社会，像腐尸那样发臭，发散出毒气来迷惑、引诱、腐蚀青年知识分子和其他阶层的人们，用错误的权力观、财富观和官场潜规则来败坏社会风气和凝结错误的意识形态。如钱理群教授批评的所谓"精致的利己主义者"，就是这类庙堂意识残余势力哺育出来的怪现象。如何讨论当下社会的庙堂型价值取向是一个复杂的问题，我觉得条件尚不成熟。暂且不予讨论。

## 从广场到岗位

取向。

价值取向是社会发展的产物,它受制于社会发展,反过来也影响社会的发展趋势。我们研究社会流行的价值取向,大致可以判断社会发展的倾向性。假如今天的大多数知识青年依然迷茫于"读书做官""学而优则仕"的意识蛊惑,那就说明今天的中国依然没有肃清传统封建文化的影响,还有必要在政治体制领域深化改革——这当然非一朝一夕所能解决。而对于一个现代文史研究者来说,我更关心的是青年知识分子如何在现代社会进步中发挥健康作用,更好地呈现价值所在。正是出于这样的动机,我更多地把注意力放在先驱者社会实践的教训方面,从他们的人生道路总结经验,探寻走向未来的方向。我反复地描述知识分子的广场意识和岗位意识的关系,反复地说,在广场意识高涨的时候,知识分子的岗位意识会受到压抑,而广场意识受到挫败时,知识分子的岗位意识却会进入新的高涨时期。但这种现象不能倒过来理解:知识分子广场意识的兴衰不是由岗位意识所决定的,自然是另有原因。知识分子的岗位意识虽然是一种看似平稳的选择,却往往承载了广场意识所不能

## 结　语

完成的使命，坚守岗位与超越岗位，才能真正达到知识分子的双重标准。正是基于这样的认识，我在选择这本小册子的书名时，不是用两者的并置结构，而是选择了递进结构。这同时也包含了下面一层意思：健全的社会形态由单一性价值取向朝着多元共存的价值取向发展，有赖于社会各类专业岗位共同建构、集体作用才能完成。庙堂型的价值取向适应于一元化的社会建制，广场型的价值取向适应于二元对立的社会形态，而岗位型价值取向强调的是社会的多元共存及其发展。知识分子在各类岗位上做好自己的专业工作，并且能超越岗位，为社会公共事务有所担当、有所贡献，现代社会才能朝着理性的方向、理想的方向慢慢地发展和不断自我完善。

尤尔根·哈贝马斯有一次在回答记者提出的"介入型知识分子"（the committed intellectual）衰落原因时指出："以法国为例，从左拉到萨特，再到布迪厄，公共领域对于知识分子至关重要，尽管这一脆弱的结构正在经历日益堕落的过程。'知识分子都到哪里去了'这种怀旧意味的问题没有说到点子上。如果没有与之对话的受众，就不可能有坚定虔诚的知识分子。"哈贝

## 从广场到岗位

马斯指的是,欧洲社会在互联网效应下正在改变媒体的功能,对公众产生巨大吸引力的商业化引发了传统公共领域的解体。在他看来,知识分子的形象是与自由主义公共领域的古典结构共命运的:"这有赖于一些让人难以置信的社会和文化的假设,主要是警醒世人的新闻界的存在,报纸、大众传媒有引导社会大众将兴趣转向那些与政治舆论有关的话题,也有赖于一个读者群的存在——这个读者群对政治感兴趣,受过良好教育,对于舆论形成中的冲突习以为常,也肯花时间去阅读高质量的、独立的报道。"[①]知识分子不可能孤立地展开活动,他的活动总是与社会环境联系在一起的。如果当代社会连这样一些构成公共领域的环境都不能具备,那么,何来"介入型知识分子"?对此,哈贝马斯也感到无可奈何。但是"介入型知识分子"不存在了,不等于知识分子都不存在。因为知识分子会有另外一些展开自我的方法。联系到我们讨论的知识分子价值取向,也面对哈贝马斯同样面对的问题。

---

① Borja Hermoso(博尔哈·埃尔莫索)文:《康德+黑格尔+启蒙+去魅的马克思主义=哈贝马斯》,沈河西编译,详见澎湃新闻·文化课 2018-06-06, https://www.thepaper.cn/newsDetail_forward_2174825。

## 结 语

士人阶层之所以遵循庙堂型的价值取向，正源于传统社会结构中庙堂一统天下；现代知识分子建构起来的广场意识，正是诞生于整个中华民族追求民主、解放的现代化进程之中。社会实践的环境一旦发生变化，那么大多数知识分子追求的价值取向也会随之发生改变。但是，作为主体的知识分子及其价值取向总是存在的。我这是指一般的情况。至于少数知识精英凭着坚强意志与崇高理想介入社会运动，不挠不折，影响周围的人群，吸引部分先觉者一起来投入，也会形成可观的价值取向。这样的例子永远不会缺少。所以，我们要讨论知识分子价值取向的当代性，并不限于知识分子的岗位意识，广场意识也同样具有当代性。

但是我更愿意强调知识分子的岗位意识。当代社会发展需要有大量的知识分子在各自岗位上坚持专业原则，实践科学与人文的理念，并能够直接在社会上发挥积极作用。在一个文化普及相对贫瘠的落后国家里，有文化的人显然比普通人（靠体力劳动谋生的人）具有更高的公信力，但是随着社会进步与教育普及，一般的社会成员大都受过一点教育，脑力劳动在整个社会劳动中的比重也越来越大，所谓"受过教育

## 从广场到岗位

的人""有专门知识的人""脑力劳动者"在社会人群中的比例也越来越高,他们渐渐成为社会发展的主要推动力,代表了先进生产力的一部分,这也是二十世纪七十年代末中国共产党的领导人邓小平断然指出"我国广大的知识分子已经成为工人阶级的一部分"的事实依据[1]。知识就是力量,新知识的掌握者就是这个世界最强大的生产力。这种"新的知识"当然也包括了人文社会科学领域的前沿的思想和发现。作为知识分子精英而存在的、比较接近intellectual原义的知识分子虽然相对社会大多数受过教育、有专门知识的脑力劳动者来说是少数,但也无可讳言,他们是属于知识分子的一部分,可能是其中更拥有博爱能力、最富有正义感同时也最具有自我牺牲精神的一部分,不能说他们与一般的从事脑力劳动的知识分子完全没有关系。在中国的语境下,精英知识分子是广大知识分子中的一部分,知识分子属于"工人阶级"即社会劳动

---

[1] 见邓小平:《在全国科学大会开幕式上的讲话》。原话是:"但总的说来,他们的绝大多数已经是工人阶级和劳动人民自己的知识分子,因此也可以说,已经是工人阶级自己的一部分。他们与体力劳动者的区别,只是社会分工的不同。从事体力劳动的,从事脑力劳动的,都是社会主义社会的劳动者。"(1978年3月18日),见《邓小平文选》第2卷,人民出版社1994年版,第89页。

结　语

主体的一部分，我们无法把知识分子从这个社会体制中完全剥离开去，使其成为孤立的社会存在。即使在西方社会——发达资本主义社会体制下，作为intellectual意义上的知识分子，也不可能恢复到左拉的反犹时代，更不可能恢复到拉赫美托夫[①]的俄罗斯沙皇时代。米歇尔·福柯在二十世纪八十年代讨论法国知识分子状况时，分析过这样一种情况：

> 知识分子现已不再以"普遍性代表"、"榜样"、"为普天下大众求正义与真理"的方式出现，而是习惯于在具体的部门——就在他们自己的生活和工作条件把他们置于其中的那些地方（寓所、医院、精神病院、实验室、大学、家庭和性关系）进行工作。无疑这赋予他们一种更为直接和具体的斗争意识。而他们再次碰到的问题是专门的、"非普遍性的"、往往有别于无产阶级或大众的问题。然而我认为知识分子同无产阶级和大众的关系实际上变得更为密切，这有

---

[①] 拉赫美托夫是俄罗斯作家、革命民主主义者车尔尼雪夫斯基的小说《怎么办》里塑造的革命知识分子形象。

## 从广场到岗位

两个原因。首先,因为它成了一个真实的、物质的、日常的斗争问题;其次,因为他们经常同无产阶级面临同样的对手(尽管是以不同的形式),即跨国公司、司法和警察机器、财产投机商等等,这就是我要称作的专家性知识分子(specific intellectual),相对于普遍性知识分子(universal intellectual)。①

请注意福柯的表述:他把知识分子的"普遍性代表""为普天下大众求正义与真理"的属性视为一种存在方式,而不是天赋的特质,它是可以随着社会的发展和演变而变化的斗争形式。福柯所说的现代西方社会的"专家性知识分子"和"普遍性知识分子",从价值取向的角度来理解,有点接近岗位型知识分子和广场型知识分子,如果可以代用符号,也就是说五四时期的中国社会,"普遍性知识分子"是主流,广场也是他们的主要活动场所。但发展到今天,知识分子的

---

① 见福柯著,钱俊译:《真理与权力》(访谈录),中译本改篇名为《福科专访录》(节选),初刊于北京大学中文系等主编:《东西方文化评论集》第3辑,北京大学出版社1991年版,第262页。

结　语

岗位型价值取向要比广场型的价值取向重要得多，也广泛得多，福柯所说的"专家性知识分子"的现象将会越来越普遍。我注意到福柯在这里分析的正是专家性知识分子的斗争方式和意义，他并没有把这一类型的知识分子从 intellectual 的概念里驱逐出去。这就说明，在西方主流的意识形态里面，也没有一个 intellectual 以外的"知识分子"的概念。

所以，我们对于《现代汉语词典》里"知识分子"条目的诠释[①]，尽管不都全面，但也用不着耿耿于怀，也不用在西方 intellectual 面前自惭形秽，似乎我们连"知识分子"的称号都不配。中文的"知识分子"条目只是对中国知识分子实际状况的一种描述，关键词是"从事脑力劳动者"，前提是"具有较高文化水平"，后面补充的说明也只是对知识分子的岗位做出某种限定。这种限定是必要的，属于知识分子的"脑力劳动"的岗位，并不包括官吏、政客、资本家、土地出租者

---

① 《现代汉语词典》的"知识分子"条目内容为："具有较高文化水平、从事脑力劳动的人。如科学工作者、教师、医生、记者、工程师等。"见中国社会科学院语言研究所词典编辑室编：《现代汉语词典》（修订本），商务印书馆1996年版，第1612页。

## 从广场到岗位

等职业岗位。[①]但是在这个基础条目之下，还可以分为多种"知识分子"，如我们所讨论的"专家性知识分子""普遍性知识分子""介入型知识分子"等等，还可以做进一步的定义和分类，把知识分子概念的多元性和丰富性充分包含进去。其实哈贝马斯也好，米歇尔·福柯也好，西方哲学大师比我们潇洒得多，也现实得多。他们都是从已然的社会现状出发来重新考虑知识分子的作用和斗争责任。回顾我国的知识分子的实践之路，在二十世纪的大部分时间里，引导中国几代知识分子（主要是知识青年群体）实践的价值取向，是以广场型价值观为主导的，而知识分子的岗位

---

[①] 这里所说的知识分子概念不包括官吏政客，是指中国学界对"知识分子"的一般理解。在国外情况不一样。《法国知识分子史》对知识分子"介入型"的解释，是指知识分子参与社会政治生活。这种参与可以是直接的，也可以是间接的："直接参与主要有两种形式，其一是直接在社会政治生活中担当角色，成为'当事人'，和其他社会政治因素发挥同样的作用。例如，担任政府公职与制定政策，或是支持某一派政党，宣传该政党的政治和社会主张，在公共领域内为该政党争夺公共舆论等。其二是充当'见证'，通过公共领域和意识形态内部的争论，知识分子能将当时国家和社会生活中的焦点问题和社会问题反映出来，或者梳理清楚。在这个过程中，知识分子既可以起到概括阐明社会问题的作用，也可能由于他们观察问题的独特视角和不同的思想倾向，起到放大或者缩小这个问题的作用。间接参与指的是本身不直接参加前两类知识分子的活动，但是在知识界发挥影响，对一个时代的重大意识形态问题的定位起决定性作用，进而成为当时流行的文化氛围的一个要素。"见《法国知识分子史》，第11页。

# 结　语

往往被混同于一般的社会职业，非但得不到张扬，反而被时时防范，视为革命的对立面，不断对之进行思想改造。一般来说，在一个欠发达的社会里，大部分社会人的生活过程中，都必须通过某种职业性劳动来换取生活资料（薪水），作为脑力劳动者的知识分子也是如此。与之相联系的是，在传统的社会主义价值观里，职业性劳动价值获得普遍尊重，劳动成果的社会意义更被强化宣传。但在二十世纪中期以后，历经上山下乡运动、国营企业转型、工人下岗，以及农民工进城并从事大量低回报、强劳动的工作等等，传统社会主义理想型的价值观消解殆尽。九十年代随着资本主导社会发展，社会主义劳动价值观很少再被主流媒体所强调。在社会流行的价值取向中，劳动仅仅是人们换取生活保障、延续生命繁衍的主要渠道，劳动价值观与工资待遇、岗位等级都联系在一起，劳动者价值的社会意义，非但不再为真正的体力劳动者所关心，反而被视为讽刺的虚伪的说教。然而相反的情况是，在高科技引领下的当代经济社会，人的体力劳动越来越贬值，但脑力劳动——尤其是高端知识开发的脑力劳动，在当代社会发展中越来越受到重视。——

## 从广场到岗位

我在这个前提下讨论知识分子的岗位意识，虽然主要是讲人文社会科学知识分子的岗位型价值取向，其意义同样包括了科学技术领域的知识分子。

知识分子的岗位意识的实践性，是与某种社会职业联系在一起，但职业只是形成岗位意识的第一步，我特意为知识分子的岗位添加了两个修饰词：专业与民间。专业是指岗位内在的规范与标准，民间是指岗位外在的社会立场（知识分子作为普通人的立场、保护社会弱者群体的立场，而不是为统治阶级或资本服务的立场）。知识分子从事的专业，无论是教育科研、著书立说、新闻传播、艺术创造，还是其他服务于社会人群的行业，都含有人文性的理想和精神性的超越，这是与一般体力劳动的职业相区别的地方。如果把知识分子的岗位仅仅等同于获取生活资料的社会职业，那么知识分子专业的人文性和精神性就无法彰显，岗位的意义也是缺失的。而且，知识分子岗位所体现的人文性与精神性，除了是专业本身包含在内的人文特性外，还具有岗位的超越性，即在特殊情况下对社会邪恶力量的抗衡与战斗，以捍卫专业的纯粹性和科学性。

知识分子的岗位意识的实践需要有强大的主体精

结　语

神所支撑。说到底，就是要用最专一的情怀投入到专业理想中去，爱自己的专业，爱自己的岗位，没有一种外在力量可以剥夺这种执着的感情。我经常听到这样一种声音："我是想好好工作，但是现实的环境太恶劣，弄得我一点心思也没有，我怎么安得下心来工作呢?"在互联网时代，这类似是而非的虚幻的感叹，正说明岗位意识的薄弱与混乱。二十世纪三十年代国事蜩螗，这类声音常常会转换为"华北之大（或者中国之大），已经安放不得一张平静的书桌"一类的声音……于是很多青年就放弃了书桌，奔赴了战场；但也有那么一批知识分子，他们辗转千里，在云贵高原的山洞和农舍里，在敌寇飞机的狂轰滥炸下，坚持学术研究和教学，培养出一批优秀青年人才，心之所向，无问东西。这就是知识分子两种价值取向的并行，在战争时代是必须的；然而在正常的社会发展中，真正的岗位意识似乎更需要坚定意志的支撑。在这里我想转述一个可歌可泣的知识分子的故事，发生在特殊的年代。中国著名新月派诗人陈梦家，其专业工作是从事古文字和古代青铜器的研究。1944年，他应邀赴美国芝加哥大学讲学三年，遍访美国大小博物馆和私人收藏家，

## 从广场到岗位

搜寻、研究流落在美国各地的中国古代铜器,编撰了《美国所藏中国铜器集录》。工作完成后,他决然回国,任教于清华大学。二十世纪五十年代,随着政治运动的开展和院系调整,陈梦家受政治牵连被迫调离清华,到中国科学院考古研究所工作。他在那里受到极不公正的待遇:拿的是最低薪水,不断受到政治运动冲击,他的太太、翻译家赵萝蕤一度精神失常。但即使在这样恶劣的环境下,陈梦家还是有一处可以躲避外来风雨、保持心灵宁静之地,那就是他的考古专业的岗位。我读的是一篇记叙晚年陈梦家的文章,作者写道:

> (陈梦家)暗下决心要夹着尾巴做人,逆来顺受,与世无争,把全部的心思都用到做学问搞研究上。幸运的是他遇到了夏鼐,让他的心愿得以实现。夏鼐一介书生,官也不大,却具备高超的领导艺术。他知道陈梦家如此复杂的旧社会经历背景,政治上是无可救药的。所以他主导的考古所对陈梦家采取了"两面派"的做法,政治上绝不给一点好处,像薪水只能评最低档,一来运动就先把他揪出来批倒批臭,而业务上则继续器

## 结 语

重他、使用他。……到考古所后，梦家几乎是一边不断做检讨，一边又始终担负着重要的业务工作。夏鼐委派梦家去安阳指导殷墟考古发掘，顶着巨大压力，执意让梦家担任《考古通讯》副主编，主持刊物的编辑工作。繁重的工作任务之外，陈梦家的学术研究也渐入佳境，进入了一个成果迭出的巅峰时期。大量的学术文章之外，像《殷墟卜辞综述》《西周青铜断代》等重要学术著作都是在这一阶段创作完成的。……[①]

陈梦家在逆境下取得的学术成就还远不止这些，直到1966年5月出版的《考古》杂志上还有他的考古文章发表，身后也留下多篇文字。一个在人格上受尽

---

[①] 叶燕钧：《寒灰寸寸待重温——陈梦家最后的十个黑夜》，载《点滴》2022年第2期，第90页。这篇文章所叙述的事实，我找来子仪编撰的《陈梦家年谱》核实过，大致无误，见《史料与阐释》总第5期，复旦大学出版社2017年版。对于考古所领导夏鼐的描述，我觉得作者似有美化。我只能说，夏鼐在当时恶劣的政治环境下，他能力所能及把事情做得周到些，还算有点人性，他给陈梦家创造了工作条件，使陈梦家能够在自己的岗位上发挥最大的创造力，以证明了陈梦家的知识分子价值。但是从人格、人性、人权的角度来说，当时环境下，即使用政治上无情打击、业务上放手使用的"两面派"策略对待一个热爱工作又极有才华的天真的知识分子，依然是令人发指的。这当然不是夏鼐个人的品质问题。

## 从广场到岗位

侮辱、政治上受尽迫害的知识分子,竟能创造出一流的学术成果,超越了同时代许多精神猥琐、道德可疑的同行。陈梦家这个伟大名字就这样铭刻在知识分子岗位的丰碑之上。[1]我曾经在一篇旧文里极为感动地赞美过古希腊数学家阿基米德之死,也讲述过日本棋手在蘑菇云下完成围棋赛的故事[2],然而陈梦家先生的

---

[1] 陈梦家(1911—1966),诗人,考古学家。1966年8月24日受到考古所的红卫兵批斗羞辱,愤而服药自杀,未遂。9月2日又自缢身亡。才五十五岁。

[2] 我在那篇旧文中提到了日本棋史上著名的"核爆下的本因坊战"事件。接下来我这么写道:
"我是第一次读到这个故事。我呆呆地坐了很久,看着书房的窗外。我在想:广岛原子弹的准确爆炸时间是1945年8月6日上午9点14分17秒,而在广岛市大毁灭的状况下,三位棋手居然还'匆匆收拾了一下对局室后,下午再次一头扎进棋盘之中'。也就是说,从原子弹爆炸一直到下午,这震惊世界的几个小时里,这三位日本棋手,可能还有周边的其他人,也许他们并不清楚10公里以外的广岛市区究竟发生了什么,但身边突发如此巨大的异常现象,他们竟置若罔闻,就在死神的眼皮底下收拾场地,继续下完了这盘棋,决出了胜负。这需要有什么样的心理定力才能够做到?围棋真有这样超越生死的力量吗?
"我联想到著名的阿基米德之死。古希腊数学家阿基米德在家里研究圆形几何图,全神贯注,当敌人士兵破城冲进他的家,他只顾大呼不要碰坏了地上画的圆,结果惨遭杀害。我一直把这种对专业的痴迷精神视为知识分子岗位意识的最高境界。日本棋手的故事又一次召唤了这种境界。其实,不是围棋或者几何学具有这样的魅力,而是棋手和科学家们对专业的极度痴迷,他们在工作时刻完全把自己的生命融化到对象当中去,已经很难在他们与对象之间准确区分主体与客体的二元性了。一个围棋手与他的棋盘,一个表演艺术家与他的舞台,一个科学家与他的实验室,一个作家与他的创作……现代知识分子的价值取向无法与他的工作岗位截然分开,这样的主客体如胶似漆浑然自在的生命现象,才是真正的具有创造性的生命艺术。"见《致胡廷楣(谈〈绿的雪〉)》,收入陈思和:《文学书简》,上海文艺出版社2023年版,第254—255页。引文略有改动。

# 结　语

专业岗位精神，完全可以与古希腊哲人与日本棋手媲美，成为知识分子岗位意识的高标。这是人类具有的最高贵也是最勇敢的职业精神——自我牺牲的精神。我们当下即使遭遇到任何"恶劣的环境"，又能与之相比吗？关键还是我们自己有没有足够的心理准备和意志定力坚守住知识分子的精神岗位。

奥林帕斯山巅上也许仅有一个宙斯，但艺无止境、学无止境。对于一个求知途上的攀登者来说，生有涯而知无涯，是一对永远的矛盾。在我看来，岗位上的坚守者所面对的最大挑战，还是来自自己，即自己究竟有没有足够的生命能量来支持自己继续攀登，有所创造。个体的生命总是有限度的，生命的生理能量到达成熟以后就会转向衰弱，不再有创造力，于是生理意义上的生命在成熟以后需要繁衍后代，延续生命能量，使得种族生命得以传承。然而生命的精神能量的创造力要比生理能量强大得多，也长久得多。人文学者大器晚成、大艺术家衰年变法，生命达到炉火纯青以后，还是可以再一次启动自己，创造更高的境界，类似例子比比皆是。这就是生命的精神能量所创造的奇迹。一个自觉的岗位型知识分子，全身心地

## 从广场到岗位

投入到专业研究和创造之中,他的生命能量无意中也被融化进自己创造的精神产品,恩泽后世,造福于未来。这样也是一种将有涯之生融化于无涯之知,解决了这一对永恒的矛盾。还有一类知识分子,晚年没有产生重要的传世之作,但他们把全部精力都放在教书育人的责任上,培养了几代优秀学生,把知识分子人文精神通过几代人传承光大。这也同样是"生"与"知"的精神转化,他们的生命能量依然是富有巨大的创造力。

最后我想说的是,无论是知识分子的岗位意识还是广场意识,都是具有实践性的。广场意识是通过当下的社会实践来完成的,岗位的当代性也同样包含了实践性。1993年发起的"人文精神寻思"大讨论中,我不止一次被人质问:什么才是人文精神?能不能具体列出几条标准来说明何为人文精神?我曾经想过这些问题,似乎也无法具体列出几条内容,人文精神毕竟不是中药铺,无法从组合的抽屉里拼凑起来。但我回答的是:人文精神就是人在社会实践中焕发出来的精神力量,并没有形而上的先验的人文精神,唯有在具体的社会实践中探索,才能体现出真正的人文

## 结　语

精神，无论在何时何地，人的社会实践都是在探索和回应同一个问题：人之所以为人的理由和可能性。岗位意识的实践同样是人文精神的实践，就像本书举例说过的斯多克芒医生，他是一个专业岗位上的知识分子，但是面对了社会"大多数"的负面力量，他也会勇敢地站出来接受挑战，成为一个大写的战士。这就是人文精神在专业岗位上的体现。1996年我在早稻田大学做演讲的那次聚会上，日本著名学者木山英雄向我提过一个问题，他说"岗位"这个词是一个军事术语，你为什么要用这个词来形容知识分子的价值取向。我一时无言回答，其实我起初并没有从词的属性来考虑它的功能，但是"岗位"一词的含义确实与士兵守卫的地点有关，由此再引申为一般工作责任所在的位置。经过木山先生的点拨，我承认我把知识分子的实践与岗位这个概念联系在一起的时候，我确实有一种类似参与到战争状态的感觉。这是我在1993年面对市场经济社会大潮时的真实感觉，直到现在，我的意识里还会隐隐地生出一丝"马思边草拳毛动"的幻觉。

写到这里，本书似乎可以结束了，但我言犹未

## 从广场到岗位

尽,手指眷恋地在键盘上来回抚摸。我再一次阅读了三十年前写的文章《试论知识分子在现代社会转型期的三种价值取向》,情不自禁抄录当时写下的几个段落,作为本书的结语吧——

> 在普通的工作岗位上坚持人文理想,还只是知识分子岗位意识中最表层的部分,尽管它已经包括了知识分子学术责任与社会责任,但我们所指的知识分子的岗位,还蕴含了另一层更为深刻也更为内在的意义,即知识分子如何维系文化传统的精血。知识分子说到底不是一个社会的经济概念,而是一种文化价值体系的象征,代表了人类社会中最高的文化层次,将对未来以至永恒都有意义。不管社会多么腐败与堕落,只要真正的知识分子在,文化的精血就不会消亡。我曾多次捧读路德维希的《德国人》一书,他是这样充满感情地描绘18世纪德国上空涌现出来的七颗灿烂明星的:
>
> "这是一种新的由一个国家的艺术家形成的

结　语

艺术,以后,还没有任何人达到或超过他们的水平。妙不可言的连续性,把七位音乐大师连接在一起,在德国历史上也是独一无二的,就像一枚戒指,被一代代地传下去。韩德尔几经斗争,把它传给了在伦敦的格鲁克,格鲁克传给了海顿,海顿热爱他的学生莫扎特,莫扎特深为自己的学生贝多芬的天才感到惊讶,而贝多芬则在自己临死之前,对舒伯特高度评价,把戒指传给了他。还有哪个国家的历史能与这段历史相比呢?一个一千年来长期处于松松散散,彼此之间没有约束的国家,一旦出现了这一脆弱的传统联结,是多么令人感动啊!"①

每念诵及此,我总是心潮起伏,呜咽不已,这远非学术责任所能羁系,而是一种人类思想精神与世俗权力的彻底决裂,这七位大师在世俗生活中几乎没有一个不是困顿厄难,备受耻辱,但他们在精神王国中却翱翔纵横,异彩夺目,他们

---

① 艾米尔·路德维希著,杨成绪、潘琪译:《德国人》,生活·读书·新知三联书店1991年版,第188页。

的生命，仿佛就是为了证明这颗无价之宝的戒指而生的。这戒指，就是传统文化的精血所在。

以此类推，古希腊时代的哲学帝王，中国东周时代的诸子百家，盛唐时代的诗坛巨擘，意大利文艺复兴时代的艺术大师，法国启蒙时代的精神战士，德国哲学巨匠的代代承续，俄国文学传统的前赴后继……人类历史最辉煌的篇章之一，不就是知识分子的文化历史么？他们在人类社会充满暴力与残酷的历史进化过程中，另塑一个温馨无比的精神发展王国，与冷酷的世俗权力抗争，与卑琐的动物本能抗争，继绝存亡，薪尽火传，这，才叫知识分子，才叫知识分子的文化传统。我相信，真正的传统应该从我们自己做起，要做出一个开端。只要意识到了，开始做了，即便是以我们的失败来证明一代无家可归的精神浪子的悲剧，也实属亡羊补牢之举。那么，下一个世纪中的文化价值重建，希望也许不会太渺茫。

写作于2022年6月5日—2023年2月12日，
2023年6月14日，最后修订完成。

# 索　引

说明：

1. 本索引包括"概念、名词索引""书名、篇名、刊物名索引""人名（包括作品中的虚构人名）索引"。

2. 本索引按汉语拼音音序排列，首字相同时，则以第二字排序，以此类推。以字母开始的名称放于所在索引的最前。

3. 索引中概念、名词及各类名称之后的数字表示所在页码，斜体表示所在注释的页码。

## 概念、名词索引

"重写文学史"　11、84、*84*、173、187、188、189

"独立之精神，自由之思想"　223、228、230、*230*、239、256

"读书做官"　87、258

岗位　5、6、7、18、20、39、45、*61*、66、70、74、79、83、

## 从广场到岗位

88、89、90、95、*96*、102、*103*、110、115、*115*、119、122、126、130、153、155、156、157、*158*、160、*162*、165、169、195、*195*、197、198、203、206、208、209、215、216、217、219、220、224、229、231、232、*232*、233、*233*、234、239、240、241、242、243、*243*、244、245、247、248、249、250、251、253、254、255、256、257、*257*、259、261、265、266、267、268、269、270、*271*、272、*272*、273、274、275、276

岗位的超越性　209、216、268

岗位的民间性　230、233、234、242、243

岗位型价值取向　103、165、170、172、193、194、206、*208*、212、213、214、215、224、227、230、231、239、242、244、248、253、254、259、265

岗位型知识分子　130、154、*158*、162、165、170、194、200、*201*、207、215、218、248、253、264、268、273

岗位型知识人群　198、231

岗位意识　3、37、123、124、160、168、*171*、172、187、192、193、196、198、201、*208*、209、211、212、214、215、217、221、227、230、*232*、*238*、239、241、242、256、257、258、261、268、269、*272*、273、274、275、276

广场　6、19、39、83、86、97、98、99、102、103、*103*、105、106、107、*107*、108、109、110、112、113、114、

# 索　引

　　*115*、116、118、119、120、126、128、130、150、154、155、156、157、159、160、161、162、165、166、167、*168*、169、170、172、179、190、194、195、*195*、198、*201*、202、203、206、209、210、212、213、219、220、228、230、231、*238*、239、241、243、252、253、264、266

广场型价值取向　98、103、107、109、114、*116*、128、129、131、159、160、161、167、168、169、170、171、*171*、172、177、192、198、206、*211*、230、241、244、259、265

广场型知识分子　106、110、116、120、121、124、151、154、155、156、158、161、163、169、170、171、197、198、202、215、219、253、264

广场意识　81、82、83、87、*96*、97、99、100、101、*103*、107、113、114、115、116、*116*、119、120、121、123、128、129、131、156、158、160、169、*171*、172、177、187、188、192、193、196、206、208、209、211、212、214、217、229、*232*、240、241、249、256、257、258、261、274

"核爆下的本因坊战"事件　*272*

"介入"　6、7、49、69、*104*、123、148、*150*、154、172、209、222、223、241、261

"介入型知识分子"　259、260、266、*266*

"狂热与盲目"　*145*、146

廊庙文学　6

## 从广场到岗位

理性　12、*71*、*93*、94、140、142、144、145、*145*、146、147、149、151、187、205、212、213、216、220、221、*225*、227、259

历史循环论　204、*205*、*237*

流浪型知识人群/流浪型知识分子　127、139、158、*158*、159、160、*168*、170、171、172、198、207、*232*

庙堂　6、7、20、39、43、58、59、60、*60*、61、*63*、*65*、66、67、68、83、88、*88*、89、*89*、92、93、94、98、100、101、102、103、*103*、105、106、107、108、110、111、112、113、114、124、128、153、154、159、160、*166*、167、169、170、*195*、197、*201*、202、203、209、221、226、228、230、*232*、233、*233*、234、235、236、237、*237*、238、239、240、241、243、249、251、252、254、257、*257*、261

庙堂型价值取向　61、62、98、103、*115*、128、*195*、213、227、230、231、235、248、252、253、254、256、*257*、259、261

庙堂意识　47、79、83、87、*103*、121、*140*、195、214、256、*257*

民间　2、6、7、*15*、19、24、60、69、83、97、*103*、112、115、128、132、*138*、162、165、*166*、189、*194*、197、212、213、219、230、232、233、234、235、236、237、*237*、238、*238*、239、240、241、242、243、*243*、244、

## 索 引

245、247、248、253、254、268

民间岗位　18、42、59、68、83、88、90、92、94、95、98、101、*101*、103、*103*、110、112、*115*、119、124、*238*、239、240、241、*243*、244、248

民间社会　6、7、25、66、83、90、114、117、124、239、240、241、242、244、247、248、249

民意　94、98

"南面王不易也"　7、227、239

"普遍性知识分子"　149、264、266

启蒙　6、45、47、70、*71*、79、93、*93*、94、95、97、101、*101*、102、104、105、108、113、114、118、119、120、135、*140*、149、150、151、158、177、180、185、188、190、194、*211*、219、241、244、278

人民勤务员　*257*

人文精神　14、17、*27*、29、30、31、*31*、32、33、34、36、37、38、39、40、42、43、44、*44*、46、47、48、50、52、*84*、217、234、274、275

"人文精神寻思"　20、26、*26*、*27*、29、30、33、34、35、36、37、39、42、*44*、46、*47*、51、52、*54*、55、72、274

社会主义市场经济体制　20、24、27、28、40、43、44、46、48、55

市场经济　20、21、23、24、25、26、27、28、29、30、*31*、

283

## 从广场到岗位

*32*、42、43、44、45、47、49、55、73

士人（士人阶层） 4、42、47、53、*56*、57、58、60、61、*61*、62、63、*63*、64、*65*、66、67、*67*、69、72、*72*、73、79、80、87、98、*103*、108、111、121、131、134、150、153、154、197、225、226、235、238、239、240、242、248、256、*257*、261

维新 64、65、*65*、83、90、94、95、150、201、240、241

文学史理论 2、3、8、11、177、186

无政府主义 *15*、*99*、*115*、123、124、128、146、176

戊戌变法 64、*65*、83、240、241

现实战斗精神 48、*103*、108、*108*、115、*116*、118、121、138、177—178、183、205

新文化运动 17、40、79、89、98、*99*、103、105、106、107、111、113、114、*116*、119、121、123、126、131、135、155、156、158、*158*、159、160、166、169、170、179、184、185、190、201、202、209、229、241、244、257

新文学运动 11、96、*96*、109、115、119、156、180、187、202

"修身齐家治国平天下" 63、153

"一二·九"学生运动（"一二·九"运动） 112、*116*、171、*171*

知识分子的两种责任（两种责任） 191、192、209

知识分子的双重标准（双重标准） 119、120、156、160、161、

177、209、212、214、215、*232*、259

"专家性知识分子" 264、265、266

专业岗位 6、7、20、96、*96*、102、105、109、115、120、121、122、123、128、148、149、156、159、160、161、164、165、170、172、192、196、197、198、203、206、209、212、213、214、215、216、217、224、229、231、232、*232*、*233*、239、240、241、242、244、245、247、250、251、253、254、259、273、275

专业性 233、247、248

左翼文化运动 *116*、118、170

左翼文艺运动 109、115、119、161、167、171、*171*、189、206

## 书名、篇名、刊物名索引

《"Intellectual"的中国版本》 *133*、173、221、*222*、*223*、232

《半农杂文》(第一册) *168*

《闭户读书论》 204、205、*205*、206、212

《超乎混战之上》 147

《当代知识分子的价值规范》 32、*33*、38、*39*

《德国人》 276、*277*

《丁文江的传记》 *88*、*248*、249

《读书》 35、36、37

《法国知识分子史》 *142*、*143*、*150*、266

# 从广场到岗位

《个性的文学》 200、*200*、201、202

《故国立北京大学教授刘君碑铭》 *165*

《关于太炎先生二三事》 *122*、*161*、*163*、*196*

《国民公敌》 218、*218*

《胡风家书》 110、*110*

《旷野上的废墟——文学和人文精神的危机》 31、*31*、*32*

《丽娃河上的文化幽灵》 *32*

"六经" 59、60、66

《论哲学家与美术家之天职》 225

《美文》 200、*200*、201—202

《每周评论》 *104*、211

《努力周报》 106、249、250

《七月》 109、127

《潜流与漩涡——论二十世纪中国小说家的创作心理障碍》 54、*188*

《青春之歌》 *171*

《清华大学王观堂先生纪念碑铭》 *228*、230

《趋时与复古》 166、*166*、*167*

《群魔》 145、*145*

《人生》 21

《人文精神寻思录》 *26*、*27*、*31*、*34*

《上海文化》 *4*、10、*10*

286

# 索 引

《上海文论》 *10*、11、*190*

《上海文学》 11、*11*、30、*32*、*33*、34、37

《胜业》 198、*199*、200、202、203、*203*、212

《试论现代出版与知识分子的人文精神》 40、*42*

《试论知识分子在现代社会转型期的三种价值取向》 4、*4*、7、10、11、37、39、97、*98*、215、235、255、276

《士与中国文化》 *72*、*136*、139、140、*140*、141、*141*、142、*142*、152

《随想录》 16、128、129、130、*176*

《我的歧路》 *104*

《吴宓日记》 *229*

《下海与知识分子的责任》 47、*47*

《现代汉语词典》 133、265、*265*

《新民主主义论》 *116*

《新青年》 40、69、101、*101*、104、*104*、126、135、*135*、154、155、*155*、156、163、180、*181*、197、198、*200*、*201*、202、209、*218*、243、244、249

《严肃文艺往何处去》 46、*47*

"严译系列" 68、69、*71*

《易卜生主义》 218、*218*

《忆刘半农君》 163、166、*167*

《狱里狱外》 111、*111*

# 从广场到岗位

《在全国科学大会开幕式上的讲话》 *262*

《知识分子的背叛》 *147*

《中国近代思想史论》 71、*71*、74、*74*、76、78、86

《中国思想传统的现代诠释》 *140*

《中国新文学对文化传统的认识及其演变》 178、183、185

《中国新文学整体观》 11、74、*74*、78、*108*、173、178、189

《中国意识的危机》 184、*184*

《中国知识分子的边缘化》 *88*

《中央研究院历史语言研究所工作之旨趣》 *246*

《追问录》 54、*54*、55、*57*

## 人名（包括作品中的虚构人名）索引

阿基米德 272、*272*

阿列克谢·托尔斯泰 *138*

巴金 11、*15*、16、18、41、49、123、124、125、126、127、128、129、*129*、130、*158*、160、176、*176*

柏拉图 *93*、149、185

蔡元培 41、69、89、114、115、*165*、169、213、239、243、245、251

陈独秀 40、41、69、80、98、99、*99*、100、*100*、101、*101*、103、104、*104*、106、107、108、113、121、135、*135*、136、138、154、155、*155*、160、170、180、181、*181*、

183、185、202、211、*211*、243

陈梦家　269、270、271、*271*、272、272

陈寅恪　223、*225*、227、*228*、229、*229*、*230*、239、*245*

成仿吾　96

邓小平　20、*176*、262、*262*

丁文江　*88*、106、121、245、248、*248*、249、*249*、250、*250*、251、252、*252*、253

恩格斯　*15*、232、*233*、*236*

冯雪峰　*103*、*122*

傅斯年　*105*、106、107、*107*、*115*、121、170、245、*245*、*246*、247、248、253

哈贝马斯　259、260、*260*、266

胡风　18、19、20、48、109、110、*110*、112、113、126、127、130、138、*158*、160、189、*189*、190、*190*

胡适（胡适之）　41、81、*88*、96、103、104、*104*、105、*105*、106、107、*107*、113、121、138、*158*、169、170、*182*、183、185、*201*、202、*208*、217、218、*248*、249、*249*、*250*、251、*252*

贾芝　111、112

贾植芳　18、19、20、48、110、111、*111*、112、113

康德　*93*、185、225、*260*

康有为　*71*、80、166、*181*、240

## 从广场到岗位

孔子　45、*54*、58、*58*、59、60、61、*61*、66、226、238

匡互生　49、115、*115*、124

李大钊　102、*104*、112、113、118、121、160、167、170、202、208

李立三　122、*122*

李泽厚　70、*71*、74、*74*、75、76、*76*、86

梁启超　69、182、*182*、183、226、240、241

列夫·托尔斯泰　*138*、210、*210*

林白水　118

林毓生　184、*184*

刘半农　163、164、*164*、165、*165*、166、167、*167*、168、*168*、169、199、203、206、214

刘少奇　*257*

鲁迅　6、*6*、19、48、61、*61*、74、*74*、90、91、*91*、92、93、95、96、107、108、*108*、109、113、115、*116*、118、*118*、119、120、121、122、*122*、123、125、*125*、126、127、130、138、150、*150*、160—161、*161*、162—163、*163*、165、166、*166*、*167*、168、*168*、169、171、175、176、*176*、177、*178*、185、188、193、194、*194*、196、*196*、197、*197*、198、203、206、*208*、209、*225*、

罗家伦　*115*、228

罗曼·罗兰　133、146、147、149

萌萌　*48*、*77*

米歇尔·福柯　263、264、*264*、265、266

墨子　57

木山英雄　275

彭小莲　*48*

钱谷融　18

钱理群　*257*

钱玄同　154、169、203、206

瞿秋白　102、113、114、121、160

邵飘萍　118

沈昌文　35

时传祥　*257*

史量才　118

斯多克芒　218、219、220、275

孙传芳　166、*166*、194、249、250、*252*

陀思妥耶夫斯基　145、*145*

王国维　81、197、225、*225*、226、*226*、227、*227*、229、*229*、*230*

王蒙　43

王晓明　11、*26*、*27*、30、31、*31*、32、*32*、33、34、*34*、35、36、38、42、*47*、52、54、*54*、55、*56*、79、*79*、80、81、82、83、84、*84*、86、187、188、*188*

## 从广场到岗位

王元化　18、35、*181*、184、*184*

威廉二世　146

吴朗西　41、49、50、*50*、124、126

夏征农　*17*

徐志摩　96

严复　64、*65*、66、67、*67*、68、69、*71*、74、80、89、95、166、196、197、213、224、239

杨西光　*17*

杨杏佛　118

以赛亚·伯林　*211*

易卜生　105、218、*218*、220

郁达夫　96、*158*

曾国藩　*63*

张謇　69、83

张汝伦　35—36、42、*47*

章太炎　74、105、155、161、*161*、162、*162*、163、*163*、166、168、169、194、195、196、197、213、239

张元济　40—41、*65*、69、83、89、196、197、213、224、239

张资平　96

周介人　*11*、32、*32*、33、*47*

周扬　19、126

周作人　*56*、96、*158*、*167*、169、193、194、*195*、196、197、

198、199、*199*、200、*200*、201、*201*、202、203、*203*、204、205、*205*、206、207、208、208、209、212、214、227、239、*243*

朱学勤　36、*44*

图书在版编目（CIP）数据

从广场到岗位 / 陈思和著. — 北京：文津出版社，2024.9
ISBN 978-7-80554-911-8

Ⅰ.①从… Ⅱ.①陈… Ⅲ.①中国文学—当代文学—文学评论—文集 Ⅳ.①I206.7-53

中国国家版本馆 CIP 数据核字（2024）第 108385 号

| 选题策划：罗晓荷 | 特约策划：吕克农 |
| --- | --- |
| 责任编辑：高立志　秦　裕 | 责任营销：猫　娘 |
| 责任印制：燕雨萌 | 装帧设计：周伟伟 |

## 从广场到岗位
CONG GUANGCHANG DAO GANGWEI

陈思和　著

| 出　　版 | 北京出版集团 |
| --- | --- |
|  | 文津出版社 |
| 地　　址 | 北京北三环中路6号 |
| 邮　　编 | 100120 |
| 网　　址 | www.bph.com.cn |
| 总 发 行 | 北京伦洋图书出版有限公司 |
| 印　　刷 | 河北鑫玉鸿程印刷有限公司 |
| 经　　销 | 新华书店 |
| 开　　本 | 880毫米×1230毫米　1/32 |
| 印　　张 | 9.5 |
| 字　　数 | 136千字 |
| 版　　次 | 2024年9月第1版 |
| 印　　次 | 2024年9月第1次印刷 |
| 书　　号 | ISBN 978-7-80554-911-8 |
| 定　　价 | 79.80元 |

如有印装质量问题，由本社负责调换
质量监督电话　010-58572393